杨建东◎著

100个疯子 99个天才

中国致公出版社

图书在版编目（CIP）数据

100个疯子99个天才 / 杨建东著 . -- 北京 : 中国致公出版社 , 2020
ISBN 978-7-5145-1709-5

Ⅰ . ① 1… Ⅱ . ①杨… Ⅲ . ①长篇小说－中国－当代
Ⅳ . ① I247.5

中国版本图书馆 CIP 数据核字（2020）第 184578 号

100 个疯子 99 个天才 / 杨建东　著

出　　版	中国致公出版社 （北京市朝阳区八里庄西里 100 号住邦 2000 大厦 1 号楼西区 21 层）
发　　行	中国致公出版社（010-66121708）
责任编辑	黄雅芸　杨　鸿
装帧设计	天行云翼
印　　刷	三河市金泰源印务有限公司
版　　次	2020 年 11 月第 1 版
印　　次	2020 年 11 月第 1 次印刷
开　　本	880mm × 1230mm　1/32
印　　张	9.25
字　　数	220 千字
书　　号	ISBN 978-7-5145-1709-5
定　　价	42. 80 元

目录

目录

contents

目录

一、死亡倒计时

说实话，我是抱着极其矛盾而忐忑的心情写下这一章的。

其实，我更希望大家跳过这一章，直接从第二章开始阅读。但是，在我心中，这一章的内容对我的人生和世界观的影响实在是太大，以至于我不得不提笔将其写下。因为，这一章是关于一位我最好的朋友的。

他也是一名精神科的门诊医生，而且更重要的是，他是我的大学同学，当初他跟我一起来医院实习，我们一起喝酒，一起爬山，一起打牌。可以说，我们感情非常融洽。

直到有一天，他自杀了。

而他自杀的原因，是他被自己所诊断的一名病人的思想“污染”，无法摆脱对方的世界观，整日活在惶恐之中，最后，不得不选择了自杀这一条路。

而这一章的内容，就是我和那位同样是精神病医生的朋友的对话。这段对话，是在他自杀前四天。

那也是我和他的最后一次对话。

那天，他变成了我的病人。

当他一挪进我的门诊室，我就看出他精神状况不大对劲。他面色枯黄，手指和手臂都在微微抽搐，头发散乱，眼窝略微发黑，嘴唇也发紫，整个人简直就像个僵尸，和我记忆中的他差别很大。我几乎要认不出他了。

看到我，他苦笑了一下，说："看看我，是不是人都变样了？"

我："我刚想说。你这神色，是不太好。你已经请了两个星期的病假了吧？出了什么问题？没事吧？"

他："我自己都已经弄不清楚我到底有没有病了。能做的检查，我都做了，核磁共振、CT、彩超、胃镜、肠镜、心电图……反正能做的检查我全都做了。呵呵。"

我："你检查这么多项目干什么？检查结果怎么样？"

他坐到了我的面前，隔着桌子，有气无力地开始跟我对话："心电图不太正常，彩超检查结果是窦性心动过速和心律不齐。心率都快到120了。"

我："心脏不好？不会是心脏有毛病吧？可是心脏病很多都是遗传，我记得你家族没这方面的问题啊。"

他摇了摇头："都不是，我心脏没毛病。我是被吓的。"

我："吓的？"

他："对。吓的。疑病症。我就觉得自己有病。我每个礼拜至少去检查一次，不检查，我感觉整个人都快活不下去了。但是越检查，我又越怕。”

我：“可你不是没毛病吗？心动过速这种小毛病，很多年轻人都有，大多都是熬夜过多、太疲劳导致的，很正常。休息休息就好了。”

他：“也不算完全没毛病吧。就是做CT的时候膀胱检查出了一层高密度阴影。不过后来做了增强CT，结果是有一点点结石，多喝点水就没事了。”

我：“对啊，就膀胱结石而已，没什么问题啊。很多人都有，全中国大多数人都有结石。就是大小问题。”

他：“膀胱检查出阴影只是附带的结果。我一开始根本没有想到自己膀胱有问题。我从来没有尿血，也没有小便疼痛，我以前一直觉得我的膀胱很正常。当报告单上说我膀胱有阴影的时候，我整个人都惊得跳了起来，那时候，我整个人都发软，两只脚都像是从冷水里拔出来的一样，发麻，发抖。”

我：“可除了一点小毛病，你不还是正常人吗？”

他：“可我就是觉得自己有病。我知道自己是疑病症，可是那对我摆脱疑病症完全没用。”

我忍不住笑了：“你到底是怎么弄成这样的？之前你不是好端端的吗？到底发生了什么事？”

他：“其实一开始是我的一个病人。他也跟我一样，有疑病症，而且心理不太正常。他说他有艾滋病，是在洗浴中心找小姐感染的。想找我咨询，问我该怎么克服心理压力，怎么才能不自杀。然后我跟他谈话的时候，他突然拿出一个针头扎了我的手臂一下，就扎了那么一下，然后他整个人都癫起来，开始疯了一样大笑。”

我：“这是什么时候的事了？我怎么不知道？”

他："半年多了。那时候你没值班，你不知道。"

我："那你报警了吗？这种事完全可以报警了。"

他："报警了，那人被抓了。但是对我来说，已经没有什么意义了。那时候，我虽然很气，气得想当场把他按在地上打，但是我又不敢碰他，怕被他感染。他被带走之后我就回家了。那天我回到家的时候，我打了个电话，和我的女朋友分手了。然后，我突然感觉自己整个人生都毁了，做什么都没意义了。我就那样僵直地躺在床上，面对着天花板，感觉整个人像块抹布似的，什么都不想做，做什么都没了兴趣。直到那时候我才意识到，人会对做一件事有期待，有兴趣，是因为他知道自己明天还会活着。他知道自己明天还能看到新的电影，能赚钱，能出门跟女朋友约会，所以才有意思。但是一旦你知道自己快死了，你知道自己没几年好活了，就什么意思都没有了。真的，这种感觉，大概只有快死的人跟老人能体会，一般人不到那个地步，是体会不到的。"

我："那个王八蛋是真的该死。那后来呢？你检查过了，没问题吧？"

他："当然是检查了。我怕得要死。但是艾滋病的感染过程至少是两周，就算我第二天去检查，也是查不出来的。我只能那样等上两个礼拜，不管有没有被感染，我都只能等着不知道有没有的病毒一点一点进入我的血管，传遍我身体每一个角落，慢慢、慢慢地在我身体里蔓延。我没办法。真的，没办法。

"后来，我几乎连续两个礼拜，天天失眠，做噩梦。每天早上醒来的第一件事，就是摸一摸我的额头，看看有没有发烧。因为艾滋病早期的常见症状之一，就是发烧。那个时候是夏天，有几天天气有点热，我醒来摸摸额头，感觉有点热，那时候，我就开始觉得自己是真的得了艾滋病。于是就开始开空调，但是一开空调，又怕空调病会让我发烧，更加加深我疑病症的倾向。我又只能忍着热。那时候，我已经不知道该不该开空调了。不开，怕身体的热度让我误以为自己是发烧；开了，又怕因为空调病发烧。我已经没法像个正常人那样过日子了。那时候，我的心脏开始出现问题，晚上睡觉的时候，开始感觉自己的心脏像是要从胸腔里跳出来一样，跳得比以前要有力得多，晚上睡觉都可以听到‘哆哆’的声音，就像是有人在敲隔壁的墙似的，根本没法睡着。

“到第二个星期的星期一早上，我是第一个到医院做验血检查的。可是等结果出来还要一个星期。那个星期，比之前还要难熬。”

我：“后来结果呢？”

他：“检查的结果是阴，没问题。”

我：“这不就好了吗？”

他：“好了？呵呵，这才刚刚开始！两周内检查出艾滋病阴性，准确率实际上只有五成。误诊概率很高！必须到第四周、第六周、三个月、半年后再去检查！第四周准确率是九成，第六周准确率是九成五以上，三个月后才接近百分之九十九，可是那也没有完全排除。我们国内就有人是六周的时候检查结果为阴，过了一周之后去检查变成阳的。检查至少要两遍。”

我：“你太敏感了……现在半年过去了，你总好了吧？你都检查了这么多遍了。”

他：“第四周和第六周我都去检查了，是没问题……可是，艾滋病，只是个开始。真正的问题，是在那之后。”

我："之后？"

他："事情还是回到我一开始等检查报告单出来的那一周吧。那一周，我每天晚上躺在床上，怎么都睡不着，半夜三更才睡着。然后，我的身体开始出问题了，开始表现出了艾滋病才有的各种症状。"

我："这……不可能吧？你不是没病吗？"

他："检查结果是没有问题。可是症状还是出来了。艾滋病会导致植物神经功能紊乱，那时候，我的身体就开始出现这种情况了，躺在床上的时候，我的手开始抖动，虽然能够使力，但是稍微用点力气，手指就会抖得更加厉害，就好像肌肉开始萎缩了一样。艾滋病也会让肌肉萎缩，你知道吗？"

我："呵呵，你那纯粹是太紧张了吧？"

他："但还有别的情况。我大便也开始变得不规律了，我每天都开始水便。每天早上起来，肠子都会咕噜噜叫，然后肚子会剧痛。一天要上四五趟厕所。腹痛，肠鸣，这都是艾滋病的症状。而且大便还会发红，仔细看里面好像有血一样。血便，这也是艾滋病的症状。"

我："这个是因为太累了吧？"

他："然后身上开始长红点了。一开始是胳膊上，一点一点的，特别痒，密密麻麻的，像米粒一样，而且越挠越多。身上长斑点，这也是艾滋病的症状。

"还有舌头。我的舌苔也开始发白。我每天都会对着镜子吐舌头，看看舌苔是不是发白，有没有长出一层白毛。舌头发白，也是艾滋病的症状。"

我："可是你说的这些都很常见啊。一般人太累了，压力大，也会这样。"

他：“问题就在于很常见。艾滋病的所有症状：感冒、大便稀、身上长红点、舌头发白……这些症状，和一般人生病几乎没有区别。”

我：“可是，如果是艾滋病的话，要严重得多……”

他：“不。看人，有的人很轻微，也有很多人，甚至根本没有任何症状。手抖、发热、长红点、身上发痒、大便次数多、舌头发白，这些都不是特异的，虽然有三四成比例的人有这些症状，但是很多人，甚至一半多的人，没有任何症状。你懂吗？”

我：“好吧。不过后来检查没事，不就好了吗？”

他：“但问题是，这才刚刚开始。在第五周出了报告，显示我血液正常后，我的精神状态又出问题了。”

我：“什么问题？”

他：“我开始觉得我得了肠癌。

“真的。你知道肠癌早期的症状吗？大便稀，或者大便颜色发黑，或者肚子痛，一天去厕所好几次。早上肠道咕噜噜地鸣叫，放屁多，有时候便秘，甚至大便糊，纸上有血，这些都是肠癌的症状，你有过吗？”

我开始感到一阵毛骨悚然。因为我想起了我几次拉肚子、反复上厕所的经历，我也记起，我的确在身体疲惫的时候，会大便出血，但是那时候，我基本都没有在意。

我：“所以，你才去做了肠镜检查？”

他：“对。我去做了肠镜。因为我真的觉得自己得了肠癌。当然，检查出来，也是没问题的。”

我：“这不就好了吗？”

他：“可是，我做的是大肠肠镜，我还没有做结肠肠镜……结肠癌和直肠癌的症状，很多都是一样的，都会便秘，或者拉稀，或者大便出血，或者发黑。我还是肚子痛。不信你可以去搜搜看。拉肚子的那几天，我每天都会按我的肚子，因为如果你有肠癌，你的肚子按下去，是会有颗粒状的硬邦邦的东西滑动的。有的人不明显，有的人明显，要用力按才能感觉到肚子里好像有颗粒一样的东西。然后，我就每天按，然后，越是按，我就越是觉得肚子痛。而且，我真的按到了颗粒状的东西，我已经分不清那是脂肪粒还是肿瘤了。”

我：“然后你又做了结肠肠镜？”

他：“做了。结果正常。”

我：“看，这不就好了吗？”

他：“你要知道，肠和胃是相连的。肚子痛的原因，不一定是肠癌，也有可能是胃癌，而且如果肿瘤长在胃和肠道接口处的话，哪怕是肠镜或者胃镜，都是很难检查出来的。”

我：“难道你又去做了胃镜……”

他：“因为胃癌也会导致肚子痛、便血、拉稀或者便秘。幽门螺旋杆菌的吹气测试和胃镜，我都做了。”

我：“结果也是正常？”

他点点头：“正常。”

我：“所以说啊，你的毛病，就在于想太多了……血液、肠道、胃都检查过了，没有问题，这下你总可以安心了吧？”

他：“如果这么简单就好了。那时候，我的身体已经很不对劲了。我的四肢会乱抖，手脚、脖子都酸痛。而且，特别是脖子，脖子后面按下去，酸痛得难受。”

我：“这很正常吧……”

他："艾滋病早期症状就是脖子后面淋巴结肿大。按下去很痛，很酸，特别难受。"

我："怎么说着说着，又回到艾滋病了？"

他："没办法。那时候，我这个人脑回路已经开始不太对了。我知道自己就是医生，自己神经过敏，但是，我已经控制不住了。我发现我作为一个医生，我懂得太多了，你知道吗？当我以前还不是医生的时候，我不会去在意我身体上的一些细节，脖子上稍微酸痛一点，手指有点发抖，腋下或者胳膊上长几个红色的斑点，拉拉肚子，舌头发白，偶尔便秘，或者放屁很臭，我都不会在意。但是当了医生后，却不一样了。我知道直肠癌、结肠癌、胃癌、肝癌、膀胱癌、胆囊癌、肾癌都可能导致便血、放屁又响又臭、肚子痛、发烧，或者尿血、体重减轻之类的症状。不信你可以去搜搜看。

"我懂的那些医学知识反而变成了我恐惧的来源。我开始每天称自己的体重，今天比昨天下降半斤我都怕得要死。因为艾滋病、癌症之类的疾病就是体重一个月下降十来斤，如果你今天体重下降了半斤，你自己算算，一个月你会下降多少。你的身体，说不定已经出了大毛病！

"我还开始每天对着镜子吐舌头，看看我今天舌头白不白，艾滋病导致的念珠菌是不是已经开始在我舌头上生长了。我还会看我有没有脚气，因为艾滋病的症状就是一只脚有脚气，一只脚没有。我也开始害怕我的手发抖，因为艾滋病症状就是肌肉萎缩，手抖、手臂酸就是肌肉萎缩的征兆！不信你可以去搜搜看。

"我也开始每天按肚子，有时候按到一颗皮下脂肪粒，我都会觉得那里鼓鼓的，可以滑动，像个球体一样，那就是肿瘤！"

我："可是……一些肠炎、胃炎之类的疾病，也可能会导致肚子痛，放屁臭，或者出现拉肚子、便血的症状吧？"

他笑了，笑得苦涩："可你不去做科学的医疗检查，就能保证你一定是肠炎而不是肠癌吗？肠炎和肠癌早期症状极其相似，基本分不出来！很多得肠癌、胃癌的人，一开始都以为自己是肠炎或者胃炎，结果等发现的时候，便为时已晚。不信你可以去搜搜看，这样的例子比比皆是。"

我感觉自己都快被他的思想给感染了，甚至觉得呼吸都开始变得有些困难了。因为我想起了我发生在生活中的一些细节，比如说夏天的时候胳膊上长疱疹，红红的、密密麻麻的。或者有时候，一压脖子后面，感觉肿肿的，有些肥大酸痛。

我："那后来你又做了什么检查？都有哪些项目？"

他："做了甲状腺穿刺。因为像植物神经紊乱，手抖、脖子酸，还有肠胃不太舒服之类的，都可能是甲亢的症状。不信你可以去搜搜看。如果得了甲亢，你这辈子基本也完了。甲亢是很难治的。"

我："那检查结果也正常？"

他："也正常。"

我："我都快被你吓死了。正常就好啊。从头到脚，你都检查遍了，这下还能怎么样？"

他："身体是没问题。但是身体的影响，只是一小方面而已。更多的，还是生活上的。"

我："生活上？"

他："我不敢再骑共享单车了。你知道为什么吗？因为很多艾滋病患者为了报复社会，会把沾了自己血的钉子放在车座上，这样如果人坐下去，就会被扎到。

“我也不敢买西瓜了。你知道吗，也有艾滋病患者故意把病毒注射进西瓜或其他水果里卖出去。你买水果的时候有碰到过西瓜里面莫名其妙腐烂一块的吗？或者买橘子、橙子的时候表面有个洞，周围还黑了一圈，那就是被人扎过的。”

我：“可是，这种事，总归是少数吧？”

他：“还有去旅馆。你有听说过，有人在旅馆里只用了一次毛巾擦身体，就得了艾滋病或者其他病的吗？旅馆人多，有时候服务员根本不会把毛巾拿去洗，直接就挂在那里，这个旅客用了，下一个又用。你知道多严重吗？

“还有理发店理发和剃须，我也不敢了。你知道吗？理发店每天接待客人成百上千，这里面怎么也不可能一个艾滋病人都没有吧？剃须理发的时候最容易见血，如果你在理发店剃须，是很容易得艾滋病的，你知道吗？不信你可以自己去搜搜看。”

我：“不会那么严重吧，艾滋病也不是那么容易感染的……”

他：“所谓的概率大小，只是从社会统计角度来说的，但是对个人来说，只有感染和不感染这两种选择。要么死，要么生，只有这两种选择。而且，艾滋病的潜伏期，有的可以长达十年。你一旦怀疑你有了艾滋病，未来的十年，你都可能活在阴影里，你知道吗？”

到了这个地步，我几乎已经没有什么话可以说了。同样是医生，他知道的东西，很多我也明白。目前的医疗技术，CT检查、核磁共振、彩超、肠镜等，其实很多都不靠谱，尤其是小医院，根本检查不出来。因为很多时候，像彩超、核磁共振这种东西，关键不在于技术，而在于医生的经验和眼力。同样的仪器做出来一团黑乎乎的阴影，经验不丰富的医生会告诉你疑似肿瘤，而经验丰富的医生会笑着告诉你，那是钙化灶。

但是很多时候，结果却有可能是，经验丰富的医生的判断才是错的。

我："不管怎么样，只要好好调节，总会走出来的，你都检查过这么多次了，你的身体肯定没毛病。像癌症这种，真有征兆的话，一年两次，总可以检查出点东西来的。"

他："但是问题已经不仅仅是检查了。问题的根源在于疾病的本质。"

我："疾病的本质？"

他："对。具体点说，是癌症的本质。你知道为什么癌症到了现在，还没有办法根治吗？说句实话，再过一百万年，人类也没有办法根治癌症的。"

我："肿瘤科和我的科不对门。我不太清楚。"

他："癌细胞的本质是数学概率。这个说法你最好别说给一般病人听，否则其他肿瘤医生没法混了。癌症的本质就是个概率问题，就像计算机程序，运行久了，肯定出错的概率就会提高。哪怕这一秒出错概率只有百万分之一，但是如果从今往后再运行一百万秒，一千万秒呢？从整体来看，随着时间的延长，概率就会不断逼近百分之百！为什么很多人到了五六十岁，或者七八十岁，得癌症概率会越来越高？有人说那是机体老化导致的。但是其实主要原因是概率。每个人从一出生，癌细胞的扩散概率值就开始不断提高了。到了五六十岁的时候，很多人的这个概率值已经过半了，到了七八十岁，这个概率甚至可能已经到了百分之八九十。这才是癌症发作的根源。"

我：“这个说法……倒是挺新鲜的。”

他：“还不单单是癌症。其实每个人从生下来的那一刻起，各种疾病的概率值都在上升。癌症只是其中一种。高血压、心脏病、血管硬化、脑血栓……各种疾病的出现概率都已经开始上升。所有疾病都像是在玩龟兔赛跑，得癌症死去的人，只是因为他得心脏病的概率败给了得癌症的概率而已。哪怕他没有得癌症死去，他过几年也会因脑血栓死去，或者别的病死去。因为随着你年纪的增长，各种疾病的发作概率值都开始变得越来越高，大多数都可能超过了九成。你的死亡，只是从这些发作概率超过九成的疾病里随机抽取的一种而已。”

我：“听起来……就像是个死亡倒计时。”

他：“差不多。这就是个死亡倒计时。简直就像是外星人专门对付地球人的武器，用数学上的概率规律做的武器，是吧？我甚至都觉得，说不定，癌症就是外星人用来对付地球人的数学规律武器。”

我：“我现在有点理解你为什么隔三岔五做检查了。”

他：“没办法……我已经过了三十岁了。人过了二十六岁，各种身体机能就开始走下坡路了，各种疾病发作概率也开始急剧增加，很多人开始发病都是在二十六岁之后。这个时候，说不定，你体内就已经有癌细胞开始在扩散了。癌细胞扩散是很快的，有的一两周就能扩散到全身，你不每周去做检查，怎么确定你体内的癌细胞没扩散？不做检查，你怎么知道你一周前没有病，一周后就可能开始得癌症了？

“如果你放屁特别多，而且很臭，或者大便频繁很稀，你要小心了，因为那可能是结肠癌的症状。

“如果你肚脐眼周围隐隐作痛，就算很轻微，你也要小心了，那可能是十二指肠癌或者胃癌的症状。

“如果你体重短时间内下降厉害，而且人变瘦了，那就要小心了，那可能是恶性肿瘤的征兆。

“如果你的左腹隐隐作痛，你要小心了，那可能是直肠癌的症状。

“如果你的额头、胳膊或者肩膀上有皮癣，或者你有单足脚气，你要小心了，那可能是艾滋病的征兆。

“如果你的心脏有时候会突然刺痛一下，你要小心了，那可能是心脏病的早期症状。

“如果你的手向前平伸的时候，手指伸直会发抖，你要小心了，那可能是甲亢的症状。

“如果你上厕所的时候小便痛，或者有时候小便很浓，或者尿血，你要小心了，那可能是膀胱癌、尿毒症，或者糖尿病的征兆。

“如果你莫名其妙头晕或者头痛严重，那就要小心了，那可能是脑瘤的征兆。

“不相信我的话？行啊，你自己去网上查查看啊，看看我说的话对不对。我可以保证，我说的每一条，你都对得上。”

我和他的对话到这里就差不多结束了。那也是我这一生中最后一次和他谈话。

朋友的自杀，对我的感情和职业打击很大。这件事，也影响了我的人生轨迹。除了有时候在酒后变得更惆怅外，更多的改变，在于我在生活中，开始变得更加注意细节了。

后来我了解到，那个用针头扎了他的疑似艾滋病患者根本就没病，他只是因为和疑似感染了艾滋病的小姐发生了关系，然后以为自己得了病而已。

而且，有不算充分的证据表明，那个小姐，似乎也没有感染艾滋病。

但是，恐惧，却在这无形的锁链之中，以击鼓传花的方式，一个人又一个人地传递了开来。绝望之花，就这样在一个又一个无辜的人心中邪恶地盛开。

我还记得我的朋友留给我的最后一句话：

“科技再发达，人也是没有办法实现永生的。人类已知的疾病有七千多种，这七千多种疾病就是七千多个死亡倒计时，每一个死亡倒计时都在龟兔赛跑，都会随着宿主生命的延长，随时冲到终点。”

二、魔法的奴隶

在做精神病医生的这十年时光里，我见过形形色色的病人，当然也见过一些尚不能被定义为病人，但是也有着极其奇妙的世界观的人，这些人的世界观，有时候甚至比被定义为精神病患者的人还要颠覆，但是他们善于隐藏自己的真实想法，在别人面前表现得与常人无异，从而很难让人看出他们的内心世界与常人的殊异之处。这些人的内在或许已经被他们所构建的世界观影响，不过还不足以造成生理上的反应，所以他们的情况相对来说还比较轻，他们极有可能是徘徊在常人的世界观与异常的世界观之间的人，就像是站在吊桥上摇摆不定的过路人，没人知道他们最终会走向何方。

虽然理论上，治疗精神病有比较系统的手段，但是在实际操作中，面对不同的病人，不同的医生有自己的治疗方法。之前我就遇到过一个病人，他总是能在墙角看到女人。我给他开了很多药，但是到最后，他的情况也没有得到太大的改善。直到他和“都教授”谈了一次话，“都教授”提议他给家里的每个墙角都放一个皮球，后来他的情况才有所改善。

后来我分析了“都教授”的做法，事实上，他的办法并没有解决这个病人能看到墙角的女人这一情况的根源，“都教授”只是通过他的方式让这个病人“不再害怕墙角的女人”。没错，那个病人依然能够看到墙角的女人，但是他已经不再害怕了，能够视之若无物，正常地生活和作息。

这是因为那个病人害怕墙角蹲着的女人的根源还是怕死，怕那个女人会来害自已，但是“都教授”通过构建一套新的世界观，告诉那个病人墙角的女人只是来找皮球的，并没有害他的意思。病人接受了这一套“都教授”构建出来的世界观，从而不再对自己产生的一些幻觉感到恐惧。

而事实上，这也是精神病治疗的常见办法，很多时候，我们并不是要根治一个人的疾病，而只是让他表现得和常人无异而已。

而我这次见的这个病人，其病情在我见过的病人之中能够排进前十。根据他的家属的描述，这个病人在家里总是做出一些极其奇怪的举动，比如，他会突然把一根涂抹着金龙油的木棍点燃，然后在屋子里到处走动，甚至大步逃跑。而有时候，他又会莫名其妙地把路边的树木、树枝拔出来，然后到处乱扔，或者是摘下树上的藤条把路边的电线杆或者垃圾桶给结结实实地捆绑起来。而又有的时候，他会拎出装满了水的水桶，狠狠地倒向一个走过他身旁的路人，把对方淋得浑身湿透。别人骂他，他也只是傻笑，别人打他，他也不还手，还是“呵呵”地傻笑。而情况严重的时候，他还会抓起地上的泥块、沙土砸向路过的人，结果他自然惨遭别人的殴打，但是他也不反抗，只是一个劲地笑。除此之外，有时候，他还会在不到饭点的时候一个人在厨房做饭炒菜。这本来也没什么，但是问题是，锅里空空如也，什么菜也没有，他炒的只是空气而已。再之后，他还会在家里大摆宴席，明明家里只有一个人，他却在八仙桌的四个角落都摆上倒满酒的酒杯，就好像在招待什么人似的。

好奇他的诡异行为的人当然会问他为什么要这么做。但是他闭口不说，只是一个劲地傻笑。但这并不是说他的脑子不好使，真的丧失了正常人的智力，事实上，大多数时候，他的智力还是正常的，他在生活上的行为举止和普通人并没有什么区别。

不过因为他遭到过几次毒打，又加上他的家属再难忍受他的行为，他最终还是被送到了精神病院接受诊断和治疗。

坐在我对面的时候，他显得很安静，只是抓着桌子上的一支圆珠笔不停地把玩，嘴角带着不太自然的笑。

我：“嗯，看起来挺精神的，他怎么了呢？”

患者的父亲把患者的一些情况告诉了我，虽然言谈之中他有所保留，但我还是能够感觉出他对自己儿子的担忧。

在听完患者父亲的话后，我转向了患者：“你爸爸说的这些，应该是真的吧？能说说，你为什么做那些事吗？”

他低着头，只是玩着手里的笔。

我：“没关系，你有什么想法，可以说出来的。我不会像其他人那样，把你当成不一样的人来看的。”

他：“不是我要做的，是有人让我这么做的。”

我：“哦？那是谁让你这么做的呢？”

他："一个魔法师。"

我虽然心里觉得他的话有些荒诞不经，但是出于职业操守，还是尽量配合着他的言论："魔法师？你觉得这个世界上有魔法？"

他抬起头看着我："你不相信是吗？那我们就没什么好说的了。"

我冲着患者的家属使了眼色，示意他们到门诊室外等候，然后继续和患者交流道："哦，我不是这个意思。我不是没有见过魔法嘛，你能给我说说魔法是什么样子的吗？"

他："我给你讲个故事吧？"

我："可以啊。反正我们有的是时间。你尽管慢慢说。"

他："有这么一个世界，那个世界和我们这个世界很像，但是那里的人不发展科技，他们发展的是魔法。"

我："魔法，就像是电影、小说里的那种魔法吗？"

他："差不多吧。在那个魔法世界，有一个魔法师，是个十多岁的小男孩，年纪还不大，但是天赋很高，而且还受到了一个学姐的青睐。因为嫉妒他，所以那个学姐的一些仰慕者经常找他的事，挑衅他。然后，那个小男孩就会接受那些人的挑战，从而证明自己。第一次来找那个魔法男孩的，是一个大个子，他擅长的是操控植物的魔法。就是那种可以让地上的树木长得很快的魔法。他用一些藤条把那个魔法男孩给困住了。不过，那时候那个魔法男孩已经学会了操控火的魔法，就把那些藤条都给烧了，从而得救了。"

我忍住想笑的冲动，道："之后呢？"

他："因为不断和厉害的魔法师比斗，魔法男孩的名气越来越大。他终于和他的学姐走在了一起。他们的感情很好。魔法男孩经常和他的学姐一起用魔法做饭，一起旅游，一起赏月。魔法世界的月亮，有时候是蓝色的，很美，很美。随着时光的推移，这个男孩长大了，可是那个爱慕他的学姐，却回到了她自己的国家。而且，因为政治原因，那个学姐所在的国家，和魔法男孩所在的国家发生了战争。他的学姐被困在了另外一个国家，出不来。”

我：“那之后呢？”

他：“为了救他的学姐。那个魔法男孩加入了一个刺杀敌国政客的暗杀团队，然后他们潜入了那个敌对国，魔法男孩把自己伪装成刺客，但是他的目的其实是救他喜欢的那个学姐。”

我：“然后他们成功潜入了是吗？”

他：“你慢慢听我说吧。要去敌国没有那么容易的。两个国家之间隔着一片用火焰魔法制造的火海，暗杀小组要穿过那片火海才能到敌国。之后，他们还要面对敌国巡逻军队的包围追杀。不过魔法男孩能操控水，而且他也会用泥土做炸弹。”

我：“嗯……听起来好像是个很复杂的故事。那么，最后那个男孩救出他心爱的学姐了吗？”

他：“没有。他爱的那个学姐死了。”

我：“是被暗杀小组的人杀死了吗？”

他：“不是，是被那个魔法男孩杀死的。”

我：“为什么？你不是说，那个魔法男孩喜欢他的学姐吗？为什么又杀了她？”

他：“因为，他爱的那个学姐，是敌国的公主。敌国战败后，敌国的皇室都被杀了，而残余党派偷偷带走了公主，他们想要扶植公主上位。魔法男孩爱他的学姐，可是，他和她毕竟不是一个国家的人，最后，他只能做出这样的选择。他很痛苦，可是他没有办法。”

我：“那后来呢？”

他：“战争结束的那一天，暗杀团队的人和魔法男孩一起在庆功宴上喝酒，人们为战争的胜利而欢呼，而魔法男孩表面上笑着和别人碰杯，但是中途的时候，他离开了酒席，一个人在屋外，望着屋外的蓝色月亮，哭得伤心欲绝。”

我唏嘘道：“这……真是个悲伤的故事啊。”

他：“是啊。那个魔法男孩很可怜。”

我：“那么，这些和你的那些行为有什么关系呢？”

他：“因为我在帮那个魔法男孩施展魔法。”

我：“帮助他施展魔法？什么意思？等一下，我好像有点明白你的意思了。你说那个魔法男孩和挑衅他的人比斗时，放了操控火的魔法，而你又在家里放火，难道说，这有什么关系吗？”

他：“你说对了。他施展火焰魔法的时候，我就会点火，把东西点燃。”

我：“你说那个魔法男孩穿越了火海，是靠操控水的魔法；对付敌国军队，是靠泥土做的炸弹，难不成，这也是你向别人泼水，然后砸泥沙的原因？”

他：“没办法，我只能那么做。我被他下了命令，我一定要在那个时刻做这些事，我只能帮他，我反抗不了。”

我：“可是你在我们这个世界放火，泼水，跟那个魔法世界又有什么关系呢？”

他笑了：“当然有关系的。因为魔法世界和我们这个世界，是表和里的关系啊。你看过魔术师的表演吧？魔术师能够让镜子里钻出人手来，但是其实那只是表象，真正的原因是镜子下面躲着人。魔法也是一样的。魔法的本质，其实也是一种魔术，只不过这一面镜子是空间。我在这个世界放了火，丢了石头，泼了水，那个魔法世界就会有飞舞的火球，腾空的石头，还会有浮空的水花。”

我心头恍然。

我：“不过，仔细想想，你说的也不太对，你一个人丢石头，泼泼水，也没有多少吧？怎么能熄灭火海、击退敌军呢？”

他：“很简单。因为那个魔法男孩操控的人不止我一个啊，还有很多其他世界的我。也许有几千个，也许有几万个，甚至几万亿个我。有那么多的我一起放火，一起丢石头，那威力就很大了。”

我：“其他世界的你？你是说平行世界吗？”

他：“差不多吧。世界又不止一个，对吧？每个世界都有我的，只不过那些世界的我，都是普通人，不会魔法。那些世界的我，和这个世界的我一样，都被那个魔法男孩操控了。我和其他世界的‘我’，是一朵菊花上的花瓣，而那个魔法男孩，就是花心。他站在花心的位置，操控着所有世界的‘我’。我们没法反抗，只能像傀儡、木偶一样，听从他的命令，没有办法。所有的魔法，说到底，都是空间魔术而已。”

我：“那你想过反抗吗？”

他：“有时候我想反抗。但是想到那个魔法男孩的身份，我就放弃了。”

我：“魔法男孩的身份？他的身份是什么？”

他：“他就是我，只不过是会魔法的我。每一个魔法世界的魔法师，都是通过奴役其他普通世界的自己，来使用魔法的。魔法世界，要比普通世界的层次更高。魔法能力越强的魔法师，能奴役的其他世界的自己也就越多。”

经过诊断，这名患者的大脑被确诊有功能性障碍，而这导致了他在有癔症的同时，还有轻微的癔症性身份识别障碍（俗称“多重人格症”）的倾向，也因此导致了他幻想自己在其他世界还有分身存在，并且认为那个分身就是魔法世界的自己。

在经过一段时间的诊治之后，他的情况好转得非常快。

患者的家属认为是我们医院治疗的功劳，特地带了锦旗来感谢我。但是当我和这个患者谈起那个魔法世界的故事时，他却告诉了我另外一个答案。

我：“那个魔法男孩，最后怎么样了呢？”

我特地没有说那个魔法男孩是另一个他，而是习惯性地用了魔法男孩这个称呼。

他：“因为伤心过度，他自杀了。所以……我和其他世界的我，都解放了。我已经自由了。”

那一刻，我看到他的眼角，仿佛有泪珠闪烁。

从科学的角度来看，很显然，他是通过科学的、系统的治疗，使病情得到了改善。

但是从魔法的角度来看，也许，真的是因为那个魔法男孩的自杀，才让他得到了解放吧。

谁知道答案呢？

就像一句流传很广的俗语：

“人们只愿意相信自己愿意相信的事，而不会管那是真还是假。”

三、流动的生命

不是我值班的日子里，偶尔有空，我会和“都教授”一起去距离精神病院不远的公园走走，因为那里空气清新，环境幽静，而我们都喜欢散步。不少的患者都会到公园里来散步或者做室外运动，在这里，我有时候能够遇上一些比较有趣的人。

那是一个休息日，当我和“都教授”在公园里散步时，我看到了一个奇怪的女子。

她光着脚，穿着一件无袖的白色连衣裙，站在一棵老榆树下面，仰头静静地望着老榆树的树叶，就像是被树上的什么东西吸引住了。

那时候，我并没有太过在意。因为在这个公园里，你几乎什么样的人都能够碰到。

但是，当我和“都教授”散步快要结束，再次经过那棵老榆树时，却发现那个女子依然仰着头，静静地望着老榆树上的树叶。我终于有点忍不住好奇了。

于是我走上前去问道："这树上是有鸟吗？"

她在原地站了好一会儿，才慢慢转过头来，用一种朦朦胧胧的眼神看我，就好像没有睡醒。这时我才发现这个女子比我想象的要年轻，而且长得还挺美。

她静静地看着我，半天后，才用一种像是没睡醒似的语调问我："你觉得这是树吗？"

我一下子被她奇葩的反问给问住了。我看了看她眼前的老榆树，说："这难道不是树吗？这棵榆树有一些年代了吧？长得倒是还挺好看的。"

她摇了摇头，说："这不是树，这是猫。"

"都教授"也笑了："为什么说这是猫呢？"

她指了指老榆树正下方挨近树根处的一个小土堆，然后说："半年前，一只猫埋在了这里。现在树把猫的营养吸收了，树就是猫。"

我明白了她的意思，点了点头，笑着说："你是说树的养分有一部分来自猫的尸体，所以树的一部分是猫，是这个意思吧？不过啊，树也有很多的养分是从空气里的二氧化碳得来的，也有一些是从虫子、泥土里吸收的。"

她："所以，它是猫，也不是猫。它也是鸟，是虫，是老鼠，是人。"

我觉得有点毛骨悚然："怎么还会是人呢？难道这棵树下面还埋过人？"

她看着我，说："没有。但是，我说的是真的。不单单是这棵树，你的身体里，也有五十个原子是来自爱因斯坦的。"

我看向了一旁的"都教授"，笑着问道："你相信她的话吗？"

"都教授"笑着说："为什么不相信呢？她说的是事实啊。一个人身体里的物质循环出来后，就扩散到了整个世界，只是密度不一样。打个比方，你喝过的水，就被无数人喝过。你呼吸过的空气，也被无数人呼吸过，当然，也有无数人呼吸你呼吸过的空气。所以从这个意义上来说，我们的身体里，的确有一部分来自爱因斯坦，甚至可能来自牛顿，来自达·芬奇。她说的，是有道理的。"

"都教授"的回答让我一时间无言以对。

她："其实说到底，还是界线的问题。"

我："界线的问题？"

她："没人知道沙漠和陆地的分界线在哪里，也没人知道地球大气层和太空的分界线在哪里。我们，都只是模糊地在看这个世界。生命也是一样的。没人知道生命和生命的分界线在哪里，也没人知道人和人的分界线在哪里。每个人，都是你中有我，我中有你的。"

她的思想多少让我的内心有所触动。

我："你是怎么产生这样的想法的呢？"

她沉默了一下，然后开始说她的故事："你是说我关于生命本质的想法吗？"

我："是啊。你刚才说的不就是吗？我很好奇你为什么会想这些。"

她的表情变得悲伤起来："我家人死了。"

我脸上的笑意一下子消失了，看着她脸上的悲伤表情，我意识到自己开启了一个不适合的话题。

她："车祸死的。带我弟弟去烧烤的路上，撞上了一辆载着花木的卡车。”

我：“这样……不好意思，看来我不该问这件事。”

她摇了摇头：“没关系，你想知道，我也可以跟你说。我跟很多人都说过。”

我：“嗯……你总是想这些吗？”

她淡淡地苦笑：“我家人死了之后，关于生命是什么这个问题我想了很多，也看了很多这方面的书。有一段时间，每天晚上，我躺在床上都会想，我将来会怎么死。在很多年后，我要死的那一刻，是什么样的感觉。我可能躺在床上，呆呆地面对着一片雪白的天花板。也可能是在家里的客厅里，躺在躺椅上，看着周围的子女。一想到我将来死的那一天，我就连睡觉的心情都没有了。”

我：“死亡是每个人都逃避不了的事。与其想那些东西，先想想当下的日子该怎么过不是更好吗？反正死这种事，什么时候来，不是自己能掌控的。”

她：“也许吧，当然，现在我更感兴趣的，不是我什么时候死了。而是人死之后会发生什么。看了很多书后，现在我明白，死是不存在的。”

我：“死不存在？这不是我们一般说的死吧？”

她：“是啊。人死之后，他们就会被分解，他们身体里的各种成分，就会被其他物体吸收。可能被虫子吃了，也可能被植物吸收了，还可能被动物吃了。”

我：“然后你想说，死了的人，身体被植物吸收了，就变成了植物，然后植物被动物吃了，又会变成动物，动物被人吃了，又会变成人？”

她笑了："你也这么想过，是吧？可是很多人，都只是有这样的想法而已，却没有多少人真的去验证过。"

我："你验证过？"

她摇了摇头："我没有。但是有人做过这方面的研究。那是美国的化学家舍恩海默，他做过这个实验。他在氨基酸里标记了一种叫'重氮'的化学元素，然后把这些氨基酸喂给小白鼠吃。在一段时间后，舍恩海默又从小白鼠的身上收集了一些蛋白质，然后他惊讶地发现，小白鼠的蛋白质里，也有了重氮这种元素，这说明，喂给小白鼠的那些化学物质，已经变成了小白鼠身体的一部分。我们看到的小白鼠，虽然还是小白鼠，但是其实，它们已经不是最开始的小白鼠了。它们是另外的东西组成的。所以，我明白了，生命的本质是流动的，就像是一条条奔走的河流，从西流到东，从北流到南，我们看到的一个个的生命，都只是这些河流中途暂时汇聚成的一个湖泊罢了。而这个湖泊里的水，其实也在缓慢地流动着。"

我："看来你真的看了很多这方面的书。"

她："是啊。我看了很多，也真的思考了很多。所以我不担心死亡。死亡只是生命漫长流动的一个过程而已，就像竹子的竹节一样，过了这一节，就到下一节去了。"

我："可也正因为生命短暂，所以每一节才宝贵，不是吗？"

她："是啊。要多做善事。"

我："多做善事？你信佛吗？"

她："信一点。但是要做善事的原因，不是因为信佛。"

我："这是怎么说呢？"

她："你想想，在以前，做善事的人，会请别人吃饭吧？古时候的人的菜，很多都是自己种的，而他们的菜，都是用他们的粪便浇灌的。你给穷人吃饭，你的一部分就留在了他们身体里。等你死了以后，你就会变成他们中的某一个，或者变成他们的某一个后代。”

我：“变成他们中的某一个？不过，就算按照你的说法，那么多人身体里都有你的成分，你怎么知道你变成他们中的哪一个呢？”

她：“当然是看比例多少了。身体里有你的成分比较多的那个人，就是下一个你，少一点的，就不是了。你想想，如果你多做善事，就可以很快投胎变成人。但是如果你很自私，不做善事，不肯把自己的一部分分享给别人，那么，你就只能是虫子，要从头开始了。”

我：“如果你说的是真的，那仔细想想，也是很惨啊。哈哈。”

她：“是啊。除了请别人吃饭。献血，也是做善事，因为献血也是把你的一部分生命给别人。还有捐献器官，也一样会把你的一部分扩散出去。为什么人和人之间要互相帮助呢？我想，其中一个原因，就是对于每个人来说，他人都是自己将来投胎的躯壳吧，帮助别人活下去，其实也是在帮助来生的你自己。”

她的世界观其实并不是完美无瑕的。在她的信念体系里，她认为人死了以后，死者的灵魂会转移到身前拥有你最多成分的那个生物体中去。她说，每个人在新的一天醒来时，都已不再是自己，而是昨天的灵魂和进入你体内的他人灵魂混合后产生的新灵魂。

我不知道该怎么反驳她的观点。当然，比起该怎么反驳，更重要的是，她的观点，需不需要去反驳？

如果她的观点可以让这个世界更美好，真与假，对与错，还有那么重要吗？

在离开公园之后，我和“都教授”去了附近的面馆吃饭，这一次，是他特地请我的，他说那家面馆的味道很不错，值得去品尝。事实上，那家面馆，我以前也吃过。

在吃饭的时候，我们谈论起了那个女子说的关于生命本质的话，我问“都教授”，对于那个女子的观点，他怎么看。

“都教授”笑着说：“你想问我什么呢？问我她说的是不是真理？还是想问，值不值得信任？”

我：“不，我没那个意思。我只是想问，你觉得她的话里有没有什么漏洞？”

他：“那当然有。事实上，按照她的理论，一个男人去和其他女人疯狂乱交，将自己的一部分留在其他女人体内，也是一种传播自己‘灵魂’的极佳方式。”

我一下子说不出话来了。因为“都教授”这句话，一下子就戳中了我走来的一路上内心觉得迷惑却又没有想透的一点。

他：“但是那不重要。重要的不在于这个世界是什么，而在于我们要什么。费耶阿本德是个有趣的哲学家，他说过一个有趣的理论，那就是这个世界没有真正的真理，这个世界是多元的。科学也并不比神学、神话或者形而上学之类的东西更能够提供一个让人信服的世界观。”

说到这里，我和他都笑了。

饭吃到一半的时候，我又问他：“那么，你对于灵魂，还有人死后的感觉之类的观点，是怎么看的呢？”

“都教授”停下了筷子，说：“你觉得今天的这碗面怎么样？”

我：“还可以。”

他：“事实上，这里的厨师已经换人了，五六天前刚换的。但是在我吃来，这面的味道没有太大区别。知道为什么吗？”

我：“一般来说，一家店的面都有配方和菜谱，就算换了厨师，口味差别也不会太大吧。”

他：“对，对于一家店来说，只要配方不变，那么就算厨师换了，味道也不会差太远。灵魂也是这样的，就算组成你身体的成分，或者说生物分子换了，你难道就不是你了吗？”

我：“所以你相信有灵魂吗？”

他：“那就看对灵魂的定义了。事实上，灵魂可以是一种功能。一辆车的零件偷偷换了很多，但是只要外形和功能让你分不出来，那么它就还是那辆车。如果你的朋友还能用和昨天一样的口吻和你聊天，那么对你来说，他就是有和昨天一样的功能，所以他也是昨天的那个灵魂。”

我：“所以，你的意思是，我们看一个物体，应该看它的功能，而不是看外观？”

他：“对。我们要用看功能的眼光来看别人，而不是看别人长什么样。只要你的朋友看到你还会对你展露出微笑，那么他的‘朋友’功能就还没有丧失，你也可以认为他还是你的朋友，就算他可能胖到你都认不出来了。用功能的观点看这个世界，而脱离具体的外观，这可以让我们收获很多。”

“都教授”的话让我沉思良久。或许他说的都是很浅显的道理，却总能引发人向另一个世界思考。

吃完面后，我和“都教授”起身回医院。路上，我们又经过了那个公园，我看到那个女子居然依旧静静地伫立在那棵老榆树下，而她的眼角，似乎还带着点泪光。

也许，是因为之前我们和她的那番谈话，让她想起了她的伤心往事?

我不知道。

但是当我吹着风，打着饱嗝向前走时，我却突然想到了一个问题：

如果生命是流动的，一切都是你中有我，我中有你，那么我刚才下肚的那碗面里，又藏了多少她的泪水呢?

四、女性化时代

见他，是我的一个同事的请求。

他说，他的亲戚有一个儿子，现在已经快三十岁了，但是不想结婚，因为他有女性恐惧症。他害怕跟女性说话，害怕和女性见面，甚至，在电视或者电影中看到女性，他都会感到浑身不自在。这给他的家人带去了极大的困扰。因为他已经到了该找婚配对象、组建家庭的年龄了。

于是，在一个周末，我抽空去见了他。

他在软件公司上班，那里几乎都是男性。

我和他约在酒店里见面，一边吃饭，一边聊天。

看到他熟练地点单，我好奇地问他："你是不是经常来这里吃饭？"

他："只来过几次，我选这里，是因为这里的服务员都是男的。"

我：“我听你的叔叔说了，你不喜欢跟女生交往，这是真的吗？”

他：“差不多吧。我从小到大，都不怎么和女孩子说话……小时候稍微好一点，长大之后，除非真的有必要，不然我都是尽量不和女性说话的。”

我：“为什么呢？能说说原因吗？”

他：“如果单单是从直觉上来说的话，我讨厌女人看我的眼神。”

我：“眼神？”

他一边喝茶一边对我说：“女人看男人的眼神，其实跟考官看面试学生的目光是一样的，你知道吗？”

我：“哦？我倒是没有留意过。”

他：“事实就是这样的。女人看你的眼光，都是一种带着审视和猜疑意味的眼光，特别是当她盯着你看的时候，她的身份就是考官，在对你进行面试。她的心里，其实已经开始对你进行打分了，她心里会想‘你这个人配不配做我的交配对象’‘你这个人的基因合不合格’‘你这个人的社会地位如何’‘你这个人的能力怎么样，表现怎么样’，这些想法，可能不一定是有语言组织的具体想法，而是一种直觉上的想法。你可以理解为，每个女人的脑子里，天生就有一个考官，专门用来给‘男人’这个学生群体进行测试。”

我不禁笑了：“你为什么坚信这一点呢？”

他：“很自然的事啊。你看看动物世界不就知道了？动物世界，比如说，狮子、猴子、猩猩，都是为了争夺交配对象而打得头破血流、死去活来。那个时候，雌性就在旁边看着，就像评委看着正在舞台上表演的演员一样，她们泰然自若、气定神闲。等到雄性打完了之后，雌性就一起去跟胜利者交配。这个过程，其实就是一个老师考验学生的过程。我了解过，很多男人面对女人时，都会不敢直视她们的目光，因为她们的目光会让他们觉得浑身不自在，这种感觉，其实跟学生不敢直视老师的目光一样。”

我：“你说的只是一部分女性吧。女性也是一个巨大的群体，每个女人的行为和性格都不一样，不能一概而论，不是吗？”

他：“每个女人都是一样的，只要生理器官上是女性，大脑里自然就会有这个打分机制。就像你的电脑配置了鼠标，自然而然也会有鼠标垫一样，这是一种配套的功能。”

我：“可是，你看看，在社会上，那么多男人不也追求女性嘛。想要组建家庭，想要有后代子孙，必须得和女性接触，不是吗？难道你没有想要组建自己家庭的想法？”

他的表情有些复杂：“我不想。因为组建家庭，其实就是女性对男性的奴役而已。不论是自然界，还是原始社会，家庭的核心，其实是女人和孩子，男人根本就是一个边缘角色。你看看中国古代的各种文献古籍记载，什么孟母三迁、劈山救母，都是儿子和母亲之间的故事。至于父亲？记载寥寥无几，因为男性对于女人来说，除了提供几个精子之外，用处不大，最多就是当当提款机或者打工仔，给这个家庭打工，提供资源。”

他的说法让我感到不太舒服，但是不等我想出话来反驳，他就继续说道：“你知道退火算法吗？”

我摇了摇头，表示不知道。

他继续说道：“好吧，那我再举个例子吧。现在国外的很多研究所，都是利用计算机来制造某种特殊材料的。他们会把各种化学成分杂乱无章地放在一起，让它们随机组合，然后产生出各种不同性质的材料，然后研究者再从一大堆材料里选出自己想要用的工程材料。女人，就相当于是研究者，而男人，就是那一大堆的材料而已。各种男人在社会上斗得头破血流，其实就是证明自己有用的这么一个过程，就像计算机里的材料展现自己的优势属性，好让女人这个研究者群体选用。”

我：“你把男人看得也太可怜了。其实，在古代，女人的社会地位是很低的。古代还是男权社会。”

他笑了：“那你才错了。其实，从生物进化以来，一直都是女权社会，男权社会只是错觉，其实从来都没有存在过。人们之所以误以为男权社会存在，是因为社会这个词，一开始发明的时候，本来就是男性专用词，是专门给男性用的，就像单身汉，是专门给男性用的，不适合女性使用。适合女性的专用词，是和社会相对的‘家庭’。”

我：“社会概念不是比家庭大多了吗？”

他：“错。大错特错！社会概念比家庭要大，这就是一个逻辑上的错误。我们假设一下，这个世界上，只有两户家庭，然后两户家庭的男丁为了上山打老虎，组建了一个二人小组，这个二人小组，其实就是一个社会。在这种情况下，社会概念可比家庭概念小多了，社会仅仅是两个男人构成的松散联盟而已，而且打完老虎，这个社会结构就解体了。而且，在动物界，很多动物都是一夫多妻，一只雄性领主，可以占有几十只雌性的交配权，那么它们就是一个大家庭，而社会？又哪里有什么社会概念？人类现在之所以产生社会比家庭概念要大的错觉，是因为人口上升了而已。社会人口比家庭人口多，于是大家就认为社会是个大概念。但是假如人口减少到一定程度，家庭才是主流。在原始社会，很多都是以家庭为单位分开来居住的，他们一家人住在山洞里，哪来什么社会概念？”

我：“不过现在社会这个词的概念很复杂，也不能一概而论。”

他：“但我说的是社会这个词的本义。你想想，在原始社会的时候，男性要对抗外界的各种危险，比如说对抗狼，对抗老虎，对抗狮子，所谓的社会，其实就是一群男人联合起来一起去打野兽。社会这个词，一开始就是适用于男性的。女性呢？只要在家里照顾孩子就行了。她们需要去和野兽搏斗吗？需要去翻山越岭冒险劳作吗？根本不需要。她们把家庭弄好就行了。但是现代社会，因为体力需求少了，很多工作靠脑力就可以胜任，所以女性才会走出家庭，走上社会，做一些可以替代男性的工作，所以女权才会兴盛起来，因为女性想要蚕食原本属于男性的这个‘社会’。她们不仅仅想要家庭地位，还要社会地位，如果这么发展下去，以后科技发达了，男人还有什么用呢？”

我：“这种观点太悲观极端了。不管是男人还是女人，本质上还是人。虽然有差别，但是更多属性还是共通的。”

他：“蚁后和工蚁也都是蚂蚁，难道他们就是差不多的吗？其实对于你母亲来说，你父亲只是一个雇来的打工仔而已，你母亲才是老板。如果你父亲表现不好，你母亲是随时可以把他请出家门的。”

我：“你父母是不是关系不太好？”

他：“他们关系很好啊。但是这跟我有什么样的想法没有关系。很多心理医生啊，总是以为一个人内心产生一些极端想法，肯定是他从小接受的教育不好，或者小时候的生活环境不好。但是事实上，很多犯罪分子或思想极端的人，都是从教育优良、关系和睦的家庭里出来的。觉得小时候心理创伤才导致一个人性格或者行为异常，只是心理学家的一个错误的假设而已，特别是弗洛伊德那种精神分析学家，老是强调这些。其实我觉得这错得很离谱。很多罪犯或者所谓的精神病人会产生一些异于常人的想法，不一定是他有过心灵创伤，而纯粹是因为他们活在一个人性本能受到压抑的虚伪社会，然后有一天，他们突然发现了更真实的人性和自我，所以想要挣脱社会给他的虚假的牢笼而已，就像《楚门的世界》那样。”

我：“你觉得你生活的环境给你制造了虚伪的一面吗？”

他：“本来就是啊。比如说，男女平等，或者说，把男女比作阴阳，这些，其实都是中国人的错误观念，是一种简单的对称思维而已，但是自然界可要复杂多了。男女之间根本不是阴阳对称关系，分明是老板和打工仔的关系啊。男性自然出生率还比女性要高几个百分点呢，哪里阴阳对称了？还有一夫一妻制，谁说是最稳定的？其实，我觉得一夫多妻和一妻多夫混合，对这个社会才是最稳定的。就像是一正一倒两个三角形互相拼合成一个正方形，这才最稳定。”

我：“可是男人也有很多的优势啊，比如说体力上。很多岗位，女性还是没法替代的。”

他：“所以这不更证明了我的猜想吗？女人和男人就是老板和工人的关系，老板需要像工人那样有良好的体力吗？不需要，老板只要懂管理，手头有资源就行了。女人的子宫就是她们的资源。每一户家庭，都是一个天然的公司，女人天生就是管理家。而且，现在脑力劳动越来越取代体力劳动了，男性以后的优势，也要没有了。唉。等到女性走上社会后，她们既在家庭上占据主导，又在社会上占据主导，那时候，男人就会慢慢灭绝了。”

我：“为什么说男人会灭绝呢？”

他：“你想啊。等女人走上社会，有发言权了，她们肯定会争取一些对她们有利的制度。比如说，一夫多妻制，就是对女性有利的制度。”

我：“一夫多妻怎么对女性有利了呢？我觉得倒是不尊重女性。”

他：“不不不，一夫多妻，其实恰恰是对女性有利的，一夫一妻才是保护男性的，特别是那些找不到对象的男人。你想想，如果全世界的女人都去找一个最完美的男人结婚，怀了他的孩子，其他男人不就被淘汰了吗？但是从进化的角度来说，人类的后代却可以迅速地拥有良好的基因了，如果一夫多妻制流行的话，人类的基因会很快优化。这从宏观角度来看，对人类群体是有很大好处的。现在捐精已经这么流行了，精子库那么多，女性以后都可以当单亲妈妈了。如果女人们达成共识，只选择少部分优秀男性活下来，不和其他男性结合，其他男性就被淘汰了啊。在未来，肯定会这样的。而且，现在这种情况已经开始了。”

我：“已经开始了？”

他：“是啊，难道你不觉得现在全世界的审美都开始向着‘小鲜肉’‘娘炮’的方向发展了吗？其实，这就是女性在进行基因选择了。女性追星比男性疯狂多了，为什么？因为她们可以同时嫁给一个最优秀的男人啊。其实女性天生就是向往一夫多妻的。只不过，在这种情况下，那个‘夫’，其实是被女性圈养的宠物而已，与其说是一夫多妻，倒不如说是‘一宠多主’。

“将来的男性，会越来越女性化，因为野蛮社会已经过去了。男性只有靠女性喜欢，才能得到女性的宠爱，得到她们的一点点赏赐，把基因遗传下去。而女性，肯定会选择和自己长得像同类，看得顺眼的男性作为赏赐的对象。”

在逻辑上，他的观点的确非常自洽，但是，他的话却让我感到非常不舒服。我试图告诉他，社会很复杂，需要考虑方方面面，比如，男性还在决策、心理、情绪控制等领域有优势，而且没有产期。社会是讲究效率和成本的，如果是考虑这些，男性还是有很大优势的。但是无论如何，他都听不进我说的话。

我和他的这一顿饭，算是不欢而散了。

后来，我和“都教授”提起这件事，问他有什么良策，可以改变那个人的世界观，让他跟女性去接触。“都教授”笑着说：“其实很简单，你只要这么跟他说就行了。这个世界上的性别，不止两种。他所有的逻辑基础，都建立于这个世界上只有两种性别这个牢不可破的传统观念，只要你打破了这个观念，他的一切理论，自然就可以不攻自破。”

“都教授”的话给了我莫大的启示，我甚至有种醍醐灌顶的感觉。

是啊，每一个认为自己的理论牢不可破的人，都必然有一个逻辑上的起点，他会认为某一个认识是理所当然的，然后开始构建他的理论。

可是，如果他的起点就是错的呢？

但是不论如何，和这个年轻人的对话，还是给了我一些有趣的想法，至少，他对社会和家庭观念的讲述，让我更深入地了解了老子的想法。

《老子》曾说：

“邻国相望，鸡犬之声相闻，民至老死，不相往来。”

也许，早在千年之前，老子就已经洞悉了家庭和社会之间的本质关系吧。

五、鱼人

如果接下来这个病人的发言让你感到不适，那么我想这是很正常的，因为绝大多数人在听到他的发言之后，都会感到不适，因为他的发言就像一只恶魔的手，会把人裹得严严实实的心理外衣一件一件地剥落下来，露出最为真实的自己。但是，这个所谓的“最为真实”的自己，是否是每个人都能够接受的，那就是个问号了。

至少在我看来，人是多面的，就像一台电脑有很多零件，你不能指着音响说那就是电脑的本质，是电脑的功能，你最多只能说电脑有播放声音这一功能而已。人性也是一样的，你不能说人在极端时表现出来的一面是真实的，你只能说人可以表现出这样的一面，或者说原来人还有这样的一面，但是你不能认为那就是人类的真实面貌。事实上，美好与和善，也可以是人本质的一部分。

他：“不知道你听没听说过这样的说法，人类胎儿在母亲肚子里的演化过程，和动物的进化过程很相似，甚至在极大程度上重演了动物的进化过程。”

我：“这个我倒是知道，而且的确有一些解剖学和发育学上的证据支持。听说，人类胚胎的发育过程会依次像鱼、蝌蚪、爬行类、哺乳类动物。是这样，对吧？”

他：“对。看来你是真知道。当然其实这个观点现在也不算太新鲜了。我要说的是另外一个问题。这个问题比胚胎发育更有意思。”

我：“哦？什么问题？”

他：“人的成长。其实，人的成长过程，也是一个动物进化的过程。很多人侧重于胚胎发育，以为人出生之后这种胚胎发育过程的进化重演现象就停止了，其实不是，人出生之后，还要继续发育，继续走动物进化的道路。”

我：“哦？”

他：“比如说，刚出生的小孩，智力还在鱼类的层次，一直到了一岁，两岁，三岁，四岁，才慢慢变成爬行类、哺乳类动物，但是哺乳类也是分层次的，比如说狗的智商层次，猴子的智商层次，然后才到人的智商层次。”

我：“这个倒是通俗易懂，可以理解。大脑毕竟有个成长的过程嘛。等变成人之后就好了。”

他：“那你就错了，完完全全地错了。”

我：“为什么……错了？”

他：“因为，人类后天发育的只是很小的一部分，就像电脑一样，中央处理器啊、硬盘啊等等最关键的硬件其实已经装好了，后天发育只是稍微增加了一些外接键盘、写字板、鼠标之类的东西，虽然也重要，但是不是最重要的。就算没有那些东西，电脑也能照样运行。”

我：“你为什么会这样想呢？”

他：“因为事实就是这样的啊。你把大脑解剖之后，最外层是人类的逻辑处理层，里面是哺乳类，然后是爬行类，再之后是鱼类的大脑部分。人类的大脑就像俄罗斯套娃一样，一层套着一层啊。”

我：“这个我知道。我看过关于大脑分层的理论，而且以前也有人跟我讨论过这个。”

他：“但是你知道的还是太肤浅了。你只知道它的原理，却还没有深入认识到其他更本质的问题！”

我：“更本质的问题是什么？”

他：“那就是，我们每个人，本质上都是鱼。或者说，是一条条的鱼人。”

我：“这个无非就是换个名词而已吧，对象毕竟还是一样的。”

他：“这很不一样。如果你把人当成鱼来看，就可以解决很多的问题。”

我：“比如？”

他：“比如鱼类有洄游现象吧，你对比咱们中国的春节，是不是很相似？”

我：“这个完全风马牛不相及吧？洄游跟春节怎么能是一回事？大部分鱼类洄游是为了繁殖后代吧？春节跟这个有什么关系？”

他：“不，洄游分为生殖洄游、索饵洄游、越冬洄游。其实人平常去外地工作就是寻找饵料，回家过年就是一种集体洄游现象。”

我：“嗯……就算这样勉强能解释，也不算什么吧。”

他："哈，刚才只是举个例子。其实还有更相似的地方，比如说，你从地铁上下来的时候，会往哪走？"

我："往电梯走。"

他："但是如果你在一个陌生的城市，刚下地铁不知道电梯方向呢？你一下车，会不会自然而然地往人多的地方走？哪怕他们去的地方是洗手间而不是电梯，你也会自然而然地那么做？"

我稍稍想了想，最后还是点了点头："有时候是这样的……不过那样主要是习惯吧。"

他："鱼类也是这样的。包括候鸟迁徙，它们也是不假思索地就那么做了，就像人下了地铁之后不约而同地往人多的地方走一样，就算带头的人把他们带到了错误的地方。你说，人和鱼，是不是很像？"

我："只是比喻层面的相似吧。不相似的地方不是更多吗？"

他："你听我慢慢说。其实我不单单想说人和鱼的相似，我是想说，虽然每个人都在随着时间成长，甚至成年之后思想成熟了，但是其实那都是表象而已，真实情况是哪怕一个人的年纪到了七八十岁，他的本质还是跟小孩子差不多，还是鱼类的思想层次，只不过他们更会伪装了而已。小孩子喜欢玩具，成年人喜欢木刻雕塑，喜欢木偶娃娃；小孩子喜欢玩具车，成年人喜欢汽车；小孩子喜欢弹珠，成年人喜欢围棋。其实本质上都是一样的，只不过小孩子没有足够的智力，也就是足够的'外接键盘'来支持他们的娱乐，所以只能玩稍微差一点的。"

我："小孩子的确能够反映成年人啊，不是有句古话叫'三岁看老'嘛。"

他：“对。但是所谓的三岁看老只是个性层面的，我说的是共性层面的。”

我：“共性层面？”

他：“刚才不是举了下地铁之后往一个方向走这种共性的例子嘛。其实还有很多的共性，因为小孩子的所有常见行为成年人都在重复着。比如说，小孩子都习惯衣来伸手饭来张口，那你去看那些有钱有势的人，不就要用人伺候吗？其实这种心理，就是小孩子需要父母伺候，需要他们喂饭穿衣的心理的延伸而已。别看那些特权者有权有势，其实他们的内在反而退化了，退化到了小孩子阶段。不是有很多新闻说，一些官员去考察，结果连鞋带都不会系，连衣服都要别人给他穿，甚至不知道皮带怎么扣，而且连一些农作物都分不清，闹了很多笑话吗？”

我：“这只是一部分，不能代表全体啊。个例哪儿都有。”

他：“例子可多着呢。一个例子可能说明不了什么，但是如果十个例子、一百个例子、一千个例子都在佐证我的观点呢？如果一个理论有一千个证据支持，哪怕它再怎么荒诞，科学家也会考虑接受的。很多成年人都有不成熟的表现，比如说，遇到一点点小事，就开始抱怨。其实抱怨这种行为也是一种小孩子不成熟的表现，延续了衣来伸手饭来张口的思维。”

我：“是吗？”

他：“就是这样的。小孩子喜欢向成年人撒娇，比如说，让成年人给他买玩具，给他买吃的，如果成年人不满足他，或者达不到他的期望值，他就会撒气，对父母说不满意。但是成年人长大了之后呢？他们的父母已经老去了，他们向谁撒娇，向谁说自己对得到的成果不满意，向谁说自己的辛劳没有收获呢？没有。但是他们小时候撒娇抱怨的习惯还是保持了下来，所以在成年之后这些习惯还是会干扰他们。真正心理成熟的人，在遇到一个问题时，想的不是抱怨，说别人如何如何，或者某个外在物如何如何，而是要自己动脑筋想办法主动去解决，这才是一个人思想成熟的表现。”

其实我觉得他的话多少有一些道理，不过整体来说，还是非常勉强，但是不管怎么说，如果按照他的思路去理解一些事物，却是非常有意思的。

他继续道：“再比如说，在小孩子的眼里，世界就是非善即恶，或者说，非黑即白的。你对我不好，你就是坏人；你对我好，就是好人。很多成年人依然有这样的思想。小孩子因为父母都照顾着他，整个家庭都围绕着他转，所以会产生‘我就是这个宇宙的中心’的念头，而很多人成年之后，依然会因为惯性有这种想法，可能真心认为自己就是这个世界的主宰。当这些人当了领导之后，他们喜欢对别人颐指气使，命令别人，让别人去办事，其实就像小孩子手指着桌子上的苹果说给我拿来是一样的。而一些人则是在社会上遇到了挫折，发现自己没有那么重要，但是潜意识里还是会把自己看得高于其他人。比如说，在倒酒的时候，先给自己倒酒而没有想到别人，直到别人提醒才发现；或者说去别人家里吃饭的时候，把自己喜欢的菜转到自己的面前来，别人却没得吃，这些可能是潜意识的，却反映出了成年人处于小孩子大脑发育的‘鱼人’阶段的心理。”

如果说之前我对他的理论还不太接受的话，那么说到这个份儿上，我就真的开始有些感兴趣了。因为他说的这些现象，我的确在不少人身上看到过，有些，甚至是有涵养的知识分子。

我："这样的人……倒还真的有。"

他："是，而且很多，对吧？很多人，不管是教养好的，还是自我约束力强的，只要你仔细观察，都能够在他们身上发现鱼人的成分。当然，这还不是最可怕的，还有更可怕的地方。"

我："更可怕的地方？"

他："比如说，小孩子不但会觉得自己是宇宙的中心，甚至还会觉得自己是万能的，因为他们只要指着一个东西，就会有成年人给他。小孩子在家里可以随意操控任何玩具，他们的眼界只局限在一个家里，他们可以控制家里所有的东西，所以他们的控制欲很强，这种觉得自己万能的强烈控制欲如果走入社会，会如何？他们会觉得自己就是对的，自己就是真理，别人的话一句也听不进去。你看过网络贴吧、微博或者别的论坛上的言论吗？你自己去看，就会发现，很多人都觉得自己是真理，哪怕另外一个人摆出道理来，他也是不会听的，他就是觉得自己是对的，固执地不肯改变自己的观点，甚至，有些人虽然心里觉得自己的观点错了，但是为了脸面，还是强行找借口说自己对。其实，要脸面也是小孩子鱼人阶段的心理。小孩子做错了事，是最会推卸责任的，比如说两个小孩吵架，肯定会红着脸说'他先打我的'，其实成年人，还有很多网民的心理，就是这种小孩子的推卸责任和认为自己是真理的心理的延伸。甚至，那些从小在家里习惯了自己是真理，自己可以控制一切的人，到了社会上会格格不入，到最后，他们一事无成，甚至会报复社会，或者自杀。就算有些运气好成功了，那些人如果手握重权，也会非常可怕，他们可以无视法律，完全按照自己的情绪来办事情，觉得自己爽的，就通过审核，觉得不爽的、看不顺眼的，就直接把你给封了，就是这样。"

他的言论让我觉得毛骨悚然，有一种仿佛冰水渐渐渗入我的衣服，然后又渗入我的皮肤、透入我的灵魂的刺痛感。

鱼人，鱼人……

按照他的逻辑走，真的不难发现，这个社会上到处都是鱼人。

到最后，我甚至有些后悔了。

一来是后悔和他的谈话，但是另一个后悔，是我最开始对他的言论抱着一种藐视的心理。也许，我也在不知不觉中，被藐视他人、觉得自己才是真理的“鱼人”思维所左右了。

六、时间缆车

遇到她，并不是在医院里，她不是我的病人，我也不是她的医生，我们都只是沿着各自的时间轨迹匆匆而行，然后在某个路口擦肩而过的路人。

但是我觉得我和她很像。

至少，在某些方面。

和她碰面，是在玉龙雪山大索道，我们乘坐的是同一趟缆车。那时候，缆车悬挂在高峻雪山的半山腰，在我们的脚下，是白茫茫的雪地，真的是万川如云，银装素裹，美不胜收。

那时候，我和她相对而坐，只是以陌生人的身份随口感叹着雪山的美景。

突然，她笑着问我："你是第几次坐缆车了？"

我如实回答："我还是第一次来玉龙雪山呢。"

她摇摇头：“不是这个意思，我不是问你第几次来玉龙雪山。我只是问你，你是第几次乘坐缆车？”

我笑了笑：“大概是第五次了吧。以前也去过黄山、泰山、普陀山之类的地方，都乘坐过缆车。”

她笑着说：“我很喜欢乘坐缆车的感觉。我已经是第八次来玉龙雪山了。”

我：“你很喜欢玉龙雪山的风景啊。”

她摇摇头：“雪山只是其次，其实我更喜欢的是坐缆车的感觉。我选择玉龙雪山，是因为我家离这里比较近。”

我笑着说：“坐缆车的感觉的确很好，就好像自己搭乘着一个看不见的扶手电梯，慢慢向天空中去，穿过草地，穿过云层，穿过雪山，然后去天国。”

她：“是的。这是坐缆车能给人的感觉。不过，我喜欢坐缆车，是因为一些别的原因。”

我：“别的原因？”

她笑道：“每次坐缆车的时候，我总是能够想起一些别的东西。关于宇宙，关于这个世界，各种杂七杂八的念头都会有。当然，最多的，还是关于时间。”

我：“时间？”

她：“嗯。以前，我经常思考，时间到底是什么，它到底是什么样的。在去年我第一次乘坐缆车的时候，我突然想明白了。时间，就该是缆车的样子。”

我：“为什么这么说呢？”

她笑着说：“因为时间就是这个样子的。在很多人的观念里，时间好像是一个箭头，或者说，是一条管道。不是有个比喻嘛，历史是一条长河，从过去，从宇宙大爆炸开始，一直流淌到现在。如果我们逆着河流前进的方向走，我们就可以回到过去，去到历史的某个时刻，见到历史上的一幕幕景象，见到过去的人。如果我们沿着河流前进的方向走，我们又可以去到未来。可是，事实上，这只是人们的一种幻觉，真正的时间，并不是这样的。”

我：“那是怎样的呢？”

她看了看窗外的雪景，说：“我说过，就像缆车。真正的时间，就像一列在虚空中前进的缆车。过去和未来都不存在，只有代表这一刻的缆车才存在。如果我们想要回到过去，或者去往未来，就像是打开缆车的门，向前，或者向后跳一样，只会落入虚无的深渊。”

我：“也就是说……过去和未来，都不存在，是吗？”

她：“是的，过去也好，未来也好，都不存在。真正存在的，只是现在，只是当下的一瞬间。”

我：“这个倒是真的很难想象了。因为毕竟这个世界上有很多的证据证明时间是存在的。比如说，我抬头看星空的时候，那些星光，都是从很远的地方来的吧？它们可能是从几亿光年远的恒星发射来的，那么，如果沿着这道光的轨迹，我们还是可以画出一条时间轴的，不是吗？”

她笑了：“这你就错了。你不懂相对论吧？如果你真的懂相对论，你就会明白，所谓光线从几亿光年外传来代表着那是几亿年前发出的，这种说法，是完全错误的。那些科普书上说的一光年是光一年走的距离，其实，很误导人。”

我：“不会吧？这是什么意思？”

她笑着说："你的观念需要转换一下。其实，几亿光年外的光，是瞬间来到地球上的，只不过，那光背后代表的恒星，演化的时间慢了几亿年。也就是说，几亿光年外的恒星发出的光，是和其他十光年、一百光年、一千光年外的恒星发出的光同时来到地球，然后被你看到的。"

她的话给了我极大的震撼，甚至可以说是完全颠覆了我过去几十年建立起来的宇宙观。

我好奇地问她："你是研究物理的吗？"

她笑着说："我是物理专业毕业的。当然，现在只是个初中老师。但是有空的时候，我也会思考很多关于宇宙的东西。其实，我一直想写一本科普书，去纠正一些过去物理书上错误的观点。我刚才说的几亿光年外的光线其实是瞬间到达地球的，只是那道光线代表的恒星发育晚了几亿年的观点，才更接近我们的真实宇宙。"

我："是吗？真的是很颠覆常识，给我一种当头一棒的感觉。"

她："如果你感兴趣的话，我还可以告诉你一些更有趣的观点，也是关于时间的。我想，这个观点，可能会更颠覆你的认知。"

我："是什么呢？我很感兴趣。"

她笑着说："其实，我们这个宇宙的时间是不均匀的，就像是无数碎片拼成的拼图一样，离地球越远的地方，时间跟地球就越不同步。"

我："不会吧？"

她："事实就是这样的。按照正常人的理解，全宇宙的时间是同步的，如果我能够乘坐超光速飞船，或者跨过一道时空传送门，我就瞬间可以去到十亿光年外的恒星那边。我到那颗恒星上时，那颗恒星和太阳的演化是同步的，可能年龄都是五十亿年。但是其实并不是这样，如果你真的超光速去了十亿光年外的那颗恒星上，你会发现，那颗恒星的年龄，其实只有四十亿年。”

我的呼吸开始变得急促起来，因为她的观点的确完完全全地颠覆了我的宇宙观。在过去，我认为这个宇宙的时间是连续的，是平滑的，整个宇宙的时间，都是同步的，可是现在在听了她的话之后，我对宇宙的看法，完全改变了。

在我的脑海里，这个宇宙变成了一个支离破碎的魔方，每一块空间，仿佛都是一个封闭的小方块，每一个小方块内的时间，都和其他方块里的时间不同。

我：“这个说法真的吓到我了。这么说，科普书上的那些关于时间的说法，都是错误的吗？”

她：“也不算错误。科普书是给不了解物理学的普罗大众看的，但是科普书里的关于宇宙的样貌的说法，跟真正研究物理学的人看到的宇宙图景，完全不是一回事，甚至可以说……是云泥之别。”

我：“这么说的话，任意两个人之间的时间，也是不同步的，不是吗？”

她：“是啊，严格来说，的确是这样的，只不过人和人之间的距离太短，还不至于表现出时间不同步的情况。其实，我们每个人，都只活在自己的时间封闭区域内。一个站在你十米外的人，和你存在的隔阂，除了空间，还有时间。在这个世界上，只有自己和自己的时间，才是同步的。一个在月球上的宇航员，他其实比现在在地球上的你要年轻一秒，只不过，当你花了十年的时间走到他面前时，他的成长时间是十年零一秒，也就是说，他会比你多成长一秒钟，所以在你们握手的一瞬间，你们的时间才会同步。”

她的话给我的启发是巨大的。在关于时间的问题上，几乎没有第二个人给我更多的启发。

我真的很希望向她了解更多的问题。

关于时间，关于宇宙。

可是遗憾的是，当我想要继续询问时，我们的缆车却到达了终点。

我有些无奈地对她笑笑，她也是淡淡地笑着，冲我挥了挥手。

在雪山相对而视之际，我们都没有说话。

然后，就这样，在我的注视下，她淡淡笑着，裹紧了白色的棉衣，戴上头罩，转身而去，消失在了玉龙雪山白茫茫的缥缈云雾之中。

就仿佛是去了另一个时间封闭区。

七、完美恋人

他，大概是我见过的最孤独的人。

他的孤独是从内心最深处散发出的，这种孤独感，不是物理概念上的孤独，也不是物质生活或者社交概念上的孤独。

他是母亲陪着到我的诊室来的。进来的时候，我看到了他那张阴郁的脸庞，失魂落魄，又有些颓废，显得魂不守舍。

我：“他怎么了？”

病人母亲：“事情是这样的，医生。我觉得我儿子最近不太正常，常常一整天都不吃饭，人也变得不开朗了，以前他这个人是很外向的，但是最近突然像中了邪一样，变得郁郁寡欢的。你也看到了吧，他现在这副样子？”

我：“是啊……那你问他了吗？到底碰到了什么事？”

她：“我问了，仔仔细细地问过了。其实，他这个情况，是因为相思病。”

我一下子明白了：“是有喜欢的女孩子了？”

病人母亲：“是啊，而且，他说他失恋了。”

我：“失恋了？哈哈，年轻人嘛，没有谈恋爱的经验，遇到点挫折，也是很正常的。这不算什么问题，开导开导就好了。”

病人母亲：“一开始我也是这么觉得的。如果真的只是失恋分手什么的，我也不会带他来这里了。”

我：“那到底是什么情况呢？”

病人母亲：“我一直在想办法打听他喜欢的那个女孩，但是发现，根本没有那个人。”

我：“没有那个人？是不是人家不好意思，所以故意避开了？”

病人母亲：“不是，这个我说不太清。你让枫枫自己来说吧。”

枫枫：“妈，我之前就跟你说过，没有用的。你们谁都不会相信我的话，带我来这里根本没意义。”

我：“没关系，不管会不会相信，你先说给我们听听。说实话，我见过的人很多，他们之中有些人总是说一些很荒唐的事，被人当成有毛病，但是结果证明，那些人才是对的。你也不妨说说看，你到底是遇到了什么事。”

他怔怔地看着我：“医生，我问你，你有女朋友吗？”

我一愣，然后道：“以前谈过……感情挺好的。但是因为工作上的事，我们也没有走到一起。”

他：“那她了解你吗？”

我：“相处时间长了，肯定都对对方有一定了解吧。至少，我们两个人的兴趣挺相近的，所以也很谈得来。”

他：“那么医生，我想问你，你觉得这个世界上最了解你的人，除了你自己，还有谁？”

我：“这问题有点像社会调查。不过，要说了解我的，肯定是我娘，毕竟我是她养大的。我想你也一样，你妈妈一定很懂你。”

他摇了摇头，道：“她不懂我。其实，人和人之间，是没法真正完全做到互相了解的。人与人总会有一些差别。比如兴趣爱好、习惯、家庭观念、生活经历等等。这个世界上，真正了解你的人，几乎是不存在的。”

我：“所以说，交流特别重要嘛。人为什么会说话，会表达，就是因为人和人之间有思想上的差异，对吧？这不是一件很正常的事吗？”

他：“可是，那样会很累很累。再怎么交流，人和人的心，或者说，两个灵魂，还是没有重叠的那种感觉。”

我：“灵魂的重叠？这是什么意思？”

他：“就是两个人能够完全发自内心地了解对方。对方一个眼神，你就知道他在想什么。对方突然出门去做一件事，你不用问，就知道他要去哪里，去干什么。两个人就像拥有心灵感应一样，甚至比心灵感应还要强，两个人，几乎完全变成了一个人。”

我：“你是遇到了这样的一个女朋友吗？”

他：“其实……我妈妈没说清楚。她不是我的女朋友，她就是我。”

我：“啊？哦，你是不是，自己幻想出了一个女孩子，然后喜欢上了她？”

他：“不是我幻想的。她是真的存在的。只是，她不是这个世界的人，她是另外一个世界的人。是另外一个世界的……我。”

我：“另外一个世界的你？另外一个世界是什么意思？”

他：“一个几乎跟这里一模一样的世界。我去过那个世界，那个世界的国家、城市，甚至人都跟我们这个世界里的一模一样，没有差别。那个世界也有我家，也有我的爸爸妈妈，但是他们生下的不是儿子，而是个女儿。据我所知，这是我们这个世界和那个世界唯一的区别。”

到了这一步，我终于明白他要说什么了。他认为存在另外一个世界，那个世界里也有一个和他现在一模一样的家庭，但是在那个世界，却没有他，只有一个女孩。那个女孩替代了这个世界的他，过着和他极其相似的生活，甚至，那个女孩拥有着和他几乎一样的人生经历。

我笑了：“如果真有那样的世界，我倒是想去看看，你能带我去吗？”

他突然流下了眼泪，然后苦恼地捂住了脸，说：“去不了了。去那个世界的通道已经关上了，已经关了半个月了……我一直在想各种办法去那里，可是，怎么都去不了了。她再也过不来了。我永远也碰不到她了。”

到了这一步，我知道，我已经很难说服他了。因为从逻辑上来说，我根本没有办法证明他说的“另外一个世界”到底存不存在。不管那个世界存没存在过，那个世界和这个世界的连接通道都已经关闭了。那么对于他来说，唯一能够证明那个世界存在过的，就只有他的记忆了。

除此之外，再无其他。

一个已经不存在的东西，你怎么证明它曾经存在还是不存在？从逻辑上来说，这就是无解的。

我："那你最开始遇到她是在什么时候？"

他："八个月前吧。我还在读大一，寒假回家，在穿过我家附近的一条老隧道的时候，糊里糊涂地去了她在的那个世界。那时候我去到她家，还以为是回到了我自己家，结果，我被她的爸妈给赶出来了。她爸妈跟我爸妈长得一模一样，可是他们却说不认识我。后来，我摸索了很久，才发现原来那条隧道是往返两个世界的关键。"

我："八个月……那你是怎么跟她认识的呢？"

他："我先是发现，穿过隧道再回家之后，我爸妈的反应会不一样。之后又走了一次隧道，才发现原来她是另外一个世界的人。于是我就去找她了。后来，我也把她带到了这个世界来。那时候，我们两个人都很惊喜，觉得自己发现了新大陆。但是不知道为什么，后来我去找了别人，也想让他们跟着尝试，其他人却去不了另外一个世界。好像只有我和萱萱能做到。"

我："萱萱，是另外一个世界的你的名字吗？"

他点点头："对，她叫萱萱。"

我："那你们之间发生了什么事呢？"

他脸上的痛苦之色越来越盛："很多很多事……寒假期间，我每天都会去找她，跟她比对两个世界的不同。我们会把自己的经历告诉对方。结果，我和萱萱都发现，对方的经历和自己的有九成差不多。萱萱跟我是同一天出生的，她的爱好跟我一模一样。我喜欢打球，她也喜欢。我喜欢的漫画，喜欢的小说，喜欢的音乐，她全都喜欢。我和她的学习成绩，读书的地方，认识的人，很多都完全一样……只是她和班上的女生关系更好，我和男生关系更好，这样一点点小小的区别而已。医生，你说，这个世界上还有比她更了解我的人吗？萱萱……她对我来说，真的已经不是一般关系好的女朋友，也不是姐姐妹妹能够比得了的……她就像是另外一个我，比双胞胎还要亲……我们的灵魂，就好像是共生的。有时候，我们连做的梦也一模一样。”

我：“虽然我不知道你的故事是真是假……但是我想试着去相信。我想，如果这个世界上，真的有那样的一个人，我也会跟你差不多，对她死心塌地。这种感情……大概已经超过爱情了吧。”

我不知道他的故事是真是假，但至少从他的表情来看，他不像是在编造一个故事。不管他出现这样的记忆，是由于什么原因，至少有一点我几乎是可以确定的，那就是，从他的角度来说，这一切，都是真实的。

他：“我们一起去电影院，一起去逛街，我们对服装的品位都差不多。我们也一起去旅游，一起去抽奖，一起去迪士尼乐园……甚至同学会的时候，她还假装成我的女朋友，故意去其他同学面前替我炫耀。萱萱很漂亮……她跟我一起去同学会的时候，其他同学不知道有多羡慕我……那天同学会结束，我正式向她告白了。我说，我想跟她永远在一起。而萱萱马上答应了，因为她跟我的想法是一模一样的。我们的想法那么一致，我甚至根本不用担心她会拒绝我……”

越说到最后，他脸上的泪水就越盛。他甚至都没有去擦，完全沉浸在了和她在一起的回忆里，已经忘记了脸上的泪水。

在我的一生之中，我从来没有见到过谁会对一个人，动情至此。

我：“你和她见最后一面的时候，做了什么呢？”

他：“那天，我们一起去吃自助烤肉。逛商场的时候，我给她买了一块玉佩……我把玉佩用红线穿起来，挂在她的脖子上。那时候，我们两人都没有说话，那天夜里下着雨，我们就那样，一直散步到家附近的隧道前，就像过去的几个月一样，在那里分别。我默默地看着她走进隧道的背影，甚至都没有跟她道别，因为我们的关系已经好到根本不需要说再见……可是第二天，我去到那条隧道，却怎么也进不去她的那个世界了……这样的事，从来没有发生过，我急得不得了，可是，不管我怎么尝试……都没能成功。我在那里转了两天，可是怎么也穿不过去了……那时候我知道通道已经关死了，我再也不可能见到她了。她已经走出了这个世界，也走出了我的人生……她甚至都没有在这个世界留下痕迹……她，永远只能活在我的记忆里了……永远。”

说到这里，他再也忍不住，几乎崩溃地掩面痛哭，一哭，就再难停下。

他的母亲劝了他很久很久，我也安慰了他很久很久。可是，一直到他离开，他的哭声，也没能够停下。

那种撕心裂肺的哭声，一直过了很多年，我都无法忘记。

那是两个紧紧联系在一起的灵魂，被生生撕裂的声音。

我不是他，我永远都不可能知道他经历的故事是真还是假。虽然他的故事已经荒诞到了一定程度，足够让我认为那些都是他的妄想，可是事实证明，他并没有妄想症等精神分裂的症状。

不管他的故事是真还是假，我都相信，他那一刻滴落的泪水，是真实的。

那天离开前，他的母亲偷偷告诉我了一件事。

在她怀孕之前，她曾和丈夫约定过，如果将来有儿子，就叫枫枫，如果有女儿，就叫萱萱。

这件事，他们从来没有告诉过他们的儿子。

八、婚姻即入葬

他是在父母的陪同下来到医院的。他一路抱怨，又吵又嚷，几次和他的父母闹得面红耳赤，甚至到了门诊室后，还挣脱了他父母的手想要逃走，但还是被他的父母给拉了回来。

到最后，哪怕他勉强坐在了我的面前，还是表情苦恨，嘴里像是塞了苦瓜。

这样态度的患者并不少见，对于精神异常的人来说，他们往往带有狂躁、焦虑、愤怒的情绪，所以在家人劝告的同时，我自己也必须耐下性子来和他慢慢聊，以一种朋友或者老师的身份来聆听他们的心声。

我：“别这么紧张，我们这里又不打针，也不抽血，只不过是谈谈心而已，你的事我们不会告诉别人的，我们也不会把你当成病人。你就说说你最近心情怎么样就好了。”

他："我都说了几百遍了，我的心情很好，我人也很正常。可是他们（指患者的父母）硬是要拉着我过来。说看看你就会好！"

我看向患者的父母："那要不，你们回避一下，我先跟他聊聊。"

患者母亲："好的，好的。但是医生啊，你一定要帮我好好劝劝我儿子，他现在谁的话都听不进去。我们怎么说都没有用。"

我表示会跟他们儿子好好聊一聊的，之后，就开始了和这位患者的谈话。从精神状态来说，这个患者很好，而且生理表现上也没手脚颤抖、面黄肌瘦等一些常见的精神症状，本人看起来非常健康。

我："现在你可以慢慢说了。你爸妈要你做什么？"

他："他们非要我去相亲，给我约了好几次了。但是我不肯去，他们就非要催我去。"

我："哦？你今年多少岁了？"

他："三十五了。"

我："哦，那是到了该结婚的年纪了。这个年纪不相亲，你家里人担心你也是很正常的。你说你爸妈让你去相亲，那然后呢？"

他："没了。"

我："就是他们要你去相亲，然后你不肯去？这就没了？"

他："对，就是因为这样。"

我："这很正常啊。很多人有恐婚的心理，不肯去相亲，这都是很正常的。我觉得你没什么问题。每个人都有自己的人生规划和选择，对吧？"

他："我也这么觉得，可是他们非要逼我啊，我真的被他们给弄得烦死了。我都跟他们说了多少次了，我就是不要去，去相亲就是去送死。"

我笑了：“去相亲就是去送死？你怎么会有这种想法呢？你不喜欢相亲的对象？”

他：“不是。我根本不认识她们。”

我：“她们？你爸妈给你约了几次了？”

他：“二十多次了，每年都有好几个，一有长得可以的、条件不错的，他们就立刻去找。他们积极得很。”

我：“二十多次了，而且相亲对象每次都不一样，这么说，你不是讨厌相亲对象，而是讨厌相亲这件事本身，是吧？”

他：“对，就是这样。我是很讨厌相亲，但是准确地说，也不是讨厌……我是真的怕结婚。”

我：“为什么呢？结婚是每个人人生的大事，是每个人都要经历的。结婚多好啊，有个漂亮的妻子，还能够经营温馨的家庭，有个人陪着你，看着自己的子女慢慢长大，不是很快乐的事吗？”

他突然死死地盯着我看，然后问道：“医生，你看起来挺年轻的，有孩子吗？”

我：“呃，哈哈，倒还没有。还在谈吧，工作太忙了，生活上的事，有点顾不着。”

他似乎松了口气，然后用一种朋友间的劝告语气对我说：“那还好。医生，我劝你一句，你以后也千万不要结婚，更不要生孩子。”

我忍不住笑了起来：“不要生孩子？这是为什么呢？生孩子哪里不好了？你是说，生了孩子之后，生活压力会很大吗？”

他连连摇头：“不，不是。不是生活压力的问题，是真的不能生孩子，如果你生了孩子，那你就会死。”

这时候，我开始意识到这个患者的精神状态的确存在一定的异常，于是我问道：“为什么呢？孩子怎么了？”

他：“孩子没有怎么。是你的意识的问题。”

我：“意识的问题？”

他的情绪开始变得紧张起来：“你可能不太相信。但是，如果你生了孩子，你的意识就会被转移到你的孩子身上。”

我：“这怎么说呢？我很好奇，能说得详细点吗？”

他焦躁不安地搓揉着手，不断地把两只手的手指相互交叉着：“这个很难说清楚。但是这个世界的规则就是这样的。我就问你，你觉得你爸妈是有灵魂的吗？”

他的提问有点突然，但是我还是回答了：“如果这个世界上人人都有灵魂的话，那么我爸妈当然是有灵魂的，跟我一样，都是有思想、有意识的人啊。”

他：“不是，你爸妈是没有灵魂的。全天下所有的父母，在母亲肚子里的孩子成形的那一刻，他们就已经没有灵魂了，他们变成了没有思想的傀儡，他们只是看起来像是有灵魂，能走动，能说话，还能笑，但其实他们的灵魂已经转移到孩子的身上去了。”

我：“你是说，父母有了孩子，就变成了行尸走肉？”

他：“对，就是行尸走肉。他们看起来还能行动，还能思考，其实内在已经是空的了，他们就是一具具空壳。”

我：“你是怎么产生这种想法的？是什么促使你产生了这种想法？”

他：“不是想法，这个就是现实。这个世界的规则就是这样。人的灵魂，就是这样一代代传承下去，一直到永生的。”

我：“灵魂？你相信人都有灵魂，是吗？”

他："其实严格来说，也不是灵魂。就是'主观的视角'，从我的角度，向外看这个世界的这种视角，这种感觉。"

我："主观意识？"

他："对对，主观意识。我找不到比较好的词语来形容，主观意识这个词很好。每个人活在这个世界上，都是从主观的角度看这个世界的，就是那种'主观感觉'，但是如果你生下了你的孩子，那么你作为父母的主观感觉就会消失，你的记忆会被抹杀，然后你的主观感觉，就会跳到你的孩子身上去，你会重新开始用孩子的视角看这个世界。对于你原来的那种主观感觉来说，你已经死了。"

我笑了："你这个说法，全天下只要是有孩子的父母，都会反驳你的啊。"

他："生过孩子的父母当然会反驳，但是反驳也没有用。他们已经不是原来的他们了，他们是机器人，虽然和真人一样会笑，会说话，而且说的话听起来好像也很有逻辑，但是他们已经失去了'主观视角'，你知道吗？如果我真的结婚，生了孩子，而你没有的话，那么我肯定也会对你说，我的意识还在，但是那个时候的我已经不是现在正在跟你说话的我了。等到那个时候，我已经变成了僵尸。我的意识已经到孩子的身上去了。"

我："可是，你想想，这个世界上总有婴儿死亡的案例发生吧？如果父母生了孩子，但是孩子没有长大成人，而是出生没几天就死了，那么你说的这个'父母灵魂'，不就没了吗？"

他："那就没办法了，只能认栽了呗，运气不好，只能死了，彻底消散。但是好在这个世界上人很多，大部分人还是能成功地把自己的'灵魂'传递下去。"

我：“那如果父母生了很多孩子呢？他们的意识该怎么分呢？难道分成好几个吗？特别是双胞胎，那该怎么办？而且，有的父母两个孩子是隔着时间生的，第一个孩子和第二个孩子出生日期可能间隔十年，那按照你的说法，父母的灵魂都给了第一个孩子，那第二个或者第三个孩子不就没有灵魂可以分了吗？”

他：“不是。灵魂也是可以长出来的。你想想，这个世界上总有第一个灵魂吧？第一个灵魂就是正常生出来的。父母只会把灵魂转移到第一个孩子身上，双胞胎的话，也是会有先后顺序的，他们的灵魂只会转移到第一个从娘胎里出来的孩子身上，之后的第二个、第三个，甚至还有更多，一开始都是没有灵魂的，那些灵魂是慢慢长出来的。但是他们父母的灵魂，是已经没有了的。”

我：“这个说法是很新鲜。但是，你有什么证据呢，让你确定父母的灵魂一定会转移？”

他：“证据？我又没有生过孩子，我怎么有直接的证据……”

我：“既然没有证据，那你为什么又要相信呢？”

他：“是感觉吧。我就是有一种感觉……我是在一次做梦的时候梦见的。我做了个很奇怪的梦，在梦里，我变成了我爸，我以他的视角看这个世界，而且我还梦到了我爸和我妈相遇、约会的场景，后来，我问了我爸妈他们是怎么相遇的，结果他们回忆的内容跟我梦到的一模一样。那时候我就开始相信，我可能就是我爸。”

我：“这样的梦你做了几次？”

他：“好几次，七八次都有了。”

我：“那之后呢？还有别的证据吗？”

他：“也有的。就是我妈突然变得很敏感。我做了那样的梦之后，有时候嘴里就念叨‘假的。’看到他们，我就会说‘假的’。然后我妈就很紧张，不停地问我什么假的。我说没什么，她却像神经敏感似的追着我问，什么‘假的’？我越不肯说，她就越紧张。我想，她一定是意识到了我已经明白了这个世界的规则，所以开始变得紧张起来。而且在那之后，我爸妈一个劲地拉着我去相亲，我想他们肯定是开始急了，知道我发现了他们的秘密，所以逼着我去生孩子，然后把灵魂转移掉。”

我：“可是你不是说，灵魂转移之后，你原来的记忆也会没有吗？”

他：“我想，也不是完全没有，可能会留下一点点的残余吧。你有过这样的经历吗？有时候，你的脑海里会浮现出一幅你从来都没有见过的场景，那个场景可能是某个江南水乡的小巷子，也可能是某个满是黄土的平原，里面还有水潭，头顶上还有蓝蓝的天空。但是事实上，你小时候从来都没有去过那样的地方，也没有看到过类似的照片，你也不知道为什么你的脑子里会出现那样清晰的画面。那种你脑海里浮现出从没看到过的风景的感觉并不像是回忆，倒像是本来就存在于你脑子里的，好像你一出生的时候就有，伴随着你一起长大，有时就会冒出来。”

他的话让我的神志有点迷离。虽然他的话听起来有点荒诞，但是他说的那种情况，我似乎也碰到过。在我小的时候，我的脑海里有时候的确会浮现出一些我从来没去过的地方的景象，我却怎么也回忆不起来我去过那个地方，我以为那是梦中的景象。

他：“那些你脑海里偶尔出现，但是又不是记忆中的景象，其实就是你还是父母时候的经历，是你前一世的记忆传到了下一世。”

我：“现在我倒是懂了。所以你一直都不肯去相亲，就是因为这个原因。”

他：“对，要不然呢？一去相亲，就要结婚，一结婚，我就会死啊。我还不想死。你说我能怎么办？”

我愣愣地听着他说话，最后，渐渐陷入沉默当中。

到了最后，我都没有能够说服他。因为事实上，他根本就没有精神上的问题，他的问题在于思想。如果他情绪紧张，或者精神焦虑，经常恐惧，我还能给他配药，但他是思想上有问题，我能怎么办？

之后，成功开导他的人是“都教授”。后来我和“都教授”谈话时，我问他：“你是怎么说服那个病人的？”

“都教授”笑着说：“很简单，我让他先谈恋爱，尝试着去爱上一个女孩，但是别急着生孩子。直到他爱上对方，爱到愿意付出生命的那一刻。爱一个人，本身就需要勇气。在古代，女人生孩子，也要承担巨大的死亡风险，这一点，和他现在，又有多大的不同？”

“都教授”的话让我醍醐灌顶。自从那一次起，我对“都教授”更为敬重了。

后来我回忆这个病人时，时常想，他的话在某种程度上不是没有道理的。

一旦父母有了孩子，他们剩下的半辈子，都将为子女忙碌操劳。他们要为了孩子，累死累活地工作赚钱，改变自己原来的生活方式。孩子出远门他们要担心，孩子上学他们要担心，孩子的衣食住行他们要担心，孩子成家立业他们也要担心。甚至，父母还要面对各种流言蜚语，为了保护孩子，他们还必须学会对别人低三下四、点头哈腰，懂得忍受生活的辛酸。

从某种意义上来说，从孩子出生的那一刻起，父母们原来的人生，的的确确已经“死了”。

每一场爱情，都需要勇气。

每一个父母，都是伟大的。

九、人人皆撒旦

在我所认识的人之中，他对宗教的了解与钻研程度，虽然不一定是最深的，但几乎是最广的。

在那次会谈时，他开门见山，问了我一个有趣的问题：

“我想问你一个问题，不知道你答不答得上来。”

我：“如果你问得太深，那我肯定答不上来。宗教方面的东西，我可不怎么懂。”

他：“跟你的职业也算有点关系。”

我：“行，那你问吧。”

他稍微想了想，然后在纸上写下一行字给我看：

“你知道灵魂、精神、心灵、心理、思维、思想、意识、观念、理性、知觉，这些词有什么区别吗？”

我一下子被问住了，稍微想了想之后，才说：“你一下子说这么多，我倒真是有点乱。不过，灵魂这个词，是有点宗教和神学概念吧；精神的话，有点哲学意味；至于心灵、心理、思维这些，相对来说，更有文学或者学术化的气氛。”

他笑了，没告诉我回答得对不对。

“你觉得，全中国有多少人能够完全区分这些词？你不妨猜猜看，就你自己的想法。”

虽然我对此一窍不通，但是出于尊重，我想了想，还是猜了个数：“几千个吧？”

他摇了摇头：“没那么多。”

我：“几十个总有吧？在一些哲学、心理学的学术圈内？”

他：“也没有。”

我觉得有些匪夷所思了，最后，我再次随便猜了个数：“五个？”

他：“错，是一个都没有。全中国，能够真正把这些词全部分清楚的人，一个都没有。但是在西方的学术界，这些概念是分得非常清楚的，每个词都有它的语境和严格的定义。可悲的是，在国内，关于灵魂、精神、心灵、思想、意识、观念这些概念，居然没有一个人能够真正做到清楚区分，而且在学术界，还有大量混用的现象，弄得人五迷三道，真的是想想都觉得悲哀。中国近代哲学为什么没落，赶不上西方，一个很大的原因就在于连人的内心的基本概念的分类都混淆不清。包括我，这么多年了，也没有真正钻研透。”

作为一名精神科门诊医师，对于这位大师的话，我突然感到有些抱歉。

我：“不过，就我的职业来说，对精神和心理还是有点了解的。就像心理咨询师和精神科的医师，工作内容就很不一样。心理咨询师的话，和病人对话的工作就比较多。他们需要靠语言技巧、逻辑思维来引导和纠正来门诊的人的一些观念，让对方的观念发生转变。而精神科的话，主要还是询问病症，然后做检查，配药，治疗。比如说焦虑症，有些人会晚上睡不着，全身发抖，我就负责问他们最近的生活状况、精神状态，给他们的病症下个定义。所以非要说的话，精神其实是一个人整体、身体机理层面的东西，主要是情绪状态、工作积极性，而心理的话，甚至还涉及语言方面的东西，更加深入和细化一点。”

他：“稍微有那么点意思，但是还是很混乱。不过我感兴趣的是，你明明是个精神科医生，但是你的工作和心理咨询师又很像。”

我：“这只是我个人的原因。我这个人，对于思想、哲学和心理的东西很感兴趣，而且，我想写这方面的一些作品。所以我有时候会做心理咨询师的工作，比较详细地问一些人的思想。”

他笑了：“那好，那这次我们就谈点有趣的东西。我问你，你信不信宗教？”

我：“就小时候相信过菩萨，但是上了中学之后就不信了。现在嘛，算是个比较标准的无神论者吧。”

他笑着问我：“那你听说过‘负神论’吗？负数的负。”

我：“负神论？没听说过。是什么意思？”

他：“没听说过是正常的，因为这个词是我自己创的。但是，这里，我说的是宗教的本质。”

我：“哦？”

他：“宗教的本质，说到底，是人大脑的信念模式的限制性。这个世界上有无神论，一神论，也有二元论，多神论，还有泛神论，当然也可以有‘负神论’。”

我：“这个说法很新鲜啊。那是怎样的一种宗教理论？”

他：“一下子要说清楚不是那么容易。但是我可以先从一神论和二元论说起。其实在早期的原始社会，每个部落大多相信的都是泛神论。他们相信木头有神灵，石头有神灵，太阳有神灵，水有神灵，甚至小到锅碗瓢盆都有神灵。但是后来因为战争，部落不断被吞并，强大的部落为了统摄小的部落，要在文化思想上管控，于是，泛神论逐渐统一，变成了多神论，最后又变成一神论，因为这样，各个分散的部落才能像是一捆绳一样被拧在一起，更有凝聚力。之后，像犹太教、基督教、伊斯兰教这些一神论的教派势力逐渐清晰起来，一神论在全世界，就有了广泛的信徒。”

我：“嗯，宗教的历史，差不多是这样没错。”

他：“对。一神教的人会说，这个世界是由一个唯一的、至高的神创造的。而且每个宗教人士都会说，他们的神是完美的，是全知全能的，是至善的。只要相信他们的神，不断向善，就会有善果。”

我：“一般宗教信徒传教，都是这样的。”

他：“但是这样一来，就会有很大的问题。既然他们的神是全知全能的，那么，为什么这个世界上还会有‘恶’存在？为什么这个世界上还会有各种人祸，像各种暴乱、罪恶、行凶事件发生？如果承认了恶的存在，那么，对信徒来说，创造了这个世界的神，就不是至善至美的了。不然的话，他们的神完全可以创造一个只有善，没有恶的世界。为什么神要创造恶，这是一神论从古至今，从来都没有解决的根本性难题。虽然历史上有很多宗教名人，像德尔图良、奥古斯丁等想要弥补恶存在的问题，但是他们都没能给出满意的答案。因此，一神论受到很多人的挑战。这也是二元论存在的原因。”

我：“那二元论呢？二元论解决了这个难题吗？”

他：“二元论认为这个世界上同时有善和恶两股力量存在，世界是在善和恶的碰撞里诞生的，而信徒们要做的，就是宣扬善，惩戒恶，站在善神的那一边。这样，二元论就完美解决了这个世界上有恶存在的问题，同时还能宣扬人向善，收获了一大批的信徒。像拜火教，就是这样的例子。

“但是二元论也有个根本性的问题，那就是没法解释主导善恶对抗的这个规律又是什么。想想看就知道，善神和恶神要能够对抗，他们肯定是在一个空间里发生的，那么这个容纳他们的空间，就是一个主导他们的更高法则。所以，二元论归根到底，还是很容易倒向一神论。因为它会暗示一个更高的全知全能的神。”

我：“这么看来，世界上其实没有一套真正站得住脚的宗教理论。”

他：“不，其实是有的，而且还是一神论。”

我：“哦？可你不是说一神论站不住脚吗？”

他突然咧嘴笑了：“不，还是有一个解决办法的。只要相信这个世界上有唯一的神，而且这个唯一的神，是恶神就行了。这样一来，一神论和二元论存在的矛盾，就都会一扫而光。”

我：“可是这样一来，就得承认善并不存在，不是吗？”

他：“对。这就承认了，在这个世界上，人人都是恶魔。所谓的善只是虚伪的表象，并不存在善这个概念，它只是处在恶当中的人乞求的自我欺骗、空中楼阁罢了。但是可笑的是，全世界没有一个宗教公布这个思想。因为所有宗教的教主都明白，一旦宣传这个思想，那么这个虽然反人性，但是在逻辑上极具说服力的思想就会像瘟疫一样迅速蔓延，再也无法根除。而他们的立派根基，就会土崩瓦解。”

我深深吸了口气：“你说的负神论，就是这个吗？”

他摇了摇头：“不。说到底，恶神论还是一神论的范畴，负神论却不一样了。”

我：“那负神论，又是什么样的宗教思想？”

他：“严格来说，它不是一种宗教思想。它只是一种对宗教的反向思考。”

我：“怎么说呢？”

他：“从古到今，几乎任何宗教神话传说里，都认为神创造了这个世界，然后创造了人类。但是我们可以反过来思考，神其实不是创造了人，而是人可以在未来的某一天，创造出神。所以，对于现在的我们来说，神还是一个负数。”

我：“这个说法很有意思。那么，人怎么创造神？”

他：“这我就不知道了。但是，宇宙中可没有天然出现的手表，但是人创造了手表。宇宙里也没有自然形成的计算机，人类却发明了计算机。很多东西，本来就是从无到有的。你怎么能够确定，有一天，人不会创造出神呢？人类自古至今，一路发展下来，进化的历史，难道不就是一条成神的道路吗？”

我不知道他所谓的未来会创造出的“神”的概念到底是什么。但是事实上，他的思想换个角度来说并不算太过新鲜，因为他的思想更像是人性启蒙时代的流行思潮的一个变种。从某个角度来说，这位大师是在肯定人的力量。

最后我还是转回了话题：“说了那么多，想来想去，宗教什么的，一般人都不会想那么深入。也许无神论、世俗化，才是最好的。尤其是这个年代，很多中国年轻人，都越来越接受无神论，不再相信什么宗教、迷信了。”

他再一次笑了：“那你就错了。有一点，你弄错了，而且错得非常严重。”

我：“哪一点？”

他：“其实，很多相信神的人，并不排斥科学，而且他们还是无神论者。”

我：“这不是很矛盾吗？都无神论了，还怎么相信神？”

他：“如果我告诉你，很多去寺庙里烧香拜佛，或者带着子女去看巫婆的父母，其实都是坚定地相信科学的无神论者，而且还是彻彻底底的那种。你会相信吗？”

我：“这……为什么？你是想说，他们是抱着宁可信其有、不可信其无的思想，去病急乱投医？”

他：“不，不是病急乱投医，而是恰好投对了医。”

我：“我有点听不懂了。”

他：“那我就给你举个例子吧。我的一个朋友，他就是搞光学的，算是你嘴里所说的坚定的无神论者。但是，他那个正在读研究生的儿子得了一种心理疾病，原因是住在他寝室楼上的一个研究生上吊自杀了。而他儿子是一个人住的寝室，在没有人交流的情况下，每天晚上都会胡思乱想，疑神疑鬼，最后甚至因为太过害怕，开始失眠，心律不齐，然后得了疑病症，就像很多疑病症患者一样，觉得自己浑身都是病，检查完了癌症检查尿毒症，而且每过几天就要去做检查，生怕自己会死。他开始每天发抖，有时候还呕吐，浑身发软，情况变得很严重。”

我：“这的确是很常见的疑病症。”

他：“对。然后我那个朋友，在没有办法的情况下，就带他儿子去见了灵婆——就是江南地区比较常见的那种算命的巫婆。我那个朋友问灵婆：‘我儿子有没有病？’灵婆一眼就看出来了，然后说：‘放心好了，你儿子没有病，只是心病。’然后我那朋友又问：‘那我儿子身上有没有东西？’灵婆当即就说：‘你儿子身上是有东西，而且是从很远的地方跟来的。’之后，灵婆告诉我那朋友可以通过用水让三根筷子立起来的方法来驱鬼。然后，灵婆还说了我朋友儿子未来几年的命数，告诉他大概会在三年后开始赚小钱，十年内赚大钱。”

我：“那之后呢？”

他笑着说：“说起来也很神奇，在灵婆说了这些话后，我朋友的儿子在第二天，症状就大幅度减轻了。你知道，这是为什么吗？”

我：“心理暗示吧？”

他：“模糊点说是心理暗示。但是从根本上来说，是人类思考逻辑的一种漏洞。人对这个世界的认知，就像是一棵树。这棵树看起来顶天立地，枝叶茂密，其实把它挖掉之后，就是个大坑。如果你太过相信科学，相信仪器检测，相信CT、核磁共振之类的科学技术可以检查出你身上的毛病，你就会陷入一个不断想做检查的思维怪圈。今天检查完了，明天还想检查。明天检查完了，又担心后天会怎么样。但是，如果有个灵婆突然告诉你，你未来十年会是怎样的，那么，你整天担心明天会怎样的思考过程，就会突然中止。因为有人已经给你未来十年的命运做了责任担保，她告诉你未来十年都是安全的。这时候，哪怕灵婆的话只是一种迷信，但是这种对未来命运确定的话语，也可以改变你的整个心理活动的状态，把你的大脑从一种思考模式，切换到另外一种思考模式。而且，有趣的是，别人一定要装出灵婆说的话都是真的，才能起效果。”

我：“说到这里，我大概懂了。”

他的笑容越来越浓：“对。所以，仔细想想，那些怂恿你去看灵婆、去算命、去烧香拜佛的人，你还真的以为他们都是迷信者吗？其实恰恰相反，他们都是一群利用人脑思考模式来改变你心理状态的科学信奉者，是一群无神论者。他们，只是故意假扮成有神论者的模样，来改变你的思维方式罢了。人有一种本能，那就是知道了自己未来的命运之后会心安的本能，这其实就是一种大脑思考的方式。人脑在面对不确定的未来时，思考的负荷是很大的，就像计算机一样，因为每一种可能的不良情况都要考虑，都要计算，都要做心理准备，所以内存会被占用很多，压力很大。而算命，哪怕只是假的算命，也可以通过故意设立一个虚假的未来景象，瞬间清除你那些没必要的多余的计算部分，让你的心理状态一下子恢复。这么说，你明白了吗？”

他说的真的是一种比较新颖的思路。至少，在我听了他的这一番话后，我感觉自己曾经建立起来的一些牢不可破的世界观，终究还是出现了一些松动。

我们这一次的谈话，是在路上偶然碰面后，在茶馆进行的。聊完天，谢过了他请我喝茶，我就独自一人回了家。

而在那之后的几年里，我没有再碰到他。但我不得不承认，那次谈话之后的一段日子里，他的一些思想，还是感染到了我。

曾经的我，认为自己是个坚定的无神论者，甚至从内心深处看不起那些信神者，觉得那很好笑。

但是现在，再也不会了。

我的一位病人来咨询他那有惊恐症的儿子该如何治疗时，我思虑再三后，把去找灵婆的选项给了他。

从那时候起，我明白，虽然在我内心深处，我还是个无神论者，但是在行动上，却已经是个标标准准的有神论者了。

因为我已经明白，我身边的每一个有神论者的亲戚，都有可能是伪装的无神论者。

灵婆是无神论者，她只是为你承担编织虚假而美好未来的责任。

拉着你去拜佛的亲戚，他或许只是想告诉你长路漫漫，不要轻言放弃。

他们自己并不信神，但是为了让你对未来的生活不失去希望，而伪装成一个有神论者。因为只有编造出有神论的谎言，才能让有神论的治疗魔法不失去效果。

一旦戳破，就效果全无。

他们都是一个个伪装出来的上帝信徒，满口信教，但内心又对之嗤之以鼻。

是真正的异教徒。

他们都是撒旦。

一个个为你编织美好而虚幻未来的善良的撒旦。

十、他人即地狱

事实上，就我这个行业的经验来说，最难对付的病人有两种。一种是极其实用主义，对未来充满悲观情绪的病人，他们极其现实，只讲究物质和金钱，他们情绪压力繁重的原因，归根结底只是一个字：钱。但是事实上，精神方面的治疗和心理的引导，并不能从根本上解决现实物质上的问题。所以当这些病人不肯跟你好好对话，开口闭口只有一个字“钱”的时候，你会发现自己根本无法跟这种人交流。而另一种，则是高学历的人，这些人往往已经形成了一套在逻辑上极其严密的世界观，非常稳定，以至于一般人很难撬动。而这一套世界观，往往会引导他们做出异乎常人的行动。但是在他们的视野里，自己的想法和行动都是完全正常的。

这次我要说的，就是这么一个人物。你可以觉得他是个病人，但是在我们这一行里，交流时都会尽量避免“病人”这个词。因为一旦我们轻易地给一个人打上了“精神病”的标签，往往会导致他一辈子都摆脱不了这个头衔，哪怕他其实是个正常人。

他和那些焦虑症、紧张症、惊恐症、疑病症的患者并不相同，刚入院的一段日子里，他甚至不想跟任何人交流。他整天就闷在病房里，趴在床上，懒懒散散，邋邋遢遢，无精打采，症状就像是嗜睡症患者。在服用了谷维素两周以后，他的精神状况才相对好转，但是依然寡言少语，很难开口。直到有一天，不知道是不是他自己想通了，当我去他的病房查看时，他突然开口了。

他开门见山地问我：“如果有一个比你现在的工作工资高，而且轻松得多的职位，你会转行吗？”

我当时就被他这个问题给问住了。但我更高兴的是看到他能够像正常人那样开口问话，这说明他病情好转了。于是我想了想，笑笑说：“那得看高多少了。想转到别的地方去，不是那么容易的。毕竟我已经做了几年了，这里认识的人多，熟悉的朋友也很多，去新的环境，不是那么容易适应的。”

他：“如果高十倍呢？”

我：“如果真有那么高，干吗不去呢？正常人都会去啊。除非是那种风险高、不太干净的行当。怎么突然问这个？”

他：“没什么，你回答我的问题就行了。我就是想知道，你喜欢你现在这个职业吗？”

我：“你的问题怎么跟社会调查似的。我对我现在的工作，还算满意吧。说实话，如果不是高十倍这样极端的条件，只是高一点点的话，我还不想转行。虽然现在的工作有时候也很累，但是能够认识到很多有趣的人。见识过这些人之后，再如果过上普通人的日子，反而会觉得那太平淡、太普通。这大概是从事我这个职业的人的经验吧。”

没想到在我和他有了这一番对话之后，他似乎对交流起了兴致，仿佛打开了话匣子，一下子滔滔不绝起来。

他：“那你还算可以，比一般人让我觉得舒服点。”

我：“一般人？指的是哪些人？我觉得我很一般啊。”

他：“那些急功近利的人。那些人只把工作当作维持生存的工具，缺乏理想和兴趣。”

我：“那也不能那么说。现在这个社会，失业率那么高，工作那么难找，想要找一份符合自己兴趣的工作，没有那么容易，总得先养家糊口吧？”

他又突然不说话了，沉默了一下。于是我坐下来和他谈心：“说说你的情况吧，你来这里也有一段日子了，但是你一直不肯说导致你成为现在这种情况的真实原因。今天你的心情看起来不错，我们聊聊。”

他：“为什么要聊？为了治好你嘴里说的我的病情，好让你的简历好看一点，然后等你名气大了以后更好赚钱吗？还是你的名声更好点，满足你的虚荣心？”

我：“呵，我没想那么多。我就是想随便跟你谈谈。”

他：“你没想那么多，是因为这已经变成了你的职业习惯，变成了一种思维习惯。但是你会这么做，还是因为你下意识地知道你这么做会给你带来好处，给你利益而已。说到底，还是你身体里的自私的基因在让你这么做。”

我：“自私的基因？你是看过理查德·道金斯写的那本同名的

书吗？”

他低下了头：“说实话，那本书害了我。如果可以，我真的想把我的记忆全部删掉，回到我没有看那本书的时候。那样我的日子说不定会好过点。”

我：“那只是一本很普通的生物书，讲述的是生命的起源。”

他：“但是那本书也点破了生命的一些本质。撕开了整个社会中每个人虚伪面具背后的真面目。看完那本书后，我两次想过自杀。他们（指的是患者母亲和姑父）应该跟你说过这件事。我已经不想活了。”

我：“没必要那么极端吧？你是不是生活上有什么不顺利？发生了其他事？”

他：“没有什么太多不顺利，就是对这个世界绝望了而已。每个人都是自私的，都只是‘自私的基因’生存和繁衍的工具而已。每个人做任何一件事的行动根源，说到底都是因为自私。活着这件事，本身就让我觉得恶心。活着，真他妈恶心。”

我：“可是你母亲不是就很关心你嘛，不然她也不会送你来这里了。她是为你好。”

他：“父母关心子女，只是因为子女是他们基因的延续工具，是父母体内的基因在操控他们去关心子女，好让自己的复制基因延续下去。其实，还是自私的基因在主导。我妈送我来这里，说到底就是她自己的基因自私。如果我不是独生子，她有十来个儿女的话，她才懒得管我，说不定直接把我丢了。她现在是没办法，年纪大了没法再生，而且她在我身上投入的金钱和抚养成本太高了而已。”

我：“呃。不管你怎么想，但从结果来说，你还是好的，不是吗？”

他：“当我这么想的时候，就是从我的利益出发了。归根结底，还是我身体里的自私的基因在作祟，你明白吗？我就是感觉恶心。”

他很快变得歇斯底里起来：“恶心，恶心，恶心！我就是觉得整个世界都恶心。以前的我根本不是这样的。那时候我还天真地以为这个世界上真的有亲情，有爱情，还有友情，只要好好对待别人，就会有好报。现在我知道这些都是狗屎，都是虚伪，全都只是自私的基因操纵的结果！活着有什么意思？”

我：“你冷静一下。生命的意义是自己确定的，不能那么极端，有时候你给自己定个目标，规划个生命的意义，就可以过得很充实。抛开那些乱七八糟的想法。”

他突然笑了：“意义？你知道‘意义’这个词是什么意思吗？每个人做一件事前都会问自己‘做这件事有什么意义’，但是其实‘意义’这个词，换个直白点的说法，就是利益！无非换种说法——‘做这件事我能得到什么样的结果，对我有没有利益，’说到底还是自私的目的！在生物进化的过程中，生物为了活下去，会尽量减少能量的消耗，做一件事之前都会先想‘我这么做能得到什么让我活下去的好处’，久而久之，意义这个概念就模糊地在人类大脑里形成了，而且人类还往往不自知，所以才会问出‘生命的意义是什么’这种蠢问题。因为意义这个词本来就是‘对生存有什么好处’这句话的缩写，所以问生命的意义这句话是矛盾的，根本不会有答案！就像你去问坐标轴上的一个原点的原点是什么一样，没有答案的！”

我：“冷静点，不管你怎么想，你都可以冷静点，慢慢说。”

他喝了口茶，情绪稍微稳定了点，然后继续道：“你是治不好我的，谁都治不好，因为我根本就没有什么病，我只是说出了让每个人都无法接受的事实而已。你妻子对你好，是因为你对她来说是可以提供她投资后代的提款机，她出轨去找别的男人，是因为你工作不顺利，事业不成功，赚的钱少了，她想要找更好的提款机，好让自己的基因和后代的基因能活得舒服。你会出轨，也是因为别的女人更好看，基因好，你体内的自私的基因又驱使你利用那些女人的身体去繁衍你的基因。”

我：“你说的不是没有道理。可是，人类不就是这么延续下来的吗？”

他又开始滔滔不绝：“但我就是觉得恶心。女人买香水，买奢侈品，买名牌包，买饰品，不就是为了让自己好看点，然后欺骗男人，让男人觉得‘哦，这个基因孵蛋机看起来不错，把我的基因给她，后代的存活率会比给其他女人更高’吗？男人买房买车，炫耀自己家财万贯，不就是想告诉其他女人，我有钱，你来找我，我可以养活你和你的后代吗？而且还顺便告诉其他同行，你们都是找不到资源没有本事的垃圾基因，比不上我。我的基因比你们优秀，你们可以滚蛋了。这些说到底都是自私的基因，自私的基因的本能已经深入到了每个人的骨髓、思想深处，有时候甚至连自己都没法意识到了。比如说，学校里强壮的学生，看见弱小的人和残疾人就想欺负，就是因为他们想通过欺负弱小来显示自己基因的优秀和强大，这说到底还是自私的基因在操控！”

我：“但不是每一种行动都是有目的的。人类还有艺术、美食，还有那么多的文化。”

他：“呵呵。文化、艺术？说到底那些都是基因繁衍的衍生品而已！就说美术吧，为什么人喜欢对称的画风？因为人在找配偶的时候，对象长得越对称，越说明他的基因没有疾病，不会有肌肉萎缩，最健康！喜欢对称性物体的本能还不是自私的基因给你的？喜欢美食？人喜欢吃咸的，还不是因为原始人缺乏盐类，所以希望大量摄入盐分维持自己的生存？为什么人不喜欢听噪音？因为噪音很响，让你想到野兽，而女人哼唱的轻音乐让你想到自己的母亲。这些不过是基因趋吉避凶的手段！”

他说话非常激动，但是我注意到他的眼神很怪异，虽然言辞激烈，他看人的眼神却始终和普通人不太一样，那种眼神，用比喻的方式来说的话，就好像是在看一块盖在地上的抹布。只有当我微微有动作的时候，他的眼睛才会跟着慢慢转动一下。这种眼神和他手上的动作比起来，显得极其不协调。

他继续说：“人类所谓的理性，所谓的艺术欣赏，所谓的无私奉献，所谓的牺牲和英勇就义，都只是为了生存的自私而已。古代为什么有士兵去打仗？真以为是为了保家卫国吗？还不是因为古时候生产力低下，他们没有别的办法得到生活收入，才去当兵赚钱？当兵只是活下去的职业而已。你真以为有人会为了别人牺牲自己、英勇就义？那些救人的人如果提前知道自己会死，我看这个世界上还有谁肯英勇就义。还有什么理想，想当画家，想当歌手，想当作家，说到底无非就是想在一个群体里凸显自己，一边赚钱，一边吸引更多异性资源，传播自己的自私基因而已。为什么人会虚荣，无非是想让别人以为自己基因优秀，不是垃圾基因而已。”

我：“你的话太极端了，别忘了，人是社会性的动物啊，人也是要合作才能生存的。特别是在现在的社会，合作越来越重要了，对吧？”

他："合作？呵呵。你觉得这个世界上有合作吗？"

我："合作不是到处都有吗？没有合作，哪来的社会？"

他重新坐了下来："我问你个问题，你观察过小孩子或者小猫看这个世界的眼睛吗？"

我稍微想了想，说："小孩子和猫的眼睛都很漂亮啊。怎么了？"

他："小孩子看这个世界的眼神和猫一样，都是不动的。他们会把注意力集中在某个虚无的点上，只集中在很小的一块区域里。比如说眼前的一个线球，或者一个玩具。他们看什么都是这个眼神，你知道这意味着什么吗？"

我："视野大小的问题吧？"

他："不是。这不是视野大小的问题。在小孩子和猫类动物的眼里，其他东西是没有生命的。或者说，他们根本就没有'生命'这个概念。所有外界的物体，对他们来说，都只是'工具'而已。只不过有的工具是静止的，有的是会动的。而且相对来说会动的工具往往更危险，可能威胁到他们的性命。小孩子是没有生命的概念的，他们把整个世界都'物化'了。"

我："有这种事吗？这个我倒是真的没有注意过。"

他："本来就是这样。在还不怎么会说话的小孩子的眼里，整个世界都只是他的工具。从他们的视角去看，这些工具只是分为有用和没用而已。他们手里的玩具或者糖果是他发泄情绪的工具，他的母亲是用来给他喂奶的工具，他的父亲是给他送玩具的工具，整个世界都是他可以用的'物体'。"

我："那是因为小孩子大脑发育还不完全吧。"

他："可是，你以为这种情况只是小孩子有吗？每个成年人都是从小孩子发育过来的。说到底，在人类的基因里，就刻着别人只是自己的工具，把外在事物物化的本能。为什么古代女人地位低？因为男人就是把女人当成生孩子的工具而已。不是他们不尊重女人，只是因为在他们眼里，女人就是没有生命的东西。很多罪犯也是一样，为什么很多抢劫犯、小偷没有羞耻心？因为在他们眼里，路人就只是带着钱的工具而已，就像长着果实的果树一样。只不过这棵果树稍微有点危险，自己摘果子的时候可能一不小心会受伤。但是他们就算失败了，也是不会愧疚的，因为在他们眼里，别的人只是'会动的物体''会动的一堆肉'而已，就像机器一样，坏了也无所谓。"

我："但也有些行业不一样。比如心理医生，是吧？"

他："怎么不一样？一样的！对他们来说，心理学的知识只是他们用来从叫'病人'的取款机里拿钱的密码而已。"

他喝了口水，继续说："你在网上发帖，在群里发言，在论坛发话，一个不小心就会被禁言，被封号，被删帖。因为管理员可不管你说了什么至理名言，你对他们来说，只是一个会带来各种不确定因素的'工具'而已，他们不管你这个人身体里有没有灵魂，他们只看你对他们有没有用，能不能通过实际行动让他们爽，从而激发他们那自私的基因带来的基因繁衍的优越感和对外部世界资源控制的安全感。而且，人是把控制权和基因优势画上等号的生物。人会觉得自己有了权限，能控制外物，自己就有了基因生存优势，显得自己的基因优秀，比别人更有价值，更能吸引异性。真他妈恶心。"

我："但是人也不都是自私的，不是吗？而且，如果你非要说一切都是为基因生存有利，也不是对的，比如说，虐童癖、同性恋……而且，还有玩游戏、阅读、宗教苦行人士，这些不都没法用有利于基因生存来解释吗？”

他：“笨蛋，谁告诉你基因为了自己有利做出来的事就一定是正确的了？基因又不是人，它自己是没有智商的，它只知道满足自己眼前的激素分泌数值，从而满足自己的快感。你知道吗？基因生存的自私利益，是可以导致错误结果的。虐童癖是因为小孩子细皮嫩肉，让人想起小女孩，从而想侵犯。基因是控制着人脑对细皮嫩肉的个体的反映，但它只知道小孩子细皮嫩肉，是不会去思考对方是男性还是女性的！原始人的时候女性都留长发吗？那时候的女人和男人是很难区分的！还有同性恋，根据我的研究，同性恋说到底也是为了基因的延续。你想想，如果同性之间只有竞争感情，没有欣赏感情，那么丈人怎么把自己的女儿嫁给女婿？同性恋，说到底就是为了保证丈人会对女婿感兴趣，把女儿嫁出去才存在的！还有玩游戏，说到底就是动物小时候生存训练的延续而已，猫和老虎都会喜欢虐待玩弄比它们弱小的动物，这是为了训练它们的生存本能，人类只是这种进化心理留存了下来，错误移植到了虚拟游戏领域而已，其实这是不利于基因生存的，但是基因没有智商，它还是在用几百万年前的方式思考，把虚拟世界当真，以为自己玩电子游戏也是在生存训练呢！还有阅读，看你看什么书了。男人大多喜欢看那种写后宫三千的网络小说，女人还是喜欢看情情爱爱的都市文章，说到底都是自己现实里的基因求偶欲望得不到满足，所以拿阅读发泄而已！还有宗教人士，就拿苦行僧来举例吧。苦行僧苦行，说到底还不是为了得到善果，为了得到救赎，跟着上帝去天堂？说到底还不是为了他们虚构出来的更大利益？只是基因被欺骗了而已！”

我：“可是也有丁克族啊。”

他：“丁克族就是基因操控的错误而已。丁克族之所以丁克，说到底绝大多数都是生存压力太大，或者没能力找合适的对象而已，基因不得不选择了先满足生存本能而放弃了繁衍本能。很多丁克族都是一开始说丁克，但是到了中年，还是忍不住想要后代！但是这其实是基因的错误选择！都说了，基因是没脑子的，它只知道满足眼前的欲望，它不会想以后的！人类不也是吗？人类只能看到几年后的社会，谁知道几十年后会怎么样？”

我：“但是这不就对了吗？基因是可以被欺骗的，这说明人是可以摆脱基因操控的啊。”

他：“摆脱基因操控？呵呵。那么你为什么要摆脱？说到底，你想要摆脱基因操控的欲望，也是基因给你的。从基因自私的角度来说，任何生命体，都是不希望自己被别的生物限制，被其他生物控制，因为那意味着落网，意味着死亡。所以，就连想要摆脱基因操控的本能和动机都是基因给你的，你用基因给你的欲望去摆脱基因的另外一种欲望，不是可笑？而且人类的好奇心也是基因给的！人类之所以有好奇心，说到底还是为了在原始社会里去发现新的资源！没有好奇心，在缺乏食物的原始社会，人类怎么有胆子去尝试新的果实，怎么敢去冒险发现新的森林？这些都是基因给你的生存本能！所谓的科学研究，说到底是好奇心驱使，好奇心还是基因给你的！包括人为什么会对红色警惕心强，只是因为红色代表果实，代表鲜血，代表危险，对生命很重要。绿色代表植物，也对生命很重要啊。人类能够看到的七种颜色，说到底都只是人类生存需要的物体的颜色分类而已。不管是你的心理机制，还是感官机制，说到底都只是基因操控的，是基因给你安排好的！”

我："可是，至少从结果来说，有些人的行动还是无私的。"

他："那只是暂时的。现在人的无私，都只是暂时的，不得已的，是临时的东西！我看过的书里说，完全无私的基因，在进化的初期就已经被淘汰了，无私的基因能存活的代数不超过三代！也就是说，早在几十亿年前，无私的基因就被淘汰精光了！剩下的都是自私的，只不过它们学会了伪装和互相利用而已！"

他开始变得更加歇斯底里，更加狂躁。后面的话不再像一开始那么有逻辑了，他开始没完没了地列举各种他所说的把他人"物化"的事，开始大声控诉他对这个世界感觉到的绝望，而且还反复地说他想死，他只是由一堆自私的基因交配产生的行走的自私机器罢了。

因为病人情绪狂躁，看护人员前来把我拉走了。离开房间的时候，我的心情非常沉重。从某种意义上来说，这个病人不是因为生活压力巨大而产生了精神疾病，他在某种程度上，真的是对这个社会看得太过透彻。

坚信每个人都只是自私基因容器的他，坚信这个世界上没有亲情，没有爱情，没有忠孝仁义，没有友情，所谓的同情与怜悯只是一切自私的基因保护幼崽的本能错误迁移到了别人身上而已。

对于那些把他人物化的自私基因的人来说，他人也是把他当成工具的自私恶魔。

所以，人人都可能伤害他，榨干他，索取他，剥夺他的一切价值。

他人即地狱。

后来我在看西方哲学史时才知道，原来，在过去这样的人有很多。比如说，在笛卡尔的眼里，动物就只是没有生命、没有灵魂的机器而已。一辆马车坏了和一匹马死了，车夫应该心疼的是坏了的马车，而不是死了的马。

几个月后，这个患者的精神状况才稳定了下来，出了院。在住院期间，他曾经不止一次想要自杀，好离开这个自私的世界。

他说，只有自杀的人，才是真正的无私者，活着的一切都是自私。你喝了水，别人就少口水；你吃了饭，别人就少口饭；你住了房子，别人就被占用了本该享有的生存空间。

一直到院里有名的“都教授”跟他促膝谈心之后，他的状态才恢复过来，并且逐渐好转。

在出院的时候，我询问他的状况如何，他笑了笑，什么也没有说，只是和我拍了张合影，而后抖了抖衣服，向着风中走去。

那时我并没有感到什么异常，直到很久之后，当我回顾与他的合影时，才感觉到了一丝不对劲。

因为照片中他的眼神，依然让我想起那天我和他在病房的那番对话。他的眼神，依然让我感到不安，总是会让我朦朦胧胧地想到什么。

但是我始终想不起来。

几天后，在经过家附近的小区时，看到了一只正在按揉地上的塑料罐的白猫，我恍然大悟。

他那天和我对话时的眼神，和猫的一模一样。

回到家后，我脑海里浮现出的是猫和他的眼神，还有萨特在《密室》里的那番话：

“在这一生里，我们是被他人界定的，他人的凝视揭露了我们的丑或耻辱，但我们可以骗自己，以为他人没有看出我们真正的样子。”

也许，对于那天在病房里雷霆大作的他来说，我的存在，其实也不过是被他物化的一个倾诉工具而已。

十一、腐化的人生

“都教授”是我们医院里的名人。“都教授”本身不姓都，也不是教授，他只是一个普普通通的高中数学老师。从外表看，他除了长得比较平易近人之外，没有什么特别之处。当然，比起一般人，他更注重个人卫生和服饰穿戴，但是也远远没有到沾染一点灰尘就反复去处理的程度。我们叫他“都教授”，是因为他几乎什么都知道。不管是天文地理，还是人文历史，他都能够侃侃而谈，非常神奇。他自己经常挂在嘴边的口头禅却是“算是知道一点”，但是事实上，我跟他接触这么多次，发现就没有他不知道的话题。科学哲学方面，不管是近期的数学奖得主，还是圣塔菲研究所和Deepmind公司（英国的一家人工智能公司）的成果，他都知道；而人文方面，从章太炎家族的变迁史，到聂荣臻元帅和原子弹发明人姚桐斌的家族史，他都能够有条有理、逻辑清晰地道来。

除此之外，“都教授”厉害的还是他的炒股能力，除了2016年5月在股市上亏损了五十多万之外，他一直都顺风顺水，据说赚了五百多万。当然，最让我们敬佩的是，这位“都教授”有一种神奇的本事，他可以编造出一个逻辑极其严密的世界观，并且用他所编造的这个“世界观”来驳倒甚至纠正其他病人的“世界观”。曾经有一些在开放式病房抱有执念的病人，在和他促膝谈心之后，没多久病情就很神奇地减轻了不少，甚至还有一些人的病症完全消除了。因此，有时候我们会很乐意和“都教授”闲聊，也很乐意让他来艺术治疗中心帮忙开导一些在思想观念上转不过弯来的患者，算是一种辅助的治疗。“都教授”本人对此非常感兴趣，甚至极为主动。

“都教授”住院的原因是强迫症。根据他自己的描述，他从十六岁起强迫症就已经比较严重，最严重的时候甚至头晕目眩，呕吐不止，躺在床上难以动弹。后来吃了很多西药和中药，做了心理咨询，状况才渐渐转好。

在和他初次见面的时候，我还是个实习生，当时我问他：“您说的强迫症，是什么样的表现？”

他：“呵呵，强迫症嘛，顾名思义，很好理解，就是如果不去做一件事，你就会浑身难受。我年轻的时候，就已经有这种症状。特别是高中时期，情况最严重。”

我：“那是什么原因引起的呢？触发强迫症的东西是什么？”

他：“其实就是时间。那是我在高中的时候吧，每天上晚自习，一般都是三节课。当然，那时候的管理没有现在这么严格，很多学生，除了住校的学生之外，其实都没有那么刻苦。很多人都很随意，我算是比较认真的。而且说出来，恐怕你很难想象。”

我："怎么认真的呢？"

他："我对时间的把控非常严格。可能你会很难理解，但是我对每一门课复习时间的控制都要非常精确。比如说，九点钟复习语文，那么，一旦到了时间，我就必须复习语文，哪怕超过一分钟，甚至一秒钟，我都会受不了。我记得那时候我把四五门课的时间都精确安排了起来，计划到点就必须强迫自己复习，否则我在心理上就会受不了，难受到整个人都情绪狂躁、坐立不安。有时候，我可能在一道数学题上卡住了一段时间，没能及时把题做出来，我的心态就会彻底崩溃。"

我："心态崩溃？只是超出一点时间就会那样吗？"

他："对。哪怕只是超出十分钟，甚至五分钟，我都会紧张到浑身僵硬。这种感觉一般人可能不会有，但是对我来说，却会这么想：如果我在这道数学题上卡住了十分钟，那么我复习语文的时间就耽搁了，影响了十分钟，一旦语文耽搁了，那么其他的化学、物理也都会耽搁。而今天的事情耽搁了，那么我明天的计划表也会被打乱，一旦明天的计划被打乱，那么我这个星期、这个月，甚至整个学期、整个高中阶段，乃至整个人生都会被打乱。只要这么一推导，我的大脑就会像爆炸一样难受。呵呵，没有强迫症的人，我想是很难体会到这种感觉的吧。"

我："虽然没经历过。但是仔细想想，的确是很难受。"

他："是啊。其实吧，那时的症状还算是轻的，一直到了我研究生生涯结束后，我的症状才变得更加严重。读博结束后，我的病情甚至影响到了工作，如果不是因为我的病，我可能真的会去当教授吧。后来错过了机会，当了个数学老师。再后来，实在熬不住了，只能进了你们这儿，呵呵。”

我：“唉，真是可惜了。像老师您这样的人，真的应该在大学里才能发挥您的能力啊。”

他：“每个人的人生多少都有点命运的戏弄成分在吧？”

我：“老师您也信命啊？”

他：“想信的时候，为什么不信？”

我：“听说老师您对精神病患者很感兴趣，经常跟他们聊天，这是为什么呢？我认识的人里，喜欢跟患者主动聊天的，真的不多。”

他笑了：“其实也不是什么大不了的事。而且，我觉得你用患者这个词来形容，很不适合。很多所谓的精神病，根本不能算是病。有很多的精神病患者，在各种仪器检查下都是正常的，但是就是有精神疾病，这也是目前精神疾病病因不是很明确的原因之一。”

我：“这倒的确是事实。可是，为什么老师您对这一类人群这么感兴趣呢？”

他：“因为，他们从某种意义上来说，都可能是一笔思想财富啊。正常人的大脑、思维的方式，都是非常有限的。打个比方，你在一条河里撒上一些花瓣，大部分的花瓣都会沿着主流走，最后向着大海的方向漂去。但是，有少部分的花瓣会进入支流，或者在某个弯道打转。人的思维也是这样，普通人的思维大多数都是进入大海的主流思维，但是，那些思维终究是无法知道所有河道的。所以有时候，与院里的人接触，你能够发现思想这条长河里一些不为人知的角落。”

他顿了顿，继续说：“我给你举个例子吧。”

我：“嗯，您说。”

他：“有一个精神病人，他坐在树下，望着头顶上的天空和树上的果实，然后想，为什么苹果会往下掉而不是往天上飞呢？你知道这个人是谁吧？”

我：“当然是牛顿了。”

他：“对。可是你知道吗？牛顿三十岁的时候，就头发花白，得了植物神经功能紊乱，而且精神失常了。他的情绪经常有大幅度的波动，时常平静冷淡，时常又狂躁热情。这些症状，你应该知道，都是精神类疾病才有的吧？特别是植物神经功能紊乱，是典型的紧张症、疑病症、焦虑症之类的症状表现。所以，牛顿就是个精神病人。”

我：“真的？原来牛顿还是个精神病人？”

他笑着说：“还有一个‘精神病人’。有一次，这个人去乘坐扶手电梯的时候，突然想，如果我在扶手电梯启动的时候向上走，那么我的上升速度，就是电梯加上我的行动速度了，不是吗？”

我：“是啊。根据高中物理，是这样的，速度叠加了嘛。”

他：“可是，我们试想一下。假如这个人的手臂上有一只蚂蚁，在他向上走的时候，也沿着他的向前伸出的手臂开始向上走，那么，这只蚂蚁的速度，是不是也要加上电梯的速度再加上人向上走的速度呢？”

我：“嗯，那是肯定的吧？”

他：“可这样问题就来了。假如这个电梯很大，人也是个巨人，那么，蚂蚁脑袋上的一个细菌，细菌身上的一根鞭毛，鞭毛内定向移动的分子……是不是速度也可以一直叠加上去呢？如果速度可以一直叠加上去，那么问题自然就来了，速度是不是可以达到无限？按照经典力学，速度是可以一直加上去的。按照这个原理，只要我不断地叠加物体，速度就可以一直快下去，一直到无穷大。可是很快，这个精神病人就发现，现实里并不是这样的。事实上，速度在达到了光速这个上限后，就没有办法继续叠加了。也就是说，靠电梯上叠人的办法，怎么快，也是没法超越光速的。”

我：“这个……这个故事我倒是没有听说过。但是我猜这个人是爱因斯坦，对吧？”

他笑着说：“对，就是爱因斯坦。据说，爱因斯坦就是乘坐电梯的时候看着电梯幻想，在大脑里做了思想实验，然后发现了经典物理体系的漏洞，然后开始创建他的狭义相对论体系的。而且，爱因斯坦是一名低危抑郁症患者。事实上，历史上极多数天才，都有精神疾病。哥白尼、达尔文、安培、达·芬奇、莫扎特、康德、维特根斯坦、贝多芬、米开朗琪罗、伏尔泰、凡·高，都是如此。比起浑噩度日、只知道交配求职、奔波于柴米油盐的普罗大众，那些喜欢空想和幻想的人，才有可能真的在某个时刻发现已有的认知体系存在的漏洞，从另外一个视角认识这个世界。甚至可以说，你没有精神疾病，那么，你这辈子就和天才无缘了。”

我半开玩笑地叹息道：“看来我这辈子就是个普通人了。”

他：“哈哈。”

我们都笑了起来，气氛还不错。

之后我跟“都教授”各自讲起了我们碰到过的奇怪的病人。我给他讲了一个害怕衣服的男人的事，他则跟我讲述了一个觉得自己的人生在不断堕落的男人的故事。

我：“那是怎样的一个人？”

他：“那可以说是一个悲观到了极致的男人。他觉得，只要活着，所有的事情，就会变得越来越糟糕。”

我：“为什么呢？”

他：“这么试想一下吧。每个人都不是自己愿意才来到这个世界上的，你在世界上有无数选择，但是只有一个选择是你无法主宰的，那就是你来到世上这件事本身。这件事是你父母主宰、强制安排的，你没有选择的余地，哪怕你觉得这件事违背了你的意愿，也由不得你。是吧？”

我：“嗯。这件事每个人都知道，这不是理所当然的吗？”

他：“所以，换个角度来说。你的父母会生下你，一般会是在什么时候？他们会在什么状况下生下你？”

我：“什么状况下？那一般都是结婚，有生孩子需要的时候吧……”

他：“对。一般都是在结婚之后才有孩子。那么，人在什么样的情况下才会结婚呢？”

我：“您指的是结婚要满足的生活条件吗？那肯定是要男女双方感情不错，而且有一定的物质条件吧。”

他：“这就对了。从客观的角度来说，一个丈夫和一个妻子会选择生下他们的孩子，往往都是经济状况比较好，家庭条件能够支撑的时候，对吧？所以说，你出生的时候，其实对你这个个体来说，就已经包含了一个隐藏条件，那就是你父母的生活状况在你出生的那个时候，一定是还可以的。至少对于绝大多数人来说都是如此，是吧？”

我：“这是肯定的。至少大多数情况下，没有物质支撑，很少有人会考虑生孩子。”

他：“对，所以从大多数孩子的角度来说，他们往往在生下来之后的一段时间，日子过得都还可以。孩子们不需要太为生活担忧，所以很多孩子可以从小就过着衣来伸手、饭来张口的皇帝一样的生活。因为从父母有钱才生孩的理论角度来说，孩子会娇生惯养，几乎是必然的。”

我：“嗯，这么说，的确也是有道理的。”

他：“所以从孩子的角度来说，他们会觉得自己来到这个世界上，就是来享受的，就是来当皇帝的。而且，很多人在长大了之后，往往会觉得小时候的生活最快乐、最幸福，这也是很自然的。因为他的父母生下他的时候，肯定是身体状况和家庭物质条件都还可以的时候，但是他出生之后，这些可就没有保证了。他的父母一天天老去，年纪一天天增大，工作能力一天天下降，各种身体状况、心理问题和社会问题不断积累，他周围的生活条件，几乎必然会恶化。”

我：“你这么说，我倒是理解那个和你聊过天的人的想法了。他是认为，他生活的环境在不断恶化吧？”

他：“对。听说过墨菲定律吗？”

我：“墨菲定律？听说过啊。这个理论算是比较有名了吧。我记得墨菲定律的说法是，当一件不好的事情发生的概率不是0的时候，这个不好的结果在事情不断发展的时候，总会出现。也有人说，就是任何事情都注定会向着不好的方向发展。”

他：“对。这个人就自称他的思想是基于这个‘墨菲定律’的。他算是出生在一个中产阶级家庭，小时候生活富足，现在已经大学毕业。但是这几年，因为新的产业浪潮兴起和经济不景气，他父母的公司倒闭了，再加上这个孩子自己求职也不顺利，他就想到了我说的那个想法。他觉得，一个人从出生那一刻起，他的生活环境就在不断地恶化。他觉得自己就像是一只住在一个不断腐烂的苹果里的蛀虫，随着它越长越大，周围的苹果肉只会越来越少，越来越腐化。而且，对于全世界的孩子来说，情况都是一样的。他还说这是‘人生墨菲定律’。任何人的人生，从出生开始，都注定了只会越来越糟糕，永远不会变好。一个人的亲人会不断死去，父母会慢慢老去，自己还要为后代子女奔波劳碌，来到这个世界上，就是受罪。”

我：“这种情绪实在是太过悲观了。事实上，人类社会千百万年来都是这么过来的。出生之后，通过自己的努力，是可以改变自己的人生的，不是吗？”

他：“可他不那么认为。按照他的说法，你刚才说的这些情况，只有在古时候才可能发生。那时候没有避孕措施，有欲望的时候必须要发泄，那么一个女人怀孕了也是没有办法的，不管家庭条件好不好都只能生下来。那时候不能计划着生育。但是到了现代的社会，家庭就可以计划着生育了。而且，在现代社会，想要找工作越来越难，社会阶级也越来越固化。所以，‘人生墨菲定律’，就是在现代社会开始变得更加强烈和明显的。”

在“都教授”说完这番话后，我和他都陷入了沉默之中。谈论这么悲观而沉重的话题，我们的心情都算不上好。后来根据我的了解，“都教授”接触过的这个病人，本身的确有点娇生惯养的毛病，他是从小被宠大的，并不懂得吃苦耐劳。因为生活状况不断变差，他甚至想过自杀，觉得活在世界上没有意义，人类的存在毫无意义，只是来苦海游泳。

我想，这也是他在思想上产生这种“人生墨菲定律”的原因吧。

我曾经询问过“都教授”是如何开导他、纠正他的思想的，“都教授”却只是笑笑，并没有告诉我答案。他只是隐晦地说：“我只是给了他一个人生的意义。”

再后来，我也看了很多佛教的书籍，当我看到佛教中对苦谛的解释时，不禁想起了“都教授”和我讲述过的那个病人。

也许，他真的已经在不知不觉中，参悟到了几分佛性吧。

佛曰：“人生在世，如同苦海泛舟。”

以前，我只是简单地把苦海理解为生活中的烦恼。但是想起那位“堕落人生”理论的病人，我却对苦海一词，有了更深的理解。

举目而望，是为苦海。

回头四顾，依然是苦海。

茫茫苦海，几人能终得解脱?

十二、走路的衣服

见到他的时候，我还不是门诊医生，仅仅只是个助手。那天，我看到他在医院外徘徊了很久，却迟迟不肯进大厅，于是上前问他为什么不进去。他看了看我，认出我是在医院工作的，于是有些犯难地说：

“我听说，如果一个人第一次进了精神病院，那么不管他有没有跟门诊医生说过一句话，这个人都会被人当成精神病……因为精神病从外表是看不出来的，就算你人是好的，别人也会怀疑你脑子有问题……医生，是不是有这种事情？”

我笑着说：“精神病其实没有你想的那么可怕。而且精神病也分很多类型，的确是有严重的，但是大多数人就是有点焦虑，或者紧张之类的，像生活压力太大，也有可能造成精神上的一些症状，你不用太过担心。而且，我看你是一个人来的，我们是不会把患者的资料泄露出去的。你就放心好了。”

但是他还是不放心，思考了好一阵之后，他又开始皱眉绷脸：“其实吧，我觉得我的情况，不来这里也没什么关系……不是什么大不了的情况。”

我：“这样吧，要不你先把情况说给我听一下，我看看严不严重。我是在这里实习的，多少了解一些。”

他想了想之后，找到了医院外面公园里的一个长凳，坐下来开始给我讲述他的情况。

他：“我就是……有的时候特别怕。”

我：“怕？怕什么？”

他：“说出来我都担心别人会把我当小孩子笑话……我就是怕衣服。”

我压低了声音：“怕衣服？这是为什么？”

他：“不是……也不是所有的时候都怕，只是在一些时候会怕。我表达能力不太行，说不好。但是有的时候，我看见衣服，就觉得特别可怕。有时候……我稍不留神，回头一瞥的时候，会觉得衣服特别像人。”

我：“哈哈，你说这个啊。这个我觉得很正常啊，有几次我也有过这样的错觉，挂在衣架上的衣服，特别是一些大衣，有时候光线比较暗，看起来是有点让人毛骨悚然。这个只是一种错觉，很正常的。如果你真的怕的话，以后把衣服折叠起来就可以了。”

他：“对，你说得很对，我也觉得这是很正常的。可是，我就是觉得这种情况在我身上，发生得有点太多了。弄到现在，我都快没法正常过日子了。”

我：“这么严重吗？”

他：“对，真的很严重了，我现在心里整天都慌慌的。严重的时候，我甚至气到对我挂在家里的衣服又拉又扯，甚至还有好几件毛衣被我撕破了。一想起来，我也很懊恼，但是我真的就是控制不住自己……”

我：“这种情况大概有多久了？”

他：“好一段时间了，差不多九个月了。虽然我以前偶尔也有碰到这种事，但是突然变得严重是去年三月的时候。”

我：“第一次出现是怎么个情况？”

他：“这件事其实是有原因的。去年三月份的时候，我在读研究生，然后有一天，我下寝室楼的时候，突然发现寝室楼外站了五六个不知道是警察还是保安的人，而且，整栋寝室楼都被警戒线围了起来。”

我：“出了什么事？”

他：“我那时候也很好奇，问他们出了什么事，但是不管是楼管还是保安都不肯开口。后来我才知道，原来在我们那一栋楼，有人上吊自杀了。而且，那时候我住在六楼，上吊自杀的那个人，就在七楼，几乎就是我正上方的那一间房。”

我：“这样啊……”

他：“那个时候，我的室友因为工作搬出去了，寝室里就我一个人，然后那段日子里，我每天就一个人在寝室里空想。而且，我还打听了很多发现那个上吊自杀的人的事迹。听说，发现他的人，后来也进了精神病院，很长一段时间，都算是有心理阴影了吧。我跟他还交流过，他说，他发现尸体的时候，尸体眼睛睁得死大死大的，而且舌头还吐得长长的，吓得他身体发软，整个人都蒙了，不知道是该叫，还是该跑，整个人都像是失去了思考能力一样，该做什么全都不知道了。”

我：“你还去打听得这么详细……”

他：“那时候好奇心太旺盛，憋不住。我就是那种喜欢八卦的性格，没办法。一开始那几天，我还特别兴奋，在朋友圈子里到处谈论分享。但是过了几天之后，情况就不太对劲了……”

我：“你开始怕衣服了？”

他：“还没有那么快。一开始的那段时间其实还算好的，我没有碰到什么事。问题是在那之后，差不多过了一个礼拜，我奶奶去世了，我就回到我奶奶家的阁楼里，去帮忙整理她的一些遗物，从那时候开始，就碰上了一些让人发毛的事。”

我：“那是什么事？”

他：“先跟你说，我奶奶的老家是那种特别老的老房子，外面是泥墙，屋子里面是木头铺的墙板和地板，就连台阶也是木头做的，走在木地板上，都会有‘嘎吱嘎吱’的声音。而且，我奶奶在木头楼梯的转角处放了一个衣架子，上面还挂了几件大衣，那些都是她活着的时候穿的。奶奶去世的第二天，我去她二楼阁楼里整理衣服的时候，刚上木头楼梯，想去开灯，经过转角的时候，我猛地回头，却突然看到一个浑身漆黑的人挂在我身后的房梁上，吓得我当时就哭出声来。真的，就跟小孩子似的哭了两声。”

我：“你说得还真吓人。那不过是错觉吧？”

他：“是啊，当然是错觉，那只是挂在房梁下方衣架子上的一件大衣而已，因为楼梯口太暗了，才会产生错觉。但是不开灯的话，那阴森森的样子真的是很吓人，我现在跟你说的时候，还觉得毛骨悚然。”

我：“那之后呢？”

他：“后来我看清了是衣服，稍微镇定了一点，开了灯，才算是松了口气吧。但是，那只是一个开始。后来，我的情况一下子变得严重了。”

我：“一下子变得严重？”

他：“嗯。我的房间里也是有立着的衣架的，晚上睡觉的时候，我朦朦胧胧地睁开眼睛，就会‘唰’地看到一个人影笔直地挂在我房间的角落里，跟吊死鬼似的，吓得我脖子发僵，全身鸡皮疙瘩都起来了。这样弄了两天之后，我索性把衣架上的衣服全部摘下来，塞到柜子里去了。”

我：“对，把衣服藏起来，不就没事了？”

他：“一开始我也是这么想的，但是后来，事情越来越不对劲了。我把衣服塞到了衣柜里后，每次我打开衣柜的一瞬间，都好像会看到一个黑漆漆的人笔直地挂在柜子里的衣架上，直直地盯着我看，每次都吓得我浑身的鸡皮疙瘩起来，整个人凉了一大片。但是仔细看，却又发现没有什么。”

我：“所以，你说你把你的衣服都给撕了？”

他：“是啊。有几次我真的是受不了了，气得我对那些衣服拳打脚踢，想用这种方法让我胆子大一点，告诉自己没什么。可是那没有用，下次我还是会在打开衣柜的一瞬间被吓到。”

我：“我光听你的故事，都觉得毛骨悚然了。那你之后有把衣服折叠起来吗？”

他：“当然了，都这样了，当然是把衣服折叠起来了。这之后，有那么一阵子，情况算是稍微好了一点。但是偶尔还会发作。”

我：“偶尔发作？”

他：“就是我有几次去逛街，因为比较晚了，经过一些服装店橱窗的时候，看到里面没有脑袋的人体模特时，总是会被吓得汗毛直竖，两条腿都发软。”

我：“你这个，应该是心理暗示太过了吧。”

他：“对，我也这么想，大概是我想太多了，可是我就是没法不去想。一有空的时候，我老是想那个发现上吊者的人，我会以他的视角去重现发现尸体时的场景。越是强迫自己不要去想，我就越是控制不住地去想。”

我：“那之后呢？你有别的办法去克服吗？”

他：“我试了很多办法，比如把我能看见的衣服全都藏起来，或者开柜子的时候开灯之类的。一开始还是有点用吧，但是到了后来，又不行了。”

我：“怎么了？”

他：“我发现衣服会走路了。”

我：“衣服怎么会走路呢？”

他：“准确地说，我有的时候没法看见正常人。比如说，在街上走的时候，一般情况下看，应该是一个个的人，对吧？可是，有的时候，我一抬头，却觉得是一件件的衣服在飘，好像里面没有人似的。”

我：“哈哈，你眼睛盯的方位不太对吧？你盯着别人的脸看不就行了？”

他："这样是会稍微好一点。但是我不可能什么时候都盯着别人的脸啊，那样多不礼貌。有时候不经意地回头一看，我就又会看到一件件衣服好像在走路。"

我："这是你现在的状况吗？"

他："还不是，后来……就变得更严重了。"

我："更严重？"

他："嗯。一开始，我的这种把衣服当人的情况，只在不经意的时候出现，但是后来，这种时间持续得就更久了。有时候，哪怕不是无意间一看，而是看一件正常的衣服，我也觉得里面好像有人藏着似的。"

我："这种情况很常见了，是吗？"

他："是啊。越来越常见了，要不是那么常见，我也不会来这里了……说实话，到了最近一个月，我都已经不敢挂衣服了，每天我走到阳台上，看到头顶晾衣竿上挂着的一件件衣服被风吹动，就像是一个个上吊自杀的吊死鬼似的，吓得我神经都会突突跳，整个人都变得不正常。"

说实话，那个时候，听着他的描述，我自己也开始被他带入了进去，感到浑身冒寒气，毛骨悚然。

我想了想，还是决定带他去看一看。最后，根据诊断，这个人的确有因为过度的不良心理暗示导致轻微慢性精神分裂的症状，大概是因为他在校时的那一段经历，使他长期对自己进行不良的心理暗示，导致了丘脑、大脑功能的紊乱，才造成了现在的情况。

他的情况不算太严重，在来医院配了几期药之后，就没有再来了。

我还记得最后一次他来的时候，我在医院门口的台阶上碰到他。我和他打了招呼，问他状况。他说他的情况好多了，还滔滔不绝地跟我讲一些生活上的趣闻乐事。

只不过，话说到一半的时候，他突然朝我身后看了一眼，脸色变了。我跟着他回头看了看，但是身后除了对面的大楼之外，一个人也没有。

我问他怎么了，他没有回答，只是在这之后，他带着好像有点僵硬的笑容，匆匆忙忙跟我讲完了话，敷衍着就走了。

而自那天之后，我再也没有见过他。

我比较纳闷的是，那时候，他为什么突然脸色变了？他到底看到了什么？

我始终没有想通。

直到有一天，在一个春风和煦的艳阳天，我走出医院大楼，在不经意间举目看向对面的大楼时，才恍然大悟。

对面的开放式病房大楼的阳台上，一件件白色的病号服，正在风中猎猎飞舞，长袖扭摆。

兴高采烈。

十三、世界是外套

现代脑科学研究普遍认为，人类的大脑有一个思考限制器。

对于一些想不通的反常事情，人类首先会寻找一个自己记忆中类似的现象来进行解释。比如说，当你抬头看向星空时，看到天上有一个红点在飘浮，一般人，首先会认为那是飞机，或者孔明灯，又或者是其他的飞行器，直到当你一一提出各种可能性都无法解释眼前看到的景象时，你才可能会猜想那是外星人的飞船。

但是，如果有些现象是长期存在的，每天都伴随着你，你却一直都想不通，那么，你的大脑又会怎么样呢？

研究结果表明，对着这些每天都伴随着你，却又无法解释的现象，人类的大脑会被迫去接受，甚至主动将其忽略，使之变成一种自然而然的事，甚至放弃去思考和探究其根源。

比如说，我们生活中最常见的一个问题，人脑就是以忽视的方式来处理的。

这个问题，就是：我为什么是我？

为什么我不是个外星人，出生在其他星球？为什么我是这个国家的人？为什么我是个男人，不是个女人？为什么我不是百万富翁的儿子？为什么我会活在二十一世纪而不是其他世纪？

这个问题，古往今来不单单是各种文学家、科学家、哲学家常常在思考，还有普通人，他们在一生当中也常常会思考它。但是，却没有人能够想通这个问题。佛教用轮回、业报的方式来尝试解释人这一辈子享的福和受的苦难。佛教说，你这一生中所受的苦难，是你前世做的罪孽所决定的。虽然对于一些人来说，这种解释很荒诞，但是，事实上，这种说法也得不到否定。

也许，这个世界之外，真的有那么一台计算机，精准地记录下我们这一生中犯下的各种罪孽，然后根据我们今生的表现来安排来世的经历呢？

不管如何，科学至今都是无法解释“我为什么是我”这个问题的，所以，人类才会构建出种种宗教神话来进行解释。事实上，宗教或者一些神话，是对人脑思考的空缺区的一种填充，它本身是有存在的需求的。

“我为什么是我”的问题，很多人在年幼的时候都会思考，在初中、高中阶段，可能这一类想法出现的次数最为频繁，但是随着年纪的增长，这一类的问题出现得越来越少了，原因很有可能是他们已经习惯了，或者是因为久久思考也想不出答案，最后失望而放弃了。就像做数学题，有的人想破头也想要解出来，哪怕花费一个小时、十个小时、一个月、一年都不会放弃。但是有的人，发现这道数学题太难，就索性跳过，去思考其他更简单的问题了。

而这次的这个对话者，他就是一个极其顽固的“解题者”，他孜孜不倦地思考，不管如何，都想要找出“我为什么是我”这个问题的答案。

他：“你做过这样的梦吗？在梦里，你是个胖子，然后被卡在了一条很长很长的小巷子里，不管是向前，还是向后，你都只能看到远处一条细细的缝，那是明亮的出口，但是那个出口实在是太远太远了，你几乎看不到走出巷子的希望。你被挤得喘不过气来，想挪动一下都很困难，你张开手臂，想要向上爬，但是墙壁太光滑了，你伸直了手，却怎么也爬不出去。”

我：“我倒是没有做过你说的这样的梦。但是，我做过差不多的。我梦见自己被卡在了公寓的夹层里，周围一片漆黑，我就拿着一个手电筒，在里面爬，爬啊爬，也不知道该往哪里爬，到最后，我也没有爬出去。”

他：“夹层很窄？”

我：“对。夹层很窄，楼层从上、下向我挤压过来，让我几乎喘不过气来，我甚至动一下都很难。”

他：“那倒也罢了。不过，有几次，我是真的做过那样的梦。那些梦太真实了，真实到让我都快没法呼吸了。在梦里，你真的是非常非常地绝望，那种几乎看不到头，又没法死去，只能被永远困在狭窄的巷子里的感觉，会让人发疯。哪怕之后醒来，回头去想，也会觉得绝望。”

我：“你经常做这种梦吗？”

他：“不算经常，但是一个月也会有五六次吧。做到那种梦的时候，我真的想死。但是，我不敢死。因为我觉得，那样的场景，说不定就是死后的景象。”

我：“死后的景象？”

他：“人死后是什么样的感觉，谁都不知道吧？有人说人死了就没有感觉了。但是谁能保证呢？也许，我觉得，我在梦里看到的那条几乎无限长的狭窄小巷子，就是我们出生之前的景象。那个时候，我们都在另外一个奇妙的世界里，在那个世界，我们的状态就像是夹在巷子里的那个胖子，拼命挣扎，拼命挤压，拼命想找到出口。”

我：“这么说，你信佛，相信地狱、冥界之类的说法吗？”

他：“不是。我说的不是地狱，也不是冥界，我说的是‘非生命体世界’。你想想，我们每个人都是生命体吧？那么，没有生命的那些物体的感觉是怎样的呢？比如说一块木头，一块石头，甚至一个分子、一个电子，它们如果也有灵性，那么它们的感觉是怎么样的？或者说，你还是你爸的一个精子的时候，那时候的你感觉到的世界是怎么样的？”

我：“……没法想象。至少目前学界认为，感觉这种东西，是要有感受器官基础的。”

他：“嗯，你说得对。但是我是另外一种说法。我是说，假如每一个原子本身都是有某种灵性的，或者类似意识的东西，它们也会有属于它们自己的感受。”

我：“这我就没法想了。这种事，怕是只有死后才知道了。但是，你经常想这些东西，是吗？”

他：“对。我经常想这些东西，学习的时候，工作的时候，都总是会想到。我经常想哲学上的一个问题：‘我为什么是我。’这个问题，你应该也有想过吧？”

我：“这是肯定的。每个人，肯定都会好奇吧？这只是想多想少的问题。偶尔想想，其实也不坏，挺好玩的，是不是？反正都想不出个答案来。”

他：“你说得不太对。我觉得，这个问题是有答案的。就像你做数学题，一道题很难很难，你中途放弃了。但是这不代表这道数学题没有答案，只是历史上思考这个问题的人，都没有坚持到最后。”

我：“那么，你坚持到最后了吗？”

他：“已经差不多了。最近，我想到了一种可能性。”

我：“哦？是吗，能说说看吗？”

他：“说出来也无妨。答案很简单，这个世界上，只有我一个人存在。”

他的回答让我想到了我以前碰到过的一个病人，那个病人的想法和他类似，他也认为世界上只有他一个人存在，其他人不过是他的一次次重复轮回、角色切换罢了。但是每一次轮回，他都会穿越时空回到过去，而且失去记忆，所以才会不记得。

于是我把我以前接触过的那个病人的思想跟他讲了一遍，但是他却摇了摇头，笑着说：“你说的这个人很有趣，但是他还是有不周到的地方，那就是他的解释只能解释生物，没法解释非生物。我的答案，还可以解释非生物。”

我：“那么你又是怎么认为的呢？”

他：“其实答案很简单。这个世界上只有我一个人，你们其他人，甚至其他动物、生物，还有其他的物体，像建筑物、服装、沙子、星空等都只是我身上的汗毛，是我的一部分而已。我在这个世界的正中心，其他的东西，包括头顶上的太阳，更远处的星空，都只是我身体的一部分延伸而已，就像很长很长的头发，或者很长很长的手臂一样。”

我：“你是说……天人合一那样的思想？”

他：“有点像。但是天人合一这种说法太笼统了，还不够详细。很多时候，我就是这么觉得的，这个世界就只有我一个人，当然，这个‘我’，是一个‘大我’。这个‘大我’，是把整个地球、整个宇宙包含进去的一个‘我’，不是平常所说的‘人体’那样的‘小我’。你可以把‘大我’想象成一个因为穿得太厚变成了胖子的人，这个胖子如果脱下外套，其实里面精瘦精瘦的。”

我：“可是外界的物体都不跟你接触，你怎么认为那些是外套呢？”

他：“你说的接触，只是皮肤接触、骨肉相连这种宏观上的接触啊。难道你和其他物体的引力作用不是一种接触吗？只是你自己感觉不到而已。你释放热量，整个房子的温度都在上升，其实你和整个房子的空间都是接触的。”

我：“可是更远的星体，总不行了吧？”

他：“可以。因果，也是一种接触。你可以把物体和物体之间的因果看成是一条条的线，这些线把你们连在一起，就像神经、血管一样。你和石头，和地球对面的一粒沙子，和太阳，都是因为因果线连在一起的。甚至，连空间也可能是接触的皮肤筋膜，不是有理论说空间是黏稠的一块吗？”

我：“不过，这种联系，感觉实在是太弱了。靠人的身体是没法感觉到的。”

他："可我要的不是什么感觉，我要的只是一个解释，关于这个世界的解释，关于'我为什么是我'的解释。"

我："可是你的这个说法，只能解释'大我'吧？你还是没有办法解释'小我'的问题，不是吗？"

他笑了："这个很简单。只要承认'小我'是由'大我'决定的就行了。因为'大我'里各种物体的因果线相互交织，产生了一个综合的作用，这些综合作用的结果，就决定了'小我'的样子。就像你玩斯诺克的时候，球相互碰撞，最后决定了其他球的状态。宇宙也是一样，这个宇宙注定只有一副固定的长相，所以'小我'就只有我现在的样子。"

我："那你死后，怎么办呢？"

他："放心，'小我'是不会死的。因为如果它死了，'大我'会再造一个出来的。改变的只是'小我'自身有的记忆而已，但是'小我'本身不会消失。"

我："说到这里就有点深奥了。"

他："其实不深奥。你买过矿泉水吧？有时候，矿泉水瓶里有一个气泡，不管你怎么晃动瓶子，那个气泡始终存在，在水里滑上滑下，一下子到瓶底，一下子到瓶口，但是就是没办法消失掉。'小我'就是那个怎么也消失不掉的气泡。而'大我'，就是包括了整个瓶子和瓶子里的水的大环境。"

我："呵呵，这么说，倒是有点容易懂了。"

他："其实本来这个问题就没有那么复杂，只是我们想得复杂了。"

我："可是，从我的角度来说，我觉得，你才是外套上的一根毛。”

他：“那又怎么样呢？反正只要我认为世界上只有我一个人就行了。你这样的‘毛’，只是长相跟我差不多，功能跟我差不多，但是灵魂的地位，是永远不如我的。我才是中心的那个我。”

在我接触过的形形色色的人中，他的思想不算最奇特的。但是从另一个角度来说，要说对一个简单的哲学问题的钻研程度和执着程度，他却可以算得上是最高的。

事实上，历史上有和他思想类似的哲学家。

德国哲学家海德格尔和后来的法国哲学家梅洛·庞蒂就有类似的说法，他们认为，人是被嵌入这个世界的，存在不是一个孤立的主体面对一个冷漠的客观世界，存在是在世界中的存在，同世界是一体的，相互关联的。

在这里，没有主体和客体的划分，主客的界限是模糊的。人从一开始就处在世界中，同世界浑然一体、不分轩轾。

“生存是在深渊的孤独里。”——海德格尔。

十四、存在即永生

他大概是我见过的有着最最乐观思想的人。说实话，我接触过的病人之中，大多数都负面、悲观，所以在我的交际圈里，想要听到光明乐观的思想，是一件极其困难的事。行内有一句流传已久的话：最容易得心理疾病的，往往是心理医生。

这句话虽然听着悲哀，却是事实。心理医生这个职业，即便经过最严格的训练，有着最高超的职业素养，但当你每天面对各种有着负面思想的病人，听到他们大声地抱怨、宣泄时，你想要一直保持本心，几乎是不可能的事。

但是这个人不一样，在我接触过的人里面，几乎找不到比他更加积极乐观的了，先不提他对人生的那份豁达乐观的思想，单单是我每次见到他时，他脸上挂着的那一抹让人怀疑是画上去的笑容，就能被他的那份积极情绪感染。像他这样的人，实在是太少太少了。

我是在健身中心遇到他的，后来又有几次，我晚上在体育馆跑步时会碰到他。每次见到他，他都面带微笑，满脸自信，就像是刚刚炒股赚了一大票似的。每次我都会忍不住上前问他遇到了什么好事。

一开始，他只是笑着对我说，他这个人的天性就是这样，喜欢笑，非常乐观。

但是后来接触久了，我一次次问他同样的问题，他终于渐渐松口，告诉了我他的秘密。

他：“你问了我好几次这个问题了，但是其实，说穿了也没有什么。因为活在这个时代，本来就是一件很幸福的事，为什么不乐观一点呢？”

我：“乐观当然是可以做到。不过像你这么乐观，心态这么好的，我是真的很少见到。”

他：“那你想想过去的人吧。几十年前，中国还很贫穷，那时候的人，特别是生活在农村的人，连饭都吃不饱，吃的都是咸菜、萝卜干，要不然就是直接在米饭里撒盐拌饭，是吧？”

我：“那是肯定的，跟现在是没法比。现在全国人民的总体生活水平提高了嘛，现在的人，怕的不是没饭吃，而是吃太胖，得高血压、高血脂之类的毛病。要不然我也不会每天出来运动了。”

他：“对啊。现在的生活条件这么好，和科技的进步是分不开的。转基因什么的不说，至少现在的农作物产量提高了，而且工业水平也发展了，可以制造各种化肥，使植物进行杂交，提高产量，挨饿的人就越来越少了。科技就是个好东西啊。”

我：“是啊，所以说，科技改变生活嘛。想想古时候的皇帝，没有空调，也没有电扇，他们的日子再好，很多方面也比不上现在一个普通中产阶级家庭的生活。”

他：“对。科技真的是个好东西，尤其是过去一百年来，科技的发展速度已经超过了过去几千年发展速度的总和了。不是有个说法嘛，叫作技术奇点，说我们人类的科技越是发展，发展的速度就会越快，就像是指数一样加速。”

我：“这个我不是特别了解，不过我偶尔会关注一些科技类的新闻。这几年科技类的新闻的确越来越多了，而且很多以前觉得在科幻小说里才有的科技，现在不知道什么时候，就突然变成了现实。像是人工智能、VR之类的，以前总觉得是很久之后才会有的技术，现在都已经不新鲜了。”

他：“是啊。因为现在的科技界专业分化太细了，很多行业领域之间互不了解，所以科技发展往往会有这么一个规律，有时候你觉得一个技术可能要十年后才能有希望，但是事实上过不了几个月就会有突破。就像之前下围棋的那个人工智能机器，我听说是用了生成对抗网络，这个技术十多年前还没有什么人想到过，那时候搞人工智能的人都觉得哪怕三十年后都看不到突破的希望，但是没想到，突然有一天，一个年轻小伙子喝醉了酒之后就想到了，然后技术就有了突破。所以，我们现在这个时代的科技发展就是这样，有时候你觉得一个三十年后都看不到希望的技术，说不定哪一天在这个领域就突然出现了一个新人，想出了一个新思路，又或者是从别的行业想到了解决的办法。就好像以前“康师傅”和“统一”斗得很厉害，但是突然间，智能手机出来了，外卖出来了，两家公司的业绩马上就下降了。微信也是这样，微信才推出几年啊，马上就全国流行了，现在路边摊卖炒面的，都扫二维码了。”

我："现在这个时代，如果你不常常关注身边的新闻，或者把自己封闭一段时间，就会发现都快跟不上一些科技了。"

他："活在中国是很幸福的一件事。中国国家大，人口多，很多时候，国家就可以集中力量办大事，集中资源搞一些高科技，中国的工业体系是全世界最完备的。因为人口多，需求大，高科技也很有市场。再加上人口多，人才多，以后中国的科技人才也会越来越多，这样一来，科技发展会更加迅速。"

我："看来你对科技的发展很有信心。"

他："那是当然。我看到过很多新闻，说用不了多少年，我们人脑就可以把意识上传到计算机里了，那时候，就算我们肉体变老了，我们的意识还可以活在计算机里。"

我："这个就有点太玄了。现在好像还有很多争议吧。就我现在的了解来说，人类对人脑的了解还很浅，人脑有五十多个模块区域，很多区域，现在的脑科学家都还没有完全弄懂它们的用途。"

他："这只是个时间问题。只要发展下去，总有一天会弄懂的。说不定明天就会有巨大突破了，只是你不知道现在哪个科学团队、哪个天才正在突破的临界点而已。现在这个时代，行业和行业之间隔阂那么大，谁都不知道其他团队什么时候就会有大突破啊。"

我："所以你这么积极乐观，跟你相信科技会发展也有关系，对吗？"

他："当然了。其实，大概到2050年左右，永生技术就可以出来了，那时候，我们每个人都可以把意识传到计算机里，你想想看，现在我才三十多岁，到了2050年，我也就六七十岁，那时候，我就可以永生了。只要这么一想，我现在遇到的一些不顺心的事，就又算什么？在永生面前，现在我们遭遇的一些事业上的不顺心、情感上的挫折，都根本不值得一提啊。这种痛，就像是针扎了一下你的手臂，一开始可能会有点痛，但是过个几十年，你还会觉得痛吗？肯定不会了。”

我：“你要是真这么相信，倒的确可以活得很乐观。但是科技这个东西啊，也是要有钱才能用的，现在高科技产品很多，但是越是高科技就越花钱，所以，要高科技，现在多赚点钱，对吧？”

他：“那只是现在，再过个几十年，高科技多了，自然就廉价了。那时候，国家会有很多的共享科技设施，民众也会有很多的福利。那时候的人的生活，肯定比我们现在好得多。意识上传，价格肯定像我们现在买矿泉水一样便宜。”

我：“你这么说也对，以后不是没有可能。不过，那都多少年之后了。”

他：“也就几十年而已，很快就会到的，因为我们是注定会永生的。跟我一起活在这个时代的人，我相信都会获得永生。”

我：“哦？为什么？”

他的笑意更浓了：“因为有这么一个原理：意识只会在永生之前诞生。一旦诞生了，就肯定会获得永生。”

我：“什么意思？什么意识只会在永生之前诞生？古时候那么多人，都没有永生啊……”

他：“很简单，你只要相信，古人不存在就行了。”

我：“什么意思？”

他：“罗素不是说过一句话嘛，‘你永远不知道宇宙是不是五分钟前才诞生的。’同样的，你从来都没有经历过古代的生活吧？你出生的时候就已经是20世纪后半叶了，你怎么知道宇宙过去一百三十多亿年的时间存不存在呢？那些化石、古代典籍，还有头顶上的星空，都可能是一个看不见的恶魔故意伪造出来的，故意把信息植入你的大脑，骗你的啊。说不定这个宇宙也是五分钟前才刚刚诞生的，你觉得你是个精神病医生的记忆，也是假的，只是一个看不见的科学家塞进你脑子里的。”

我：“……你相信这样的观点吗？”

他：“我不相信有那个看不见的恶魔或者科学家存在。但是，我相信，意识只在永生之前诞生。”

我：“具体是什么意思呢？”

他：“这么说吧，假如你承认，宇宙真正的诞生，是在你出生的那一刻，而不是一百三十多亿年前宇宙大爆炸的时候。那些什么一百三十亿年前的宇宙辐射证据啊，什么多少万年前的古代遗迹啊，还有古时候的书籍啊，都只是一个背景一样的设定而已，只是一块幕布罢了。宇宙完全可以是200亿年前，甚至是2000亿年前诞生的，你可以是美国人，或者中华文明的历史也可以是五万年而不是现在大众说的五千年。我们是活在21世纪，还是活在31世纪或者41世纪，这些都无关紧要，对你来说，这些都只是随机的一个设定而已。这个世界会像现在这么设定，只是为了让诞生在这个世界上的你活得更精彩有趣而已。这个说法，你可能很难理解，但是你可以尝试着先去接受。一旦你接受了这个观点，那么你就可以理解我的意思了，你的意识的产生就是宇宙的诞生，而且，意识一旦产生，就一定会永生。为什么我们恰好活在科技大爆炸的21世纪，而不是11世纪呢？因为我们的意识，很快就要永生了啊。”

他的想法非常疯狂，甚至疯狂到让我有点窒息。可以说，他的话非常的唯心主义，但是假如一个人承认这个世界就是唯心的，唯物根本不存在，只是课本上构建出来骗你的文字而已，那么，也许真的会被他带进沟里。

我："到现在，我终于知道你为什么会这么乐观了。"

他："你也觉得我的这个说法有几分道理吧？只要你这么相信，你就会觉得你现在遭受的罪都不算什么。如果你以后永生了，你可以活几百万年、几百亿年，你现在遭受的短短几十年的罪，一点点的苦，根本什么都不算。你现在，只是在为到达永生做最后的冲刺而已。"

对于他的观点，我是注定不可能找到反驳的点的，就算能够找到，我也不会去尝试着努力。

因为，相信他的观点活在这个世界上，也是一种莫大的欣慰。如果你真的相信了他的观点，那么，你或许就会对生活充满信心，内心变得更加积极乐观，会觉得光明的前景就在不远的前方。

"不要为自己持独特看法而感到害怕，因为我们现在所接受的常识都曾是独特看法。"罗素的这句话，足以鼓励你抱着对这个世界的一些奇特的看法走下去。

活在这个永生前的盛世中，将是我们最大的幸运。

而对于那些不相信他的观点的人，我也只想送给他一句罗素的话：

"不用盲目地崇拜任何权威，因为你总能找到相反的权威。"

十五、墙角的女人

当他进入门诊室的时候，我就已经看出他的病情不轻，因为他的每一个动作都极其小心翼翼，就好像脚底下埋着地雷，稍有不慎，就会粉身碎骨。

就连推门的时候，他都是谨小慎微、蹑手蹑脚的，还特地扭头向着门诊室的四个角落看了看，确定什么都没有之后，才如释重负地坐到椅子上。

他点了点自己的太阳穴，道："医生，我觉得我的脑子出问题了。"

我："别紧张，坐下吧，慢慢说。怎么了？"

他："医生，我有时候，老是能看到，墙角有个女人蹲着……"

他的话一下子让我的鸡皮疙瘩冒出了一小片："哦？是什么样的墙都有女人蹲着吗？像这个门诊室的墙角有没有？"

他摇了摇头："那倒没有……你的这个房间比较亮，墙角都照得很亮了，所以没有黑漆漆的地方，就没有女人。”

我：“黑漆漆的地方？”

他：“对啊，在稍微昏暗一点的地方，墙角不都是有黑漆漆的阴影区域吗？只要是在那些地方，我就总能够看到有个女人蹲着，她好像是抱着膝盖，然后脑袋靠在膝头，头发又黑又长，拖了一地。”

我：“出现这种情况，最开始是在什么时候？你觉得这件事有什么根源吗？比如说，你去过什么地方？或者见到过什么人？”

他：“的确是有原因的，出现这种情况，已经有一个半月多了。”

我：“那根源呢？是什么事情触发你看到墙角的女人的？”

他想了想之后，才从他的挎包里小心翼翼地掏出了一台照相机给我，然后对我说道：“最开始，是因为我在家里拍到了那个长头发的女人……”

我开始渐渐感觉到了寒意：“拍到了那个女人？照片吗？”

“不是照片，是视频。视频拍到的。”说着，他鼓捣着他的单反相机，然后调出了一个视频给我看。我怀着谨慎的心理，小心翼翼地接过他递给我的相机，然后开始看里面播放的视频。

我：“你在家里还用相机拍视频啊？”

他：“因为那时候我的侄女来我家里玩，她才一岁，我想给她拍一段视频，记录一下，好让她长大了能看到。照片是在我的房间里拍的，那时候我侄女在地上玩球，你注意她身后的那道门。”

相机不是很大，播放窗比较小，我必须要眯着眼睛才能够比较清楚地看到里面播放的图像。视频本身的长度只有三分钟多一点，拍摄的内容是一个穿着黑色连衣裙的小女孩在地上玩镂空的塑料球，女孩坐在地上，背对着卧室的木门。

视频一开始，这道木门是打开的，木门和墙壁贴着，门吸把门给牢牢地吸住了，我看不到门后面到底有什么东西，但是门和墙壁之间的距离，大概就三四厘米，这样的缝隙，肯定是躲不了人的。

这样的视频大概过了有一分半钟，之后，房间里的风突然大了起来，我看到女孩摆放在地上的塑料球被风吹动了，同时被吹动的还有房间里床单的下摆。

他："那时候房间的窗户没有关，正好屋外刮大风，然后风就吹进屋子里了，你仔细看，别眨眼睛，'那个东西'马上就要出现了。"

我屏住呼吸，眼睛一眨不眨地盯着门的方向，然后，就在某个时刻，风变得更大了，原本贴着墙壁的门，猛地被风吹得脱离了门吸，砰的一声重重转动，狠狠地撞在了门框上，然后又反弹了起来，又一次被门吸给牢牢吸住。之后，房间里的人赶忙把窗户给关了，房间里没有了风，门就没有继续被吹动。

视频到这里，结束了。

我："什么都没有啊？"

他："不，你倒回去，仔细看门被吹动，然后弹起来前的一瞬间。"

他说着帮我把时间倒了回去，回到了门被风吹动的时候，他还特地放慢了播放的速度，好让我看清楚播放时的画面。

这一次，我稍微看清楚了一点，门被吹动的时候，后面的确留下了一块阴影区，像是一团模糊的什么东西，但是因为整个过程速度太快了，就算是慢放，我还是没有看清楚那里到底有什么。

连续放了几次也没有看出什么来后，我开始有些失去耐心了："就是一块普通的阴影区而已，什么都没有啊。你是看错了吧？"

他："不，不是，还是太快了。你再放慢一点，放到最慢，一帧一帧地播放。”

这一次，他把播放的速度调整成一帧一帧的，然后把画面最终定格在了门恰好被风吹得离开门吸，然后和门框狠狠相撞的一瞬间。

这一次，我终于看清楚了门后面躲着的“那个东西”，那一刻，我如坠冰窖，浑身都起了鸡皮疙瘩。

的确，在墙角的地方，我看到了一张人脸，一张惨白的人脸，正直勾勾地向着视频拍摄的方向看过来。

从画面上看，这是一个穿着黑色裙子的女孩，年纪不大，只有七八岁，却有着一头很长的拖到了地上的头发，好像和地上的影子融为了一体。当然，整体来说，这个女孩的身影还是很模糊，非要说是女孩，当然说得通，但是如果说是影子和墙壁上白色的窟窿洞什么的，也说得过去。

虽然只有那么一帧的画面，下一帧这个女孩就消失了，但只是前面那一帧，就已经足以让人感到毛骨悚然了。

这个女孩是抱膝蹲坐在地上的，脑袋靠着膝头，头部脖颈却是九十度扭曲弯折，而且向着视频拍摄者的画面看过来，如果是正常人，脖颈几乎不可能扭曲到那种程度。

他：“怎么样？现在你看到了吧？墙角是不是有个女人？”

我：“更像是个小女孩吧。不过，这不就是错觉吗？墙角的地方太暗了，模模糊糊的，光线不好，所以造成了这种现象。这种事，很常见啊，不要自己吓唬自己。”

他：“可是在那之后，我在别的地方也看到了。每次回家，我都会在开门的时候，看到大厅的角落好像有个人蹲着，一开灯，那个人又不见了。模样和这个女人一模一样。”

我："这只能说是你的心理暗示太强了。因为这段视频，才会导致你出现一些错觉。我教你一个方法，你下次看到墙角的时候，别再去想什么女人、女孩，你可以想想别的东西，比如好吃的蛋糕啊，或者美丽的花朵之类的，这样你就会安心很多。"

他："你说的，跟别的医生建议我的一样，我试过，可是根本就没有用啊，而且最近反而变得越来越厉害了。本来我只是回自己家会那样，现在，我到上班的地方，或者别的酒店、厕所之类的地方，也会在开门开灯的一瞬间看到这个女人。你说我该怎么办？现在我每天晚上睡在家里，一定要把灯打开，家里弄得灯火通明，我老婆见到我这样都受不了了。"

对于这个病人的情况，我没有更好的办法，按照寻常治疗惊恐症的方式，我给他配了一点药，让他精神不再那么紧张，提高他的睡眠质量。可是一个疗程之后，这个病人又来了医院，说他吃了一个疗程的药，晚上睡眠是好了一点，但是还是能够看见那个女孩，药只是治标不治本。

于是我建议这个患者去听听艺术治疗中心的课。在那里，这个患者碰到了"都教授"，我看到他们两个人就这件事谈论了起来。

一番谈话后，我看到这个患者欢喜地离开了，还谢了"都教授"。那时候我很好奇，于是上前询问"都教授"用了什么方法安慰这个患者。

"都教授"笑着说："其实不难，就是让他故意在家里的每个墙角都放上一个色彩鲜艳的皮球。"

我："皮球？为什么？"

"都教授"的笑意更浓了，说："要不然，你认为那个女孩是在找什么呢？"

十六、梦的预知

事实上，他并不是我的病人，而是另外一名主治医生的病人。但是因为那位主治医生去结婚了，有一段时间没能来医院，因此查病房、询问病人病情的工作就落到了我的肩上。

他住在开放式病房，因为病房刚退走了两名患者，目前他还是一个人居住。当我走进他的病房，我被房间里的景象给震撼到了。他把自己的病房弄成了电子产品展示区，里面堆满了各种零件碎片，除此之外，我还看到了笔记本电脑、各种电子闹钟，甚至还有一些用来检测脑电波的仪器，像胸腹呼吸传感器、实时双路无线针孔监控系统、视觉刺激系统、显示脑电波主机屏等。因为脑电波检测仪在院内比较常见，所以虽然这个病人房间里的检测仪相对来说比较简陋，但我还是一眼就认了出来。一般来说，这种仪器，主要还是用来检测精神病患者的大脑，此外警方也用来测谎。

我还没有说话，他就开口道：“等一下，马上就好了。让我把皮电参数设定完。”

我：“这个是用来检测脑电波的吧？这些东西你是怎么搞到的？”

他笑了一下：“委托陈医生代购的，你们医院有进货渠道，我说我想时时检测自己的脑电波正不正常，所以就花了点钱，他就帮我买了。特殊医疗用品，一般人进货是比较难的，有医生的话就好办多了。”

我：“陈医生帮你代购的？那你现在把这仪器拆开来干吗？是坏了吗？”

他没有立刻回答，而是在主机键盘上操作了一会儿，把一些参数复制到了他自己弄的一个文档里，还编上了序号，然后才小心翼翼地关上了电脑，转身跟我对话：“没有坏，我只是稍微改一下，给它增加点用途而已。”

我：“增加什么用途？”

他指了指脑电波检测仪旁边的一个电子钟，然后对我说道：“看到了吗？我把检测仪的皮电传感器的电线和电子钟用线串了起来，之后我设置了一个开关，这样一来，如果主机里的数据达到了我想要的数值，电子钟就会马上响起来。”

我被他弄得一头雾水：“你怎么懂这些电路的知识？”

他：“你不知道吗？我以前是电子信息工程专业的，而且主要是搞硬件方向的研究。这些东西我还是能弄的。”

我耐心地问道：“不过我倒是看不懂。脑电波检测仪价格不便宜吧，你把这机器给拆了，是要干什么呢？”

他笑了一下：“说出来，你肯定不会信。”

我故意猜测道：“你是不是想制造用脑电波操控的机器？听说现在有人就在制造一些脑控的装置。”

他突然笑了，笑容里甚至带着点蔑视：“呵，那算什么。我要造的东西，可不是什么脑控装置能比的。”

我被他勾起了好奇心：“那你到底想要造什么呢？”

他笑着说：“时光机。”

我差点被他的话给逗笑了。就在刚才进房间听他说各种仪器的时候，我还以为他是一个货真价实的精神正常的工程人员，但是现在听到他说的这句话，我的那种错觉一下子就消失了。

他：“不相信是吧？”

我笑着说：“你觉得用这些设备就能制造时光机吗？我觉得还不够，你看电影里那些时光机，都是太空飞船、火车那么大才行，你的时光机这么小，有什么用？”

他：“你觉得可笑就说出来吧。你不相信也是正常的，正常人都不相信我。但是等我研究出时光机的那一天，你就会知道我的厉害了。”

我：“那么，你现在研究好了吗？”

他：“还差一点，遇到了点编程上的问题，现在我还在编一些自动搜索信息的程序，等我把那些程序弄出来，也就差不多了。等到时光机研发出来的那一天，人类文明，可就不是现在这样了。那时候，人类文明会直接飞跃，变成神级文明，直接跳跃几个层级。”

我：“我问个问题啊，如果时光机的制造有这么简单的话，为什么其他人做不出来，只有你能做出来呢？”

他：“这还用说，当然是因为其他人没我聪明呗。他们笨啊，连这么简单的穿越时空的办法都想不到。”

我：“那么你是怎么想到的呢？”

他：“其实是在做梦的时候想到的。话说回来，你应该听说过很多传闻吧，说做梦可以预知未来之类的传闻？”

我：“哦，你说这个啊。这种话倒的确是常常会有，很多人都说做梦梦到的东西，以后会变成现实，梦能够预知未来。你说的时光机，就是做梦预知未来吗？如果是这样，那也没有什么好稀奇的，古人就有做梦预知未来的说法了吧？”

他：“差远了。我的时光机的原理可远远没有做梦预知未来那么简单，那些说什么做梦预知未来的人，都只是隐隐约约地感觉到了做梦能够预知未来而已，他们那只是一种模糊的感觉，我现在的这个发明，跟那些做梦预知未来的原理完全不一样，我比他们走得要远多了。”

我：“我有点好奇，这具体是怎么个原理呢？”

他低下了头：“原理其实不难。但是说到底，我这个时光机能不能做成，也只有一半的概率。成功的关键在于，这个世界到底是唯物主义的，还是唯心主义的。”

我：“这和唯物主义还是唯心主义有关系吗？”

他：“当然有关系。在中国，唯物主义和唯心主义的争论其实很常见吧？在西方，也有身心二元论的说法。只要人的意识或者灵魂是真的存在的，那么，我的这台时光机，就一定可以制作成功。相反，那就只是一堆废铜烂铁了。所以退一步说吧，我的这台时光机，就算最后失败了，好歹也可以结束这么多年来哲学上唯心主义和唯物主义的争论，也还是有一点学术意义的。”

我：“为什么人有灵魂，就可以制造出时光机？你的意思是，灵魂可以穿越时空？”

他：“这个要一下子解释清楚有点难，因为一般人的智商不太够。我就先问你一个你可能碰到过的问题吧，你睡觉的时候会不会定闹钟？”

我：“会啊。我一般都是开手机铃声闹钟的，免得上班迟到嘛。”

他：“这就对了。那你有没有碰到过这样的事？有时候你正在做梦，然后你在梦境里听到了手机铃声，之后惊醒？”

我：“有啊。这样的情况很常见吧？有一次我正在做梦，梦见我正在一片荒原上漫无目的地走路，突然手机闹铃就响起来了，然后我就醒了。这有什么问题吗？”

他：“有很大的问题。事实上，人每天晚上会做的梦，数量远远不止一个，一个人在晚上的时候，可能会做十几个梦，甚至几十个梦，但是你会记得的，往往只有你被闹钟吵醒时的那个梦。你刚被闹钟吵醒的时候，你对那个做到了一半的梦的印象还非常深，对吧？”

我：“这……一般来说，确实是这样。刚刚醒来的时候，脑海里做到一半的梦特别清楚，但是过几个小时，就变得模糊了。至于半夜三更做的那十几个梦，根本记都记不得。”

他：“嗯。那你有没有过这样的经历，有的时候闹钟定错了时间，比如说，本来你是打算早上八点钟醒来的，但是闹钟定到了半夜十二点，然后你在半夜做梦的时候，被吵醒了？”

我努力地回想了一下，然后说：“被闹钟吵醒的情况倒是没有。不过有时候我半夜三更在做梦，有电话打过来，那时候，我的梦也会被打断，然后醒来。这种情况算是有五六次了吧。”

他突然笑意变浓了："这就很有意思了，不是吗？为什么你每次都只能记住你被吵醒时候的那个梦呢？如果半夜三更的那个电话没有打过来的话，那么你就会一觉睡到大天亮，然后等你第二天醒来的时候，你肯定已经忘记了半夜做的那个梦，对吧？"

我："对啊，一般来说就是这样。"

他："而且，你是不是也有这样的感受？每次你正在梦中有比较强的自我意识或者自我感受的时候，往往就意味着电话或者闹钟铃声会响起来？"

我："自我感受？这是什么意思？我没怎么听懂。"

他："简单来说，就是你在梦境中存在感很强的时候。或者说，你在梦里有着和真实世界一样的感受，而且在梦境里意识到自己是一个'活着的个体'的时候。再直白点说，就是你在梦里有了自我意识这样的'存在感'的时候。"

我："这就有点深奥了，只能模糊着理解一点，你的意思大概是说，我半夜三更时虽然也做梦，但是醒来后那些梦是回想不起来的，但是如果是那些醒来之前被外力吵醒的梦，我却能够很清楚地记得，是吧？"

他："对。我有过这样的感受，有一次我正在做梦，梦见自己被一只野兽咬住，拖进了山洞里，然后在那个时候，突然间闹钟响了，我醒了过来，但是那个时候，我的记忆很错乱，以为自己还在梦里，还在被野兽啃咬，那个时候，我的梦境从梦里延续到了现实世界里，有几秒钟的时间，我甚至分不清自己是在做梦还是已经醒过来了。我说的那种做梦的'存在感'，指的就是你切身地感受到自己在梦境中，有一种身临其境的'当下感'。而不是醒来后什么都想不起来，直到别人告诉你晚上说梦话了，你才知道自己昨天晚上做梦了。”

我：“你是想说，梦有两种类型，一种是自己记得的，亲身体验过的梦，另外一种是别人告诉你晚上说梦话，你才知道做过的梦，是吧？”

他：“对，就是这个意思。”

我：“嗯，你这么说我就理解了。”

他：“所以，你不觉得很奇怪吗？如果你半夜三更说梦话的时候被人给吵醒了，你就会在醒来的时候还记得你说梦话期间的那个梦，而且那个梦甚至有几秒钟的时间可能会延续到现实里，让你分不清自己是不是还在梦境里。但是如果是第二天自然醒来的话，你却不记得你说梦话的时候做过什么梦了。这两种不同的情况下，你的感觉是很不一样的，前一种你可以知道自己晚上做过什么梦，在梦里有什么样的遭遇和感受。而第二种，你只知道自己做过梦，却不记得具体有什么样的梦中感受。”

我：“嗯。是这样的。”

他：“所以，把逻辑颠倒一下的话，就会很有意思了。假如某一天，你虽然还没有醒来，但是正在梦境之中感觉到自己有了‘切身感’，你在梦中突然有了很强的存在感，这其实就意味着闹钟将要响起来了，不是吗？”

我：“这个……可是你说的‘存在感’这个概念，有点太模糊了。”

他：“这个你需要慢慢体会。简单来说，就是当你突然有了那种将要被闹钟吵醒前的梦才会有的感觉的时候，就意味着闹钟要响起来了。否则，如果是自然醒来的话，你的脑海里是不会有你在梦境中的各种感受的记忆的。”

我：“稍微有点复杂。可是，你的意思是说，我在做梦的时候，就已经能够预知闹钟会响起来了？”

他：“你总算是懂了我的意思！如果在梦中的那个你突然有了很强的主观感受，就意味着你马上要被闹钟给吵醒了！梦里的那个你其实已经预知了未来！你已经预知到了闹钟会在几秒钟后响起来！”

我被他的话给唬住了，大概是因为他突然抛出的这个结论太过惊人，我一时间也没有立刻想到他话里的漏洞。

他：“所以说，全世界的人都多愚蠢啊！其实每个人都能够靠做梦预知未来，但是偏偏没有人发现这件事！其实我们每个人都能够靠做梦来预知未来！至少，我们能够在梦中提前几秒钟感觉到闹钟马上要响起来！”

我：“嗯。我先不想你的话对不对，可是，就算能预知几秒钟后闹钟会响起来，这又能有什么用途呢？”

他：“预知几秒钟只是个开始。牛顿发现万有引力存在的时候，他也没有想过以后万有引力定律会在工业上有用途吧？同样的，我发现做梦能够预知未来这件事，现在虽然才只能预知几秒钟，但是以后呢？如果我稍微改良一下，预知几个小时、几天，甚至几十年，或者一直到宇宙的末日，都是可以做到的！那时候，人类，就是神！人类文明将直接变成神级文明！你想想，那是多么宏大壮丽的图景！”

我：“那你现在找到改良的办法了吗？”

他得意扬扬地笑了：“当然已经找到了。而且，我已经打算用这个方法来买彩票或者炒股了。”

我：“哦，那你具体打算怎么做呢？”

他："这个需要一些仪器的帮助，首先，就是这台脑电波检测仪，它可以检测我的脑电波波动，我睡觉的时候一定要戴着它，这样，当我在梦中自我意识突然变强的时候，它就可以根据我的脑电波的波动，知道我马上要醒过来了。同时，因为我的房间里很安静，我会醒来的原因，只能是被闹钟给吵醒的。也就是说，当脑电波检测仪检测到我的自我意识变强的时候，它就相当于预测到了闹钟马上要响起来了。"

我仔细地把他的话想了想之后，才谨慎地问："嗯，那然后呢？"

他笑着说："我的电子闹钟是被我改良过，设定过特殊时间的。我举个例子吧，假如有一个抽奖活动，中奖号码的公开时间是在06:00，而奖票的号码是060003，然后，在06:00的时候，我的笔记本电脑会自动在网上搜索奖票的号码，然后根据奖票的号码，把闹钟将我吵醒的时间自动修改成06:00:03，而我每次从梦中自我意识变强到醒来的时间都是13秒钟，这样一来，如果脑电波检测仪在05:59:50的时候发现我的脑电波自我意识加强了，那么，脑电波检测仪就会自动增加13秒钟，然后相当于推断出了中奖号码就是060003，然后，接收到了脑电波检测仪的数据的主机就会利用人工智能程序，直接在网上购买编号为060003的那个中奖号码，这样一来，当我醒来，我就可以中奖了。"

他的话非常绕，我思考了老半天，才理解他的意思。大概意思是，因为在梦中自我意识加强，就意味着闹钟将要响起来，所以根据闹钟响起来的时间，他就可以用他自已编号的抽奖程序来抽奖："可是，抽奖号码不一定每次都是060003这么巧吧？而且有时候可能是十多位数呢。"

他：“抽奖号码的具体数字是多少并不重要，我只是举个例子，就算是12345678910这么长的数字，你也可以做出特别的闹钟来啊，比如说，你可以把闹钟时间精确到0.1秒，甚至，你还可以给闹钟设置不同的音乐，不同的闹钟的音色、音频和音量类型，这些都可以代表不同的数字，反正只要你增加足够多的维度，来把奖票号码转换成闹钟铃声就可以了。举个例子，如果你被《月光曲》吵醒就代表数字1，如果被《义勇军进行曲》吵醒，就代表数字999，这样不就能区分更多中奖号码了吗？”

我：“嗯……好像是这么一回事。虽然总觉得哪里好像不太对。”

他：“那是因为你接受的信息量太大，一下子没有转过弯来而已，但是我的理论极有可能是正确的。那时候，我的这台时光机，可就厉害了。除了中奖之外，在其他领域我都可以运用。”

我：“其他领域？”

他：“是啊，比如说金融，比如说政治，甚至国家间的军事战争，还有个人的幸福，或者各种科学理论、数学难题的证实和证伪，都可以瞬间解决。比如说，黎曼假设、哥德巴赫猜想，这些数学界的难题，只要用了我的时光机，就可以瞬间全部解决。”

我：“这要怎么解决呢？”

他：“想办法把做梦的时间延长就可以了啊。假如你做梦的时间长达几十年，那么闹钟就不是在你梦中自我感觉强的几秒钟后响起，而是在你做梦的几十年后才响起，那么，你就可以把几十年来人类文明的各种科学数学研究成果瞬间获得了啊。而如果你的梦可以延长到几万亿年，那么你甚至可以获得这几万亿年来人类文明的所有科技研究成果，这样的话，你想想，人类科技的发展会有多么可怕？那简直就是一步登天，瞬间成神啊！”

他的情绪非常激动，甚至连我都多多少少被他的这份激昂和热情给感染了。

但是很快他又有些无奈地说，目前他的这个时光机技术面临的问题还有很多，自动购票的程序只是其中之一的问题，其他的还包括如何延长做单个梦的时间，以及如何保证他每次都能够在闹钟响起的13秒内立刻醒过来，这还需要一定的训练。如果不解决这些问题的话，时光机还有点遥远。但是他也很乐观地说，他说的这些问题，都不是什么大问题，因为这些问题都是可以靠现有技术解决的，等着他的，甚至等着全人类的，都将是一片光明的未来。

当然，他也已经考虑到了失败的景象，他苦笑着说：“如果时光机真的失败了，被证明是不可能的。那么只能说明，唯心主义是错误的，人根本没有什么自我意识，每个人，都不过是一台台机器而已。不管怎么样，如果能结束几千年来的哲学争论，也是有意义的。”

我不知道该如何评价他。

至少，从他的逻辑和理论来说，我都找不到什么漏洞。而且，如果他真的研制出了时光机的话，对于人类来说，也是福音。

因为我无法判断他的理论是否错误，从那一次谈话之后，我就再也没有进他的房间去打扰过他，就算偶尔经过他的房间，也是轻悄悄的。

因为，我不想拖累人类迈向神级文明的步伐啊。

十七、理性尽头

他应该是我见过的活得最痛苦的人之一。他的痛苦并不来于外在的环境，而在于他对自己的过度约束。我从来没有在他的脸上看到过表情的波动，除了眨眼、张嘴等动作，他的脸部几乎就没有什么额外的变化。让人佩服的是，他无论是走姿、坐姿还是躺姿都极其标准，标准到就像是从礼仪课上出来的优秀学员一般。比如说，他走路的时候极其注意用腹肌、背肌及臀肌来发力，而这些部位一般人是很容易忽略的，按照他自己的描述，他走路的姿势既不是驼背型，也不是反腰型、螃蟹型、左右倾斜型、屈膝型，而是科学的“躯干散步法”，走起来既英俊潇洒，又能够对身体的肌肉进行锻炼。按照他的说法，他走路时会注意把手臂向后伸，甩动双臂的同时也运动肩胛骨，同时走路时他会让躯干略微前倾，这会有利于他的身体来吸收脚落地时产生的冲击，因此即使长时间走也不易疲劳。单单是一个走路姿势就如此的标准，你可以想象他在其他领域的自我苛刻程度。从某种程度上来说，他就是一台移动的动作模范机器人。

之后是进餐，他的进餐是宇航员级别的，不但会严格计算每一种食物中含有的卡路里，而且极其注重作料的搭配，别说糖类，有时候他甚至连盐都不放，更有甚者，他直接把维生素片或者其他钙片碾碎当作作料撒在食物上，而他吃的食物，很多也似乎是欧美宇航员以前"牙膏状"的压缩糊类食物，而且，他还能够精确地说出他的菜谱里的各种营养和能量的百分比。除此之外，他每天都要称体重，一旦略有超标，就会立刻减少第二天的进食量。

他对自己生活的安排也像钟表一样精确，几点睡觉，几点起床，几点吃饭，几点运动，几点工作，他都安排得清清楚楚，这真的让人怀疑他就是一台设定好了程序的机器人。

总的来说，他的生活几乎毫无乐趣可言，除了看书，他每天几乎没有其他的娱乐活动。

先不论思想，单单是从他的行为来看，就已经足以让人认为他的精神可能存在着问题。但是事实上，他并没有进行过精神病的诊断，还不能算是精神病人的范畴，他只是世界观比较异于常人。他这样的行为，很难被定义为精神病，也因此，几乎没有人能够改变他的状况。

当然，因为他情况的特殊性，我有幸见证了一场极其精彩的辩论。这场辩论是在"都教授"和他之间展开的，那也是我第一次亲眼见证"都教授"用自己的世界观和其他人的世界观展开激烈的碰撞。

"都教授"："能告诉我你这么做的原因吗？我很好奇。你的家属也因为你的举动把你带到了这里来。"

他沉默了好一会儿，最后才开口："这是'理性化'的过程'。"

"都教授"笑了："理性化？你觉得你的这些行为，会让你更理性吗？"

他："会。我只是想把我体内那些原始人的部分剔除。"

"都教授"："你认为你体内那些属于'原始人'的部分，又是什么？"

他："就是进化的残留。人类的城市化进程快速发展，是在18世纪工业革命之后，科技的发展让人类的生活产生了翻天覆地的改变，但是人类的生活方式在过去数百万年的时间里，都只是小部落甚至以家庭为单位的，人类的思维和行为中很多都是原始人习惯的延续。我要把这些部分给剔除出去，这样才算得上是新人类。"

"都教授"："你认为哪些部分是原始人阶段残留下来的呢？"

他："很多。从浅层来说，肥胖症就是原始人阶段残留下来的基因。原始人阶段，人类缺少食物，因此一旦发现食物，就会拼命进食，让自己脂肪沉淀，从而在食物匮乏的时候能够多撑一段时间。但是在现代社会，食物太过丰富，人类的原始人习惯却还没有得到改善，所以才会出现肥胖症。进盐也是一样，人类的味觉对盐非常敏感，很多人吃饭都要加大量的盐，但是事实上每个人每天摄取的盐分都是过量的，原始人阶段，人类因为很难找到盐，所以舌头才有对盐分敏锐的感觉，但是在现代社会，盐已经泛滥了。人喜欢吃咸的食物，其实不利于身体健康。这些都是不理性的表现，当然，都只是低级的不理性。"

"都教授"："那么，高级的非理性又是什么呢？"

他："那就涉及更深层的心理，比如在金融领域的风险投资心理。在金融投资领域，正确的做法是提高单次交易的利润幅度，而不是提高利润频次，如果每次交易利润很多，就算频次高，只要一次失败，都会容易赔本。当初索罗斯和德鲁·肯米勒做量子基金时，就知道在机会到来的关键时刻投入包括金融杠杆在内的全部一百亿美元资金从而获取最大利益。但是对于普通人来说，因为无法克服原始人守财奴的落后心理，无法克服对风险的恐惧，因此往往无法做出最理性的选择。”

“都教授”：“除此之外呢？”

他：“人人平等也是原始人社会残留下来的错误心理机制。从宏观层面来说，真实的社会面貌是二八法则，只有百分之二十的人能够掌控这个世界的资源，剩下的百分之八十的人，永远只能受到那百分之二十的人的牵引，真正稳定的社会不是人人平等的社会，而是在精英领导下，愚民受到自由约束的社会构架。”

“都教授”：“那么，你如何确定自己是不是那百分之二十呢？”

他：“在现代社会其实并不难，根据收入和学历可以计算出你的阶层定位，政府如果想做，利用多维度的大数据很容易得出计算的结果。但是很多人不愿意承认自己是只会消耗资源，而没有创造价值能力的蛀虫，所以政府不会那么做。无法接受自己是社会的无价值或者低价值人，也是原始人的心理。”

“都教授”：“这是个很有意思的话题，那么你觉得还有哪些心理机制是原始人阶段留下的呢？”

他：“很多，比如说一些男性的处女情结，女性拒绝被强暴的心理都是如此。在现代社会，避孕和堕胎、节育科技如此先进，处女情结和强暴恐惧心理很大一部分只是原始人心理作祟。”

"都教授"脸上的笑意更浓了："所以你认为很多事，都只是心理上过不去？"

他："没错。只是心理上放大了不必要的恐惧或欲望，这都是非理性行为。"

"都教授"："所以在你的心里，你认为理性就是追求个体生存利益最大？比如说，处女情结会阻碍男性找配偶繁衍后代，而女性的强暴恐惧症只会平白降低她们的生活质量？"

他："就是这样。"

"都教授"："继续。都说出来。"

他："还有懒惰心理和讨厌重复性行为的心理。很多学生学习不好，并不是真的智商低下，而是因为无法克服懒惰和对重复性行为厌倦的心理。因为在原始人阶段，懒惰是为了减少体内能量和营养的消耗。重复性行为意味着之前的有限资源投入没有得到有效的回报，这会降低人的耐心，所以很多学生不喜欢反复背诵课文，也不喜欢对一个英语单词记忆七次。但是事实上，如果你背诵一个英语单词七次，再傻的人都能够把它记住，但是很多学生就是无法克服这种心理。这就是非理性行为。"

"都教授"："很有意思，继续。我想听你说更多。"

他："尊严也是非理性的。在原始社会里，人类是部落聚居，那时候的人一辈子的生活环境也不超过一个小部落，所以尊严很重要，因为你稍微出点丑，部落里的异性就会知道你的不好，从而会看不起你，把你当笑话，鄙视你，最后降低你找对象的概率。但是在现代的城市化社会，人的交际圈大了很多，你在一个地方失去了尊严，只要换个交际圈就行，尊严早就没有以前那样重要了。"

“都教授”：“说得很漂亮。这是尊严问题。”

他：“还有一夫一妻制也是非理性的。从进化的角度来说，就应该是少数优势的个体能够占有更多的繁殖资源。如果一个人在事业上是成功的，而且有非凡的智力和各方面的天赋，那么他就应该多生孩子，而那些对社会没什么贡献的人，则应该少生甚至绝种，这样社会才能良序发展。那些讽刺达尔文进化论的都只是害怕自己被淘汰的非理性人而已。金鱼和宠物狗都可以通过淘汰来培养优秀个体，人当然也可以。成功的人一夫多妻和一妻多夫，少数人断子绝孙，男人和女人都出轨去找基因更优秀的配偶，这才是最稳定的。”

“都教授”：“很容易引起争议的话题，但是我不评价什么，你继续说。”

他：“沉迷于游戏的也是非理性的人。玩游戏的本质是动物幼儿时期自我训练的本能，在游戏中获得成就感，也来自动物对获得食物和竞争优势时产生的大脑奖励机制。现在的各种游戏，说到底就是利用人脑原始社会沉淀下来的这种自我奖励获得快感的本能来麻痹自己，却不会创造任何的社会价值。那些沉迷游戏的人，都是劣等基因，缺乏区分虚幻和真实的能力，大脑功能不完全罢了。当然，美学也是如此。人类看到皮肤白的女人会喜欢，是因为白色代表没有感染疾病，身体健康。但是在现代社会，仪器就可以检查你身体健不健康，靠皮肤光泽和颜色来判断健不健康，也已经落伍了。”

“都教授”：“还有呢？”

他：“还有很多。比如说人类缺乏用数学等理科眼光看世界的能力，也不知道从统计学的角度来看这个世界，所以才会有网上那些因为观点谁也说服不了谁，最后吵得不可开交的情况。其实很多时候，弄个统计学的数据统计，用大多数人都接受的事实来证明就足够反驳那些持有少数观点的叫嚣者了。但是总的来说，我觉得时间已经差不多了。我不想浪费时间在知识的重复表述上。”

到了这个地步，事实上，就连我也觉得这个人的观点逻辑足够自洽，在某种程度上，想要推翻已经很困难了，我本以为“都教授”和这个“机器人”的讨论就到此为止了，可是就在他要起身的时候，“都教授”却开口了：“我觉得你的观点非常漂亮。我不打算反驳你的这些观点。但是，我觉得你忽略了一些东西。这是你这一套漂亮的理论里最让人感到遗憾的地方。”

他：“你说。”

“都教授”：“如果我说得不错，你认为的理性的判断标准，都是建立在‘生存’这个基础上的，对吗？你认为，理性可以获得最大的生存利益，是吗？”

他：“对。”

“都教授”：“可是，你可曾想过，‘理性’本身，对生存是不利的？”

他整个人像触电似的愣在了原地，原本打算转身的他转了回来，直愣愣地看着“都教授”。

他：“怎么说？”

“都教授”笑了：“首先来点理论性的东西。理性的思考，对于大脑的消耗是很大的，不单单是能量的消耗，对细胞以及神经元的损耗也很大，过度地用脑，进行理性判断，会降低脑组织过氧化脂质作用，增加海马神经元免受致死性缺血损害的风险。当然会导致神经衰弱，甚至造成神经细胞发炎、树突串珠样的变性，还有突触的损害。

这些，在脑科学领域已经得到了证实。你崇尚的理性，其实在缩短你的寿命。”

他停顿了一下，似乎真的陷入思考之中：“其他的呢？”

“都教授”笑眯眯地道：“另一方面，则是我自己的一个理论，那就是，理性的尽头，是死亡。如果理性是一条死亡线的话，人类已经是徘徊在这条死亡线边缘的生物，人类的智力和理性再稍稍增长一点，人类文明就会毁灭。所以，宇宙中不会有比人类聪明的外星人，也不会有比人类更理性的人工智能。因为它们一旦出现，就会因为理性，马上毁灭掉。你觉得这个说法，能接受吗？”

他：“证据呢？”

“都教授”：“我只能给你一部分证据。人类是唯一会因为精神世界的原因而自杀的生物。亚里士多德是自杀；康托尔是人类历史上著名的数学家，但是他因抑郁自杀了；尼采死于自杀；图灵死于自杀；精神病学学者汉斯死于自杀；玻尔兹曼死于自杀……其他没有自杀的人中，达·芬奇有低危抑郁症；牛顿也有低危抑郁症；达尔文是阿斯伯格症患者；爱因斯坦也有低危抑郁症。同样的案例，不胜枚举。我只是给出其中一部分。”

他：“所以……理性的尽头是自我毁灭？”

“都教授”笑着说：“你可以这么认为，我只是告诉你一些让你思考的案例。但是，如果理性的尽头真的是自我毁灭的话，那么，人类有时候就该自己给自己创造一个理性限制器，用感性限制自己的理性，来维持生存，不是吗？哪怕那只是自我欺骗、麻痹自己？”

他站在原地，像木头一样愣了很久，最后，他微微低下了头：“如果是这样，我会考虑你的话的。”

“都教授”：“你的问题不在于用理性谋取生存利益，而是忽视了理性本身对生存利益的损害。你要训练在理性和感性之间切换的能力，把感性作为你的工具。因为，从更大的角度来说，感性也是一种自身的理性。只不过这种理性是你身体的直觉系统做出的决定，不是你大脑的分析系统做出的决定。”

他又沉思良久：“我知道了。谢谢你。”

在那之后，我就只见到过他一次，那是在商场购物的时候，那次见面，我差点认不出他。他的走路姿势有了很大的改观，他的发型和服装也不再单调，当我和他擦身而过时，他甚至还主动地向我打招呼，脸上挂着一丝努力挤压肌肉而协调起来的笑容。

而且我注意到，他的手上还握着几包五香榨菜。

他真的变了。

但是，我也知道，他的这种改变，只是外在的。

只是用来掩饰他内心真正理性的一种身体谎言。

但是，那又如何呢？

就像古希腊一个著名的哲学问题：

“你是愿意做一个痛苦的苏格拉底，还是做一头快乐的猪？”

我想，很多时候，大多数人都会毫不犹豫地选择后者吧。

十八、天使与恶魔

他是我比较早接触的一位病人，就生理上的表现来说，他的病情是我接触过的病人之中最严重的那一类。在一次摩托车事故中，他的大脑右半球的右顶下小叶和右前额叶受到了一定损伤，虽然后来伤口愈合了，但是因为细菌的感染而留下了病灶，最终导致了行为认知上的障碍。

他的临床表现如下：

他从来不朝左侧看，当左侧有人叫他时，他会将整个身子向右转动180°，然后用右边的眼睛看对方。

吃盖浇饭时，他只吃右边的饭菜。

穿衣服时，他只穿半边；同样的，穿袜子时，他也只穿右边那一只。

刮胡子时，他只刮右半边脸。

写字时，从右边向左写。

我看过他的患者信息，上面是这么写的：

林某，男，35岁，右利手，配送员。

5个月前发病，左侧偏瘫，右侧基底节区脑出血，右顶下小叶、右前额叶有病灶。治疗后左侧肢体关键肌肌力4～5级，简易智能状态检查（MMSE）：34分。经颅磁刺激技术治疗后，依然难以完成日常自理，行走不稳，空间感知障碍。

在和他对话时，我发现他的精神状况不算好，他的呼吸显得有些急促，而讲话时声音也显得比较含糊，他的舌头是略微向右歪的，带点中风的征兆。

我："这几天感觉有好点吗？"

他眼皮低垂，看起来像是在打瞌睡："不好……一点都不好……我的半个身子，还是不受控制……"

我："可是我之前看你画人脸的时候，画了一张比较完整的人脸图。之前你画画时只能画右半边的脸，现在已经能画出有左半边的完整人脸了，这说明你的情况在好转。"

他吐着长舌头，像是喉咙里卡了什么东西："不系（不是）！那不是我画的！"

我："你是说，那张人脸不是你画的？是别人替你画的，是这个意思吗？"

因为病情，他不能摇头，只能心急地拍着桌子："不是，我的意思是，右边半张脸是我画的，左边那半张，是他画的。"

我："'他'是谁？跟你住一个病房的那个患者吗？"

他指了指自己的左胸方向："不是！是我身体里的那个'他'……

左半边身体里的！”

我意识到情况似乎比我预想的要更严重，于是我问道：“左半边身体里的‘他’，是什么意思？”

他精神极度紧张，手舞足蹈地说着：“我现在，只有半边身体是我的了！剩下的那半边身体，我已经没法控制了，那里面住了一个魔鬼。他在跟我争夺这个身体。他要把我挤出去！”

我：“这是什么时候开始的？能具体说说吗？”

他泪流满面：“一个多礼拜了。一个多礼拜之前，我只是不怎么能感觉到另外半边身子的存在，但是从上个礼拜五开始，我感觉‘他’醒过来了，这个魔鬼开始跟我抢身体了。这个魔鬼在一天天变厉害，我马上要撑不住了。”

我：“你别急，慢慢说，他是怎么跟你抢身体的？”

他想了想，然后慌张地说：“一开始，是跟我走反路。我的一只脚往前迈，他就操控我半边的身体，故意把另一只脚往后迈，然后我就没法走路了，只能像劈叉似的，整个人慢慢坐到地上去了，最后还是别人把我抬到床上去的。”

我：“还有其他的吗？”

他：“还有很多啊。画画、叠被子、拉窗帘等等，他什么事都要跟我作对啊。一开始我感觉他还像个婴儿，不太聪明，只能做一些简单的动作，但是后来，我觉得他越来越聪明了。”

我：“越来越聪明？”

他：“是啊。一开始只是走路的时候跟我反着走啊，但是后来啊，我拉窗帘的时候，我一只手往右拉，他就把窗帘往左拉啊。再之后哦，我画画的时候，我在画右边半张脸啊，他就拿笔画左边那半张啊，而且画得越来越像模像样了。再然后啊，我发短信的时候，他也出来了，我用一只手写字，他就用我的另一只手把写好的字都给一个个删掉。他就是要跟我作对啊！”

我：“他经常出来吗？还是只是有时候？”

他：“一开始啊，只是有时候，但是这两三天，他出来的次数越来越多了啊。我吃饭也没办法好好吃了啊，吃饭夹菜的时候，他就把我的左手伸直，把盘子拿到我右手够不到的地方，我没法转身，怎么也抓不到，最后只能饿着肚子。我好气啊。”

我：“其他的呢？”

他：“还有刮胡子的时候啊，他故意用我的手，把我的剃须刀打飞，就像小孩子撒气似的，真的受不了啊。”

听完他的讲述，我犹豫了一下，最后说：“要不，再做个CT吧？”

之后他再次做了一个脑CT检查，根据检查的结果来看，右侧基底节区脑出血情况有加重，这导致了他偏侧忽略的症状不断恶化。如果再做一次经颅磁刺激治疗，或许可以改善他的情况，但是因为之前做过一次治疗，而效果并不明显，所以患者的家属对这件事非常犹豫。治疗费用并不低，而他的家庭状况却不算好，加上治疗存在一定风险，患者并没有在短期内立刻进行治疗，他的病情则是在一天天地加重。

第二次到我的门诊室来时，他已经无法正常走路了，而且半张脸上的肌肉也在抽搐着，就好像有人在他的脸上弹古琴。

刚一坐下，他就开始掩面痛哭：“不行了。他越来越厉害了，那个魔鬼越来越厉害了，他马上就要赢了。医生，我该怎么办啊，怎么办啊……”

我："现在到了什么地步了？你还能感觉到自己另外半边的身体吗？"

他："已经很难感觉到了，而且我右半边的身体也开始慢慢没有知觉了，他开始抢夺我的身体了。我现在已经不敢睡觉了，每天晚上他都会变得更厉害，每天早上醒过来的时候，我都会发现自己更难控制身体了。我快不行了。"

最后我又给他配了药，说了一些安慰他的话，事实上，我也知道，器质性的病变，只靠说几句好听的安慰话，是没有办法改变的。

之后我见到过他的家人两次，都是来问他的病能不能好的，在我的劝说下，他的家人终于同意在一周后预定时间给他做手术治疗。

可是，在手术前的一天晚上，一件让整个医院都轰动的事发生了。

那天晚上，我在家里睡觉，半夜爬起来接电话时，我才知道医院里出事了。

因为没法忍受自己的身体状况日益恶化的事实，那名患者，上吊自杀了。

在死前，那名患者将自己的病房门给锁死了，还用床头柜堵在门后面。

不知道是巧合，还是患者内心的真实写照，在患者的遗体下方，还散落着一大堆画，其中一幅画中的人不知是男还是女，却有着一对不对称的翅膀，右半边是天使般的雪白，左半边则是恶魔般的深黑。

而我也看到过他的遗体。

那是我终身都忘不了的恐怖画面。

他的脸上，竟然挂着完全不对称的诡异表情。

他的右半边脸，唇角微微向下牵扯，将嘴角肌拉扯到了极限，而且他的眉角下弯，沿着眉弓一路走，像是拱桥似的一直延伸到了眼角。依然睁着的眼中写满了恐惧，眼角还挂着未干的泪痕。而他的左半边脸，却带着一种恶魔般的狰狞笑容，那半边脸的笑肌大幅度地向上拉起，从唇珠开始，一直向着左上方延伸，像是一把弯曲的镰刀，最后更是在唇角带出了几条褶皱，这让他像小丑似的笑着。而他的左眼也笑得眯起，因为笑得如此狰狞，他的眉峰像浪头一样耸起，眉头下那一波三折的眼形，更是在眼角褶皱成了一个小鼓包，向外肿胀着。

那一刻，我的心中产生的除了恐惧，还有无尽的唏嘘。

我知道，无法战胜恶魔的天使，最终选择了与他同归于尽。

他赢了，但他也输了。

……

把太细的神经割掉

会不会比较睡得着

我的心有座灰色的监牢

关着一票黑色念头在吼叫

把太硬的脾气抽掉

会不会比较被明了

你可以重重把我给打倒

但是想都别想我求饶

你是魔鬼中的天使

所以送我心碎的方式

是让我笑到最后一秒为止

才发现自己胸口插了一把刀子

你是魔鬼中的天使

让恨变成太俗气的事

从眼里流下谢谢两个字

尽管叫我疯子不准叫我傻子

……

十九、时间冲浪

在本科期间，他曾经研究过数理逻辑。但是后来放弃了，没有继续深造，而是去银行做了一个信贷员。但是由于对数理逻辑的执着，使得他对数学依旧极其痴迷，以至于已经三十多岁了，却依然对异性交往没有什么兴趣，一有休息日，就喜欢把自己锁在公寓里，然后对着一张纸，一支笔，一杯咖啡，消磨一个下午的时光。

我会跟他接触，纯粹出于偶然。

他："你能够想象，如果这个世界没有因果律，那会怎么样吗？"

我："没有因果律？那这个世界不就乱套了吗？那真是很难想象。"

他笑了："其实也不难。因为这个世界的因果性，其实是承认两个东西有差别。比如说，苹果撞到了香蕉，香蕉又撞到了西瓜，就是一个因果事件，对吧？先有苹果，然后有苹果撞到了香蕉，然后又有香蕉撞到了西瓜，这个因果关系，很容易想象吧？"

我："是啊。所以呢？如果没有因果，那会怎么样？苹果撞了香蕉，结果动的反而是西瓜？"

他摇了摇头，又笑了："不，那不算是没有因果。苹果撞了香蕉，西瓜却动了。那不过是一种新的因果，叫作间接因果，但是本质上还是属于因果范畴，没有逃出因果这个圈子。这种画面，你还是可以想象的。但是如果真的没有了因果，你是连想象都很困难。"

我："哦，比如说？"

他："比如说，一个苹果，它本身既是香蕉，又是西瓜。这样一来，你就根本没法定义什么是苹果撞西瓜，什么是苹果撞香蕉了。你很难想象苹果自己撞自己的画面吧？"

我："这么说，我好像明白了……我是很难想象出来，一个东西自己撞自己。这就好比自己的脚踩在自己的脑袋上？"

他："有点像。其实，我说的这个，在数学上也有类似的概念，就叫'自指'悖论。不管什么事，只要涉及了'自指'，就会出现悖论。我们日常语言里，其实经常犯这样的毛病。比如一些网民总是说'中国人素质低'，但是说这话的人忽略了自己也是中国人。还有比如'这个教室里一个人都没有'，但是其实说这句话的人没有考虑自己的存在。这是生活上的一些自指问题。"

我："悖论这个东西我算是知道一些。数学上就有很多悖论的东西，像是理发师悖论之类。"

他："对，理发师悖论就是个经典的悖论。一个镇子里有个理发师，他只给不给自己理发的人理发，那么就会出现他给不给自己理发这个问题。如果他不给自己理发，那么他就属于'不给自己理发的人'，所以应该给自己理发。但是如果他给自己理发了，那么他就属于‘给自己理发的人’，那又该不理发了。”

我：“嗯，仔细想想，我们生活中很容易发现这些例子啊。不过，悖论和你说的因果性又有什么关系呢？”

他：“我想说的是，悖论，其实就是和因果性相对的东西。我们的数学，本质上就是基于因果性的。比如说，数学的基础，1+1=2，其实就是承认了因果性才能成立，它假设了两个1能够放在一起，然后能够加起来，1+1=2这个问题的关键在于‘+’这个符号，而不在于1和2的问题。加号的本质，其实就是因果性。但是很多思考1+1为什么等于2的人，却经常忽略+，他们不会思考为什么两个数可以相加呢？”

我：“原来如此。原来1+1=2还有这种思考的角度，我算是大开眼界了。”

他：“是啊。我说的，其实是罗素考虑的问题，他就是从加号着手思考1+1=2这个问题的。但是如果悖论存在，那么1就是2，2就是1，1+1=2这个式子，就无法成立了。”

我：“真有意思。不过，你平时研究的就是这些东西吗？”

他：“我刚才说的只是比较基本的。我只是发现了这个世界的真实面貌，比很多人都要走得远。”

我：“这个世界的真实面貌？”

他：“对。就是关于因果性的，我们平常观察的这个世界，其实只是一个更大的真实世界的一部分而已。我们生活的这个世界，是‘因果性’世界，但是‘悖论’世界，我们根本把握不到。你想想看，平常你生活中的各种现象，不管是天上的星辰，地上的汽车，或者是周围的物体，本质上都是严格遵守因果律的。必然有前因后果，对吧？”

我：“是啊。”

他：“所以我们的大脑只能够适应有因果性的世界，而对于充满了矛盾的‘悖论世界’，我们的大脑根本感觉不到，就像你看不到紫外线、红外线一样，人的认知，其实被约束在了‘因果性世界’这个狭窄的视野里。这是非常可惜的。”

我：“那你对‘悖论的世界’的研究有进展了吗？”

他的笑容变得更神秘了：“当然有了，而且在研究的过程中，我发现了时间的本质。”

我：“时间的本质？”

他：“嗯。时间的本质，根本不是很多人原先想的那样，像是河流、箭头一样向前走。”

我：“那是什么样的呢？”

他：“时间的本质，是命题的‘扩充’。”

我：“哈哈，这我可真的完全听不懂了。”

他：“哈哈，是比较复杂。简单来说，就是这个世界上每个命题，都是‘不完备’的。打个有点擦边球的大众化比喻，就是说，一句话说得太满，就往往会出现漏洞。在数学里，具体点说，就是一个数学上的形式系统，要么存在矛盾不自洽的情况，要么就是有命题没法判断。你想要判断一个命题是对还是错，就只有加入新的公理了。但是就算你加入了新的公理，还是会出现新的你没办法判断的命题，或者是命题本身出现矛盾。”

我：“太复杂了。”

他：“我来举个例子吧，就是说，你想区分‘天鹅’和‘猴子’，你就要定义，天鹅是有翅膀的。但是有翅膀的生物太多了，所以你又得说，天鹅的脖子要很长。但是其实鸭子的脖子也很长，于是你又要说，天鹅的眼睛旁边黑黑的。但是其实也有鸟类眼睛周围是黑的……于是你不断加入新的条件，但是不管你怎么加入，你的条件总是有漏洞，总是有例外。”

我：“有点明白了。可是，这跟时间有什么关系呢？”

他：“其实很简单。如果你把人脑的思考当成计算机的计算，我们的思考过程，就是一个不断地把旧命题加入新的公理，来让命题不出现矛盾的过程。我之前不是说了吗，我们的大脑只能感觉到因果性的世界，而感觉不到有矛盾的世界。所以，在我们感知到的这个世界里，就会有‘时间’这个东西存在，时间的本质，是我们大脑计算过程中，不断把命题扩充开来的过程。我们看到的客观世界，看到的外界的物体，就是不断进入我们已经有的命题系统里的‘新公理’。时间的本质，就是命题扩充的这么一个计算过程。”

我：“还是有点含糊。但是你也说了，一个命题，既有矛盾的，也有自洽的，那么为什么我们能感觉到的只是自洽的命题呢？”

他：“因为我们的认知，就是在因果性和逻辑的基础上的。如果逻辑粉碎了，那么我们根本就形成不了认知了，自然也就感知不到那些矛盾的过程了。”他顿了顿，继续道：“打个比方，你看过电影吧？在电脑上看电影视频的时候，有的时候会出现卡帧，然后视频画面倒退几秒钟的情况。”

我：“对，是有这种情况。”

他：“那就对了。电脑视频里的画面既可以快进，也可以倒退，也可以卡帧导致画面出现扭曲或者倒退、跳跃的情况，但是对于电影里的那些角色来说，他们是感觉不到电影快进、卡帧、倒退的情况的，电影里的他们还是会觉得自己的生活一切正常，和昨天没什么不同，但是有可能生活已经循环或者卡帧了几百次、几万次了，但是视频倒退的时候，记忆也一起倒退清除了，他们自然就不知道了。”

我：“这么说倒是很明了了。你的意思是，当这个世界出现‘矛盾’的时候，我们是感觉不到的？”

他：“对，就是这个意思。其实这个世界分为‘因果’的一面和‘矛盾’的一面，因果的一面，就是电影影片正常播放的情况，矛盾的一面，就是电影快进、卡帧、倒退的情况，但是电影里的人只能感觉到电影情节有逻辑进行的情况，他们感觉不到这个世界‘矛盾’的那一部分。”

我：“听起来倒是有点让人出鸡皮疙瘩了。如果这个世界真的会卡帧、倒退的话，说不定我们现在的谈话，已经不是第一次了？”

他笑着道：“是啊。说不定是第二次，也可能我们已经是第几百次、几万次进行这段对话了。”

我不禁皱了皱眉：“那按照你的研究，你能知道咱们这个世界什么时候会快进，什么时候会卡帧，什么时候会倒退吗？”

他摇了摇头：“这个我目前倒是还没有研究出来。如果能研究出来，那我可就成神了。说不定还能发明出时光机呢，哈哈。”

我：“发明出时光机？”

他：“对。你想想看，如果时间是不断地在前进和倒退之中的，有时候甚至会循环，那么如果你能好好利用这种循环，你就可以到时间的任何一个刻度上去。在我眼里，时间就像是海上的一朵朵浪花，浪花的谷底代表正常的流逝，浪花的浪头翻卷就代表时间的循环。而浪花，有的时候是前进的，有的时候是倒退的，所以海上的船只也会跟随着浪花的前进而前进，后退而后退，但是如果你有办法把船只暂时固定在高空中，不接触浪花，那么当浪花从前进变成后退的时候，你再落下，那就相当于回到了过去，当浪花前进的时候，你如果又从悬置的状态落下，那就相当于跳到了过去。用这种时间冲浪一样的办法，时光机就不再是做梦了。我说的对吧？”

我：“嗯。不过仔细想想，你把时间比喻成浪花的话，其实时间并没有真正倒流吧？因为浪花有时候虽然会倒退，但是每一次倒退的，都不是同一个浪头，不是吗？”

他笑着说：“对。时间冲浪并不是真的穿越到过去，而是在未来的时间轴上出现了一个和过去一模一样的时间段。如果你有办法离开时间的浪头，把自己悬置在高空中，然后等一段时间再落下，你落下的那个浪头，虽然也许和你最初离开的那个浪头很像很像，但是，终究不是同一个。过去的某段岁月，为什么就不能出现在未来呢？是吧？如果时间是循环的，那么也许时间再前进一秒，我们这个世界就会倒退回到恐龙时代。但是再下一秒，又会回到我和你谈话的这个时间段。如果有人能够穿越时间的话，会觉得未来时间段的你和我，和现在的你和我是同样两个人，但是其实，对于现在的你和我来说，我们已经真的死了。活在那个未来时间段的我们，只是和我们很相似的复制体罢了。”

我：“所以确切点来说，用电影视频倒放、卡帧来比喻，不是太准确是吧。我觉得有点像是电影拍摄现场的‘重拍’。有时候为了拍一场戏，演员可能会把一个动作重拍几十次。虽然每次演员重拍的时候台词和动作都差不多，但是从根本上看，还是不一样的。”

他："看来你是真正理解我的意思了。你这个比喻很恰当。"

因为专业的差异，对于他的那些深刻思想，我始终无法完全吃透。他说的到底只是他编造出来的空想，还是事实，我也无法证明。但是我想，如果他说的都是真的，那么，他恐怕真的会以一己之力，为人类世界打开一道崭新的大门。

从这一边的因果性世界，到达另一边的矛盾世界。

只是，如果他的理论是真的，那么，此刻的"我"，又是第几次产生这样的想法的呢？

二十、睁眼一瞬间

我曾经遇到过一个幽闭恐惧症患者。根据他自己的描述，他只要一进入到幽闭的空间就会浑身冒汗，手脚发抖，心跳加速，甚至有一种喘不过气的感觉。他说，他每天上下公寓时，都不乘坐电梯，即便他家住在十一层，他还是只走安全通道。这给他的生活造成了极大的不便，但是，根据他自己的说法，与其在电梯那狭小的空间之中忍受那种窒息般的煎熬，每天爬十一层的疲倦根本不算什么。

根据我所了解的各种案例，我知道幽闭恐惧症在人群之中并不算罕见，很多人在狭窄的空间里都会有某种紧张感。而且其中很大一部分人出现这种症状，都和他们童年时的某种痛苦经历有关。比如说，有些病人是因为小时候捉迷藏被锁在了漆黑的柜子里出不来，所以才产生了幽闭恐惧症。也有一些病人是在走狭窄的小路时被夹在了两面墙之间出不来，几乎导致窒息。还有一些病人，则可能是小时候掉进过下水道，或者是卡在了水管里，身子拔不出来导致心里留下了阴影。总而言之，导致幽闭恐惧症的原因千奇百怪，不一而足。

但是对于大多数人来说，就算可能对幽闭空间存在着一点恐惧的心理，但也不至于影响到他们的生活，最多只是呼吸不太舒畅或者手心出点汗而已。

因此一开始，我遇到这个患者时，习惯性地以为她也是某种幽闭恐惧症，但是当我和她聊得深入之后，我才意识到，她的情况远远不是幽闭恐惧症那么简单。

她："你住的地方是这样的吗？你一个人睡在卧室里。然后卧室里关着灯，窗帘只拉了一半，大晚上，外面大厦的灯光还能隐隐约约地照进你的房间里，你的房间不算漆黑一片，你睁开眼睛，能够模模糊糊地看清楚自己房间里的各种家具、摆设之类的。"

我："我住的地方比较靠近郊区，大晚上，外面的灯光倒是没有那么亮，所以不开灯的话，房间里一般是乌漆抹黑的一片。"

她："哦，这样啊。不过我住的那个地方，晚上屋子外面还是有点灯光的，很多大厦的景观灯都一直亮到很晚，有时候半夜三更我醒过来，还能比较清楚地看到我房间里的所有家具。"

我："嗯。然后呢，你碰到了什么情况？"

她的表情变得惊恐起来："我发现……我房间里的家具，自己会动。"

我："家具会动？你是说你家里的家具，自己会变位置？"

她："倒还没有变位置那么明显……但是，真的是在动。"

我："怎么动的？"

她："嗯，让我组织下语言……其实这种动，不是那种很明显的动。没有变位置那么明显。对了，小孩子不是经常玩木头人游戏吗？一个小孩子面对着墙壁数数字，然后身后的小孩子偷偷地向他靠近。数数字的小孩数到一个数字的时候，他就会突然回头，那个时候，身后的小孩就要停止自己的动作，变成木头人不能动，如果有人动了的话，就会被抓住。我的情况，差不多就是这样的。每次我睁开眼睛的时候，我就觉得自己房间里的家具偷偷地向我逼近了一点点。”

我：“一点点？明显到你能看出来了吗？”

她：“对，明显到我都能看出来了。每次我一睁开眼睛，就感觉我房间里的书柜啊，书桌啊，还有衣架，都像是玩游戏时候的木头人一样，向我靠近了一点点。”

我：“那它们有走到你的面前吗？”

她想了想，然后说：“这倒是没有的。它们每次都走一段路，然后慢慢地又会退回去。但是次数多了，我总感觉，那些家具每天都会比前一天多走一点路，我怕再这么下去，迟早有一天，它们会走到我的面前来。我真的很怕。”

我笑了起来，试图让气氛变得轻松一些：“你也说了，这些都只是家具而已，就算真的走到了你的面前，那也没有什么好怕的，是吧？”

她的表情变得很痛苦：“可是，我觉得，那些家具不是死的。它们……是活的，有自己的生命。如果有一天它们走到了我的面前来，说不定会做出什么不好的事情来。”

我：“有什么不好的事情呢？”

她：“我也说不出来……但是我想，玩过木头人游戏的人，都知道，最后木头人会偷偷走到数数字的小孩背后，然后一把抓住那个数数字的小孩……然后……数数字的小孩，就会变成木头人，木头人就会接替数数字的小孩，开始数数字。我想，如果那些家具抓到我了，我可能就变成它们了。”

我笑了：“这不是很好办吗？既然你这么怕那些家具，把家具都搬出卧室，放到大厅里不就好了？”

她：“我就是这么做的啊。前两天，我就把书柜、床头柜和衣架都抬出去了。但是我的房间里的一些壁橱是跟墙壁连在一起的，是固定在墙壁上的。这些拆不了啊。”

我：“既然是连在墙壁上的，壁橱就不能向你靠近了吧？难道壁橱还能自己从墙上跳下来？”

她：“不是。壁橱是没法从墙壁上跳下来，但是……壁橱可以跟墙壁一起向我压过来。”

我：“墙壁向你压过来？”

她连连点头，露出了恐惧的表情：“对啊，整个房间四面的墙壁都跟着壁橱一起向我挤过来！每次我偷偷地睁开眼睛，就发现房间变小了一大圈，我觉得自己都快没法呼吸了。但是我不敢动，生怕自己动了，它们会进一步加害我。所以就只是偷偷眯着一条缝向外看。然后我发现，那些壁橱又不动了。后来我知道，它们会在我睁开眼睛的一瞬间变回原来的样子。然后我闭上眼睛的时候，它们又会偷偷靠近。医生，你说我该怎么办啊？”

我：“你晚上是一个人睡觉的吗？”

她：“一开始我是跟我老公一起睡的。但是后来我们就分开睡了。”

我：“为什么？”

她：“因为他老是说我半夜醒来，吵得他睡不着，第二天没法工作，就去隔壁房间睡了。他还说我太神经质了，想太多了，我今天也是瞒着他偷偷来的。是我同事让我来找你的。”

后来经过诊断，我认为她的症状是一种视觉感知饱和现象。这种视觉的感知饱和，很多人也常常会有。比如说，如果一个人长时间看着某个固定的物体，比如说头顶上的一盏吊灯，慢慢就会发现它在动。又或者，有时候长时间地看着镜子里的自己，也会发现镜子里自己的面容开始扭曲变形。除此之外，还有如果长时间看字帖上的汉字，有时候会发现自己不认识那个字了，就好像那个字变成了他国文字。

在经过核磁共振对她的大脑进行扫描检测没有发现器质性病变后，她甚至没有接受什么心理辅导，而是由我给她配了一些养心安神的药离开了医院。

我本以为她的病情并不算严重，这件事就这么过去了。

直到一段时间之后，她丈夫陪着她再一次来到医院，我才意识到，事情并没有我想的那么简单。

在趁患者上厕所暂时离开的时候，她丈夫偷偷地凑上前来，对我说道："医生，你说我老婆的情况是因为视觉感知饱和是吧？这症状，我稍微了解了一下。但是视觉感知饱和是只有在长时间看一个东西的时候才会出现的，而我老婆睡觉的时候如果闭着眼睛的话，是不会出现这种情况的，所以我觉得你的判断不太准确。于是，我就偷着在我老婆的房间里放了一台录像机，录她晚上睡觉时候的画面。然后，我发现了一件事，这件事吓得我现在晚上都没法睡觉了。”

我皱眉："哦，什么事？”

她丈夫："观察了两天后，我发现，她晚上睡到半夜会突然像受惊似的睁开眼睛，而且眼睛里只有眼白，就像是塞了两颗鲜荔枝一样，一点眼黑都没有。就像个死人一样。这样一睁，就是几个小时。”

二十一、融化的人脸

从进化心理学的角度来说，人类天生就有一种对人脸图案敏感的心理机制。有的时候，你盯着大理石砖的时间长了，会渐渐觉得上面的图案和花纹看起来就像是一张张的人脸。甚至有的时候，铁锅里的荷包蛋、树皮的褶皱，从某个特殊的角度去看，都会显现出人脸的形状。事实上，这是因为人脑中存在着负责人脸识别的梭状回，这种大脑功能，是数百万年来人类进化的产物，而且这种负责人脸识别的梭状回搞特殊，从儿童到二十多岁的成年人，其体积是不断增长的，也就是说，成年人更容易从一些复杂的图案中看出人脸来。

曾经我遇到过一个病情严重的患者，他总是能够从家里的地板上看出人脸，而且他深深地相信地板上的那些人脸就是真人的脸皮掉落之后融化在里面的。这个有着妄想性障碍的患者在院里甚至闹出过事，他将自己的脸皮割下了一大块，觉得这样自己才是个真正的人。

这件事当初在院里不算是一件小事了，但是好在院内高层及时控制了口风，才没让事态扩大。

而我这次见的病人，和之前那位割了自己脸皮的病人，既有相似之处，又有很大的不同。

这还要从我们之间的第一次交谈开始。

他："很多人认识的自己，其实并不是他认为的那个自己。"

我："哈，这句话很有意思，不过我听说过很多遍了，每个人都不了解自己，这很正常的，对吧，毕竟人有潜意识这种东西。"

他："我不是这个意思。我的意思是，你真的知道你自己长什么样吗？"

我："想知道自己长什么样，照照镜子就可以了吧？"

他摇了摇头："可是镜子里的那个你，是左右相反的。你活了几十年，认识的自己，只是一个左右相反的自己而已。虽然和你的容貌比较接近，但是终究不是你。甚至，你把你的五官左右颠倒之后，会惊讶地发现，自己居然都认不出自己了，完全变成另外一个人了。"

我："不是还可以拍照吗？现在手机自拍这么方便，自拍的时候不就能看到自己的脸了吗？我们又不是古人，对吧？"

他笑了："自拍的确是个办法。我当初就是因为自拍，才第一次真正认识了自己……或者说，是更进一步认识了自己。以前手机不发达，我也很少拍照，所以每天看自己，都是通过镜子来实现，我对自己几十年容貌的印象，其实都是来自镜子，直到后来有了智能手机，我开始自拍时，我才发现，照片里的我跟镜子里的我，居然差别那么大，甚至大到了像是两个人。"

我："这是很正常的，没有什么奇怪的吧，毕竟左右颠倒嘛。有些人发型是不对称的，左右颠倒一下，可能气质的确会大变样。”

他笑着说：“而且，一般斜刘海的发型，都是向一个人的右侧倾斜的，这是因为人的视觉会本能地在意左侧的事物。就一个人来说，人看到左边的事物是先于右侧的，人也会无意识地注意自己左边的物体，所以如果一个人的斜刘海是往左倾斜的，那么在外人看来……就会有点怪。”

我：“这个我以前倒是没了解过，原来还有这样的讲究啊。你是理发师吗？”

他：“我不是理发的。我也是听别的理发师说的。”

我：“哦，这样啊。那你现在的症状具体是什么样的呢？”

他开始为难地皱起眉来：“其实问题就是……就是我看人的脸时，觉得他们的脸开始融化了。”

我：“融化？”

他：“对，就是融化了。就像有时候你盯着一个汉字看，看的时间久了，就会觉得那个汉字居然渐渐陌生了。我现在的情况……跟那种情况就有点相似，但是也差得有点远。我想应该不是一回事。”

我：“能更详细点说说吗？”

他点了点头，喝了口自己带来的矿泉水，然后开始继续讲述：“每个人眼里的自己，都会比别人眼里的漂亮百分之二十。这一点，你听说过吗？”

我愣了一下：“有这种说法吗？哈哈，倒是没有听说过……”

他：“你可能没听说过，但是这是事实。其实每个人都会在潜意识里对自己的外貌打一个偏高的分数，每个人都是天生的自恋狂，是有自恋倾向的。而且，不单单是对自己，对自己熟悉的人，比如亲属家人，也会打稍稍偏高的分数，因为熟悉了，所以看着会顺眼一点。”

我：“你这么一说……好像有时候的确是这样。”

他：“对，所以你很可能会觉得镜子里的自己挺帅的，但是如果你突然不用镜子照自己，而是改用手机自拍，你就会发现自己变丑了，或者时髦点说，就是颜值下降了。直到你经常自拍，时间长了，才会又觉得自己顺眼了。这需要适应的时间。”

我：“那你说的人脸融化又是怎么回事？”

他：“就是融化，或者说……开始变得不对称。也不知道从什么时候开始，我只要盯着一个人的脸，时间长了，就会发现他的脸渐渐开始融化，就像是塑胶跑道上密密麻麻的颗粒似的，边缘慢慢变得不那么规整光滑，然后……再过一会儿，整张脸都歪了。”

我忍不住笑了：“脸都歪了？”

他苦笑：“就是歪了。再清楚点说，就是整张脸，左右开始不对称了。其实，如果用尺子去量一下的话，那人的脸还是左右对称的，但是我却怎么也看不出那个人的脸对称的样子来了。这真的非常烦人。”

我：“之前有去眼科看过吗？”

他：“看过，我的眼睛做过检查，没有毛病。”

我：“嗯……最开始出现这种情况，是什么时候？有什么事刺激了你吗？”

他：“没有，真的什么也没有。具体什么时候开始的我也记不清了，大概有一年了。我也是莫名其妙的，突然有一天就开始发现如果自己长时间看着一个人的脸，会逐渐看不清那个人的脸的对称模样，就像是地震中的大楼似的。那个人的脸会越来越不对称，越来越歪，到最后，简直像毕加索画的人一样，没有了透视线，根本没法看了。有时候我甚至想，当初毕加索会不会也得了和我一样的病，晚期才会开始画那种奇奇怪怪的东西。”

我：“这还真是有点奇怪，要不先做个大脑检查吧？”

之后他在院内做了脑检查，通过照射CT，排除了大脑存在器质性病变的可能性。也就是说，他这种症状是功能性的，或者说，是精神性的，在物理上，怎么也找不出原因来。

这一度让我陷入了为难的境地，但是后来，我想到了一个办法，那就是故意给这个病人看一些脸不对称的人的图片，从而调整他的审美观。

有趣的是，这个病人在长时间看一些脸不对称的人的图片时，反而能够将那些人脸给看成左右对称的正常人脸。

这真的可以说是让我大开眼界了一回。于是，通过长时间地让他看不对称人脸和对称人脸的方式，我尝试着一点一点矫正他的审美观。

除此之外，我还让他练习画人脸，看看他自己画出来的人脸是怎么样的。

在差不多一个半月的治疗后，这位患者的病情已经好转很多了，他来到我这边回诊时，笑着感谢我说，通过我建议的方法，他的症状已经几乎消失了，他已经能够正常看到人脸了。

我笑着说，这当然最好不过了，能够恢复，我也替他高兴。

可是，在这名患者微笑的背后，我却始终感到有一丝丝的不安，他的笑容里，似乎带着一点诡异的不自然。

一直到他离开后的晚上，我躺在床上回想他回访我的全过程，才想到了问题所在。

他对我微笑的时候，脸部肌肉是左右不对称的。

左眼很自然地睁得很开，而右眼却仿佛用尽了全身肌肉的力气一般使劲地挤压着。

那一刻，我突然想起了苏格拉底的一句话：

“能左右世界的人，首先是一个能左右自己的人。”

二十二、无法言说之痛

事实上，就精神病患者这个群体来说，存在社交障碍的人占了大半。我所记录下的这些案例中的病人，大多都有着较好的表达能力，是经过我筛选的结果，但是就事实来说，精神病患者群体之中存在社交障碍的比例远远要比能够正常交流的人的比例高得多。

而这些患者之所以存在社交障碍，绝大多数是因为存在生理或者心理层面的疾病，比如说抑郁症、自闭症，都会导致患者无法正常与他人沟通，甚至封闭自我，沉浸在自己构造出的世界之中。

但是我这次接触的这个人，他的情况有些不同。严格来说，他既不属于心理疾病导致内心的封闭，也不属于生理因素导致的交流障碍。他之所以难以和人进行交流，纯粹是因为他觉得自己无法正确表达自己的内心世界。

在我所接触过的人之中，他是最难以沟通和交流的那一种，哪怕只是和他说一句话，我都需要花费大量的时间。从第一次见到他，到能够顺利和他说上第一句话，花费了我两个月的时间。

从和他成功说上第一句话起，我就意识到他其实并不是不能说话。和其他真正存在社交障碍的人不同，他无法正常交流纯粹是因为他的心里有一道过不去的坎儿，这道过不去的坎儿导致他的内心一直挣扎着，挣扎着要不要开口说话。

在正常人看来，这似乎是很难理解的行为，但是在和他交流对话之后，我却渐渐明白了他的这种想法。

我："今天感觉怎么样？"

他只是点了点头，然后喝了一口茶。

我："看起来神色不错，应该是好些了。"

他："……"

我："看护员都说了，其实你能够正常说话，那为什么不试着说说看呢？是因为不愿意跟我交流？"

他摇了摇头。

我："你是不是有一些讨厌的人？比如说，你一看到某一类人，就不想跟他们说话？"

他又摇了摇头。

之后我就这样和他僵持了一段时间，他的眉头锁得越来越紧，最后，他终于嚅动嘴唇，勉强开了口："其实……是太复杂了。"

我："太复杂了？复杂指的是什么？你想要表达的内容太多吗？"

被我这么一问，他明显变得焦躁不安起来，我看到他的眼睛在左右转动着，视线在桌子和茶杯上打转，就好像在找什么东西似的。

和他交流真的非常不容易，对常人来说，仅仅只是一个很简单的词就能够表达的概念，对他来说，却要思考大半天。有时候，你今天跟他说的话，可能他要等到第二天才能够想到一个确切的词来答复你。他就是这样一个人，你不能主动要求他去做什么，只能等他自己走出自己心里的迷宫，慢慢适应你的节奏。

他：“说不清楚……可以打个比方……”

我：“嗯，你说。”

他：“闭上眼睛的时候，你能看到什么？”

我：“闭上眼睛的时候，不就变成一片漆黑了吗？还能看到什么？”

他：“不是，你试试看……试试看……闭上一次就知道了……”

我不太明白他的意思，但是还是按照他的建议，闭上了眼睛。闭上眼睛之后，我马上就收回了刚才说的话。的确，人闭上眼睛之后，视野里几乎是一片黑暗。但是事实上，不是完全的黑暗，而是有很多的光点在闪烁着。

他：“闭上眼睛后，是不是能够看到很多光点？”

我睁开了眼睛，点点头：“嗯，是能够看到很多的光点，有点像是电视机屏幕上的雪花，对吧？”

他连连点头，脸上露出了被人理解后的欣慰笑容：“对对对，就是这种感觉，你能看到吧？”

我：“是啊，就像是无数闪烁的小沙子。这个好像是光线在人的视网膜上的影响残留吧？可是这又能够说明什么呢？”

他：“如果我要你把这些光点画出来，你做得到吗？”

我一下子被他给问住了。我重新闭上眼睛，感受了一下我所看到的那些斑斑点点的光粒，然后重新睁开眼，摇了摇头：“太多了，太乱了，太复杂了，根本画不出来。”

他：“对吧？我说了，太复杂了。你现在，已经接近我的感觉了。”

我的大脑就像是被人打了一锤一般，整个人都震颤了一下。因为就在这一刻，我发现我已经有些理解他的感受了。

他：“如果闭上眼睛，盯着其中几个光粒看，你会发现它们在抖动……在闪烁，每一秒都和前一秒的样子不一样。”

我点点头：“是这样的。所以我觉得要把它们画出来是不可能的，每次我盯着其中的一些光粒看，想要把它们的样子给记下来，可下一秒它们就改变了形状，变成了新的光粒，不论是形状还是位置都已经改变了，我只能重新再去记忆这一秒的光粒，可是就在我想这么做的时候，这一秒的光粒已经被下一秒的光粒给取代了……这种感觉……就好像是……”

他：“赛跑。”

我：“对！就好像是在赛跑，追一个永远比你快一步的人，每次你觉得自己能够追上他，超过他，可是他却偏偏要比你快那么一步，让你怎么也追不上。”

他的表情变得轻松起来：“你有点懂我了。”

我：“你想表达的意思是，你想要表达的那些内容就像是闭上眼睛看到的那些光粒一样，太复杂，所以表达不清楚吗？”

他：“差不多。你闭上眼睛，能想象出你母亲的容貌吗？”

我：“当然能啊。”

他：“能画出来吗？如果我现在给你纸和笔的话？”

我一下子愣住了，因为在被他问的这一刻，我才突然意识到，虽然我和我的母亲相处了几十年，我也很清楚她的面容，但是想要把她的脸画出来，竟是那么的困难。

他：“如果这个世界上没有照相机，然后你母亲有一天突然去世了，你能靠你的记忆把她画出来吗？”

他的提问直接刺到了我内心的痛处。很显然，如果他说的事真的发生的话，我觉得，我是做不到的。

他：“是不是画不出来？就是这种感觉……很多时候，你觉得你很熟悉一个东西，觉得你好像是理所当然知道它的，可是要把它画出来的时候，却根本做不到。”

我：“可是，这并不影响人正常交流吧？很多时候，大家表达一个意思，都是模糊的，不一定就有那么清晰的图像吧？”

他的情绪变得低落起来：“但是难受……我说话，就难受……”

我：“难受……”

他：“每次我要说话，都会很痛苦……就好像画画……我要很拼命很拼命地去回想一个人，把他的样貌在脑海里仔仔细细地画成一幅画，才会觉得舒畅一点……不然就会像便秘一样，很难受……太难受了……我做不到像你们那样轻松……”

我：“你以前不是这样的吧？是发生了什么事让你变成这样的呢？或者说，是什么契机让你变成这样的？”

他：“我想不起来了……已经有好几年了。一开始情况不算太严重，但是现在，我已经不想说话了……真的不想说话……不管我想说什么，只要一想到我要说的东西跟我说的时候已经有一点点不一样了，我就不舒服……我们永远只能不断接近要说的对象，但是永远追不上……这太难受了……难受死了……”

经过多次的检测，他的大脑并没有脑外伤、脑肿瘤、脑部炎症之类的器质性病变，也就是说，他的这种情况纯粹是一种心理上的障碍，但是无论如何，我们都没有办法让他摆脱这种交流障碍。这是一种交流上的强迫症，对普通人来说，一辆车只要在收费站缴了费就可以通过收费通道，顺利地冲上高速，但是对他来说，收费所需要的手续，实在是太复杂了。

对他来说，这个世界上所有的一切都是稍纵即逝的，他想要表达的东西，永远都只存在于上一秒，他想要抓住这一秒的事物，可是他的手却永远只能伸向未来，所以他徘徊在过去和未来之间，永远也抓不住此刻。

这一刻所清晰的一切事物，都在他手里稍纵即逝，就像龟兔赛跑中，乌龟永远也追不上兔子。

我想起了孔子的弟子颜渊曾说过的话：

“瞻之在前，忽焉在后。”

也许，千百年前，颜渊就已经有过他这样的感受了吧。

二十三、逼出本我

需要事先申明的是，我从来没有接触过这一篇案例中的病人。这个病人是我的一位心理咨询师同事告诉我的。其中的很多细节我已经记不太清，但是这个案例本身给我留下了很深的印象，以至于很多年之后，我依然无法忘记这个案例，因为这个案例对我的世界观的冲击，实在是太大了。

心理咨询师：“说实话，在和他说话之前，我从来没有那么深入地思考过关于‘我’的问题。”

我：“关于你的问题？”

心理咨询师：“‘我’，加引号的‘我’，抽象概念上的‘我’。在了解了那个人的经历之后，我的确感触很深。”

我：“我没见你这么感慨过。其实在你这个行业，怪人肯定比我多。”

心理咨询师："是比你多。我甚至还做过犯罪心理咨询，接触过不少心理异常的罪犯，比如说，有一个罪犯，他杀了三个女性，但是原因只是她们身上的香水刺激到了他。他其实对那几个女人一点兴趣都没有，纯粹是因为她们身上的香味激发了他杀人的欲望。还有更奇葩的，比如说，有一个做伦理学研究的教授，他纯粹是因为想做儿童发育心理学方面的研究，就从偏远地区花了几万块钱，买了三个女童养在自家的地下室里，一直养了七年，几乎把她们当猪一样饲养。一直到了七八岁，一个女孩都不怎么会说话，剩下的两个女孩，一个世界观是完全扭曲的，她甚至认为外面的人类世界已经因为病毒感染毁灭了，她的爸爸把她关在地下室里是为了她好。另外一个女孩，甚至都不知道男女性别差异，她觉得男人的身体才是完整的，女人天生就是有缺陷有疾病的，女人是少了器官的怪物，会传染给别人。那个教授后来肯定受到了严惩，但是那三个女童的下场，也真的让人同情。"

我："这个世界上还有这种人渣？"

心理咨询师："奇葩的人多了去了。我们这个社会机器能够照常运行，就是把这些人排除在了外面，但是你不能否认，这个世界上，总会出现这种进化失败品。"

我："后来那几个女孩怎么样了呢？"

心理咨询师："很惨，虽然被人收养了，但是她们的一生差不多也废了。因为她们从小被灌输的就是几乎和这个社会完全颠倒的思想和世界观，比如说，怎么当一个好的女仆，怎么伺候好她们的爸爸，甚至那个教授教给她们的用词都是错误的，比如说把爸爸叫成主人，告诉她们人是上厕所的时候拉出来的，告诉她们在家里的时候不该穿衣服，外面世界的人都是坏蛋，都是大灰狼，都是大恶魔……你说，这种世界观教养出来的人，以后该怎么生存下去？小孩子从三岁开始世界观就已经渐渐成型了，到了七八岁，已经有一套比较完整的思想体系了。她们就算以后再接受正统教育，也会有很大的问题。那个教授根本不配做人，他彻底毁了那三个孩子的一生啊。”

我：“不知道那种人是怎么当上教授的。也许以后我有机会了，可以专门写一本你访问一些罪犯的心理访谈录，我想那也挺有意义的。不过，你说你这次说的这个人给你的思想冲击更大，那这个人又是怎么回事？”

心理咨询师：“你有见过无缘无故想自杀的人吗？”

我一下子被问住了，本来我想说我遇到过不少想自杀的人，但是想到他说的无缘无故这个限定条件，我还是摇了摇头。

心理咨询师：“我遇到的这个人，他就是无缘无故想自杀。”

我：“为什么呢？只是好玩？”

心理咨询师：“差不多。但是按照他的说法，他是为了‘逼出本我’。”

我：“听起来，好像是信了某种邪教。”

心理咨询师：“也不算是邪教吧，是他自己一个人的想法而已。你有没有想过，当你在看一本书，读一本书上的文字的时候，你的脑海里会响起有人读那段文字的声音。或者你在看小说的时候，脑海里会有个人在读那本书。你觉得，那个人会是谁？”

被他这么一问，我的大脑就像是宕机了一样，整个人都愣住了。因为这个现象实在是太普遍，太寻常了，寻常到在日常生活中似乎是理所当然的地步，一般人甚至都不会去深入思考这种事。也许，我在小时候的确思考过这样的问题，但是，这个问题对我来说，已经多少年没有出现过了？

心理咨询师："是不是乍一想没觉得有什么，但是仔细想想，就会觉得毛骨悚然的？"

我："哈哈，的确。这个就是所谓的'心声'吧？应该是一种人对自己记忆的调用。"

心理咨询师："这只是一种说法。但是，如果这种所谓的'心声'，真的是你身体里的另外一个人呢？只不过大多数时候，那个人都会听从你的指令，比如你看书默读的时候，他会给你默读，就像一个仆人一样听话。但是如果有一天，他不听话了，你想要默读《论语》的时候，他却偏偏开始默读《三国演义》，那该怎么办？你生活里也应该碰到过吧？比如说，你默读一本书的时候，一开始还记得自己读到了哪里，但是很快你走神了，等你回过神来的时候，发现你已经又读了好几页了，自己都不知道自己读到了哪里，你脑海里只剩下'我刚才的确在读书'这么一个粗浅的印象而已。"

我："仔细想想，的确有点瘆人。"

心理咨询师："就是说啊。我说的那个人，他就是相信自己的身体里真的有另外一个自己，或者说，他觉得一个人的自我，是可以被割裂开来的，甚至可以进行对话的。"

我："然后他就用自杀来割裂？"

心理咨询师："对，差不多就是这么一回事。"

我："不过用这种办法就能逼出体内的另一个自己吗？我有点不能理解。"

心理咨询师："举个例子吧，如果你走到一栋高楼屋顶的边缘，你会怎么样？”

我：“如果我有恐高症的话，估计会两腿发软吧。因为再往前走就会死掉吧。”

心理咨询师：“可是这里有个问题，你从小到大都没有从高楼跳下去过，没有摔断过腿，也没有摔死过，你怎么知道摔下去就会死呢？”

我：“就算没有跳过楼，也听说过别人跳楼自杀。”

心理咨询师：“那么不说跳楼，就说你平常的跳高吧。如果我让你从桌子上跳到地板上，你会跳吗？”

我：“会啊。”

心理咨询师：“但是如果让你从两层楼高的地方跳下来，你就会犹豫了吧？就算我骗你说两层楼摔不死人，你也会害怕不是吗？”

我：“嗯。”

心理咨询师：“这就很奇怪了。就好像我们的大脑里天生就有一个判断机制，我们走到悬崖边，走到屋顶边，自动就会停下来，知道前面有危险，不敢继续往前走哪怕一步。我们不知道一栋楼有多高，是十七米，还是二十米，但是我们到了屋顶边缘就自动不敢走了。好像我们脑海里有个人给我们算好了一样，那个人告诉我们说，这个高度已经超出你的能力极限了，你会有危险，不能继续走了。”

我：“的确是这种感觉，你说到这里，我已经大概明白那个人的想法了。他是想要通过这种让自己置身险地的方式，让身体里的那个看不见的‘自己’出来跟他对话，是吧？”

心理咨询师：“简单来说就是这么一回事。那个病人，他坚定地认为另外一个自己确确实实是存在的，但是大部分人过完一生也没有机会和另外一个自己对上话，他就是想试试。他还说他有几次的确成功了，但是另外一个自己很懒惰，跟他没说几句话就又回去了。所以他很着急，一直想继续跟‘他’顺利对话。”

我：“后来他成功了吗？”

心理咨询师：“那我就不知道了。至少，他不再那么尝试了。但是这只能说明，他已经开始尝试着装成普通人过日子了。干我们这一行，最重要的，不就是让疯子装成普通人吗？”

我点了点头，说我不能更赞同他的话了。

的确如此，很多时候，我们这些人的工作，其实是教师的工作。

我们的职责，就是教导那些疯子去模仿，模仿普通人的行动和生活方式，从而变成其他人眼里的正常人。

其实，正常人之中又有多少正常人呢？所谓的正常人，只是在模仿他人之后形成了一套比较符合社交的生活方式而已。

而一些所谓的疯子，所谓的精神病患者，他们可能只是这一套模仿系统出现了问题，从而展现了真正的自我而已。福柯在他的《疯癫与文明》里，就提到了一些早期的对付疯子的方法，比如说图克主张用惩罚来对付疯子，一直惩罚到他们学会模仿普通人的作为为止，这实际上是用威吓的方式来让他们的行为变得像普通人。和这类似的，皮内尔则提倡用冷水浴、紧身服等方法来惩罚疯子，强迫他们学习普通人。这种疗法的本质是使用重复的暴力来让病人将模仿正常人和模仿失败受到惩罚变成一种下意识行为，从而内化了。

聊天的最后，心理咨询师跟我谈到了一件有趣的事：“很多冒险家都喜欢做一些游离于生死边缘的事，比如说高空跳伞，比如说在高楼大厦屋顶倒立，比如说蹦极、玩过山车，他们说这种刺激的游戏，会让他们真正体会到‘活过’的感觉。只有在危险的境地，一个人才会真正感觉到自我。不然，为什么恐怖片长盛不衰，为什么有那么多人在电影院排长龙看各种电影呢？对吧？”

我不知道他的话是否正确，更不知道找他咨询过的那个病人的猜想是否正确。

最后，我只想以米歇尔·福柯在《疯癫与文明》中所说的一句话来结束这一篇的访谈：

“知识变得越抽象复杂，产生疯癫的危险性就越大。”

二十四、真正的死亡是遗忘

“人的一生，要死去三次。第一次，当你的心跳停止，呼吸消失，你在生物学上被宣告了死亡；第二次，当你下葬，人们穿着黑衣出席你的葬礼，他们宣告你在这个社会上不复存在，你从人际关系网里消失，悄然离去；而第三次死亡，是这个世界上最后一个记得你的人把你忘记，于是，你就真正地死去。整个宇宙都将不再和你有关。”

美国神经科学家大卫·伊格曼曾在《生命的清单》中提到过这段话，这本猜想来生的书描绘了各种光怪陆离的景象，如人死之后，其实是重新体会一次人生，只不过顺序倒转，你会从老人变成年轻人，然后从年轻人变成小孩，最后回到母亲的子宫。而且，在死后的世界里，你可以重组人生经历过的事的顺序，如连续做爱七个月。而且，这本书里还提出，我们有可能是掌控整个宇宙命运的巨人。种种宛若精神病人般的神奇景象，在这本书中都有提及。可以说，《生命的清单》这部作品，也是激励我动笔写下种种怪诞的精神病人内心世界的动力。

关于“人生的死亡有三次”这段话，最初我在阅读《生命的清单》时虽有感触，但是这种感触像是蜻蜓点水，稍纵即逝，并没有那么深刻，直到在那一次和“都教授”的谈话之后，我才深深地明白了这句话所衍生出的更深层的意义。

那天下午，在阳光明亮的病房里，我和“都教授”聊起了最近在院里的一些见闻。

“都教授”突然问我：“你见过最伤心的人是什么样的？”

我：“最伤心的人？如果不说电视电影上的，大概是我有一次参加亲戚葬礼的时候，他的姐姐在她爸坟前哭得差点脱水晕过去。那时候，周围的人想把她拉走，她始终不肯走。”

“都教授”：“这个世界上比亲人死去伤心的事，确实不多。我就见到过一个人，他从小在单亲家庭长大，只靠他妈一个人把他抚养长大。他在读大学的时候，有一天突然接到了邻居的电话，告诉他说他妈在家里煤气中毒死了。知道这件事后，他就一直哭，差不多每天都哭，接连哭了两个礼拜。他觉得他没有尽到孝敬妈妈的责任，还因为之前和妈妈吵架的事而愧疚不已。”

我：“突然失去亲人，才是最痛苦的吧。如果是慢性的疾病，其实大多数人都有了心理准备，还会好一些。”

“都教授”：“是啊。人的心理其实是有一个预备机制的，如果母亲是得了癌症慢慢死去的，那么儿女就会在死前几年或者几个月里做好准备，不管是经济上还是心理上的准备都已经相对充分，就算母亲去世了，内心虽然也会难过，但是程度上会比突然听到母亲去世的情况要轻很多。其实，这两种感情不太一样，慢性死亡对一部分人来说，掺杂了照顾亲人的麻木和厌倦，而突然死亡带给亲人的，除了回忆带来的悲伤，其实还有恐惧、担忧、怀疑等情感，两种情感如果细细剖析，就会发现其实很不相同。”

我：“是啊，这个世界上，很多事情看似简单，但是背后包含的情感，却可能非常复杂。这样的人，我也见到过很多。你说的那个大学生，后来怎么样了？”

“都教授”：“在他妈死后，他哭了两个多礼拜，在那之后，他虽然没有再大哭，但是有时候还是会一个人默默流泪，而且在之后的几年时间里，他内心还是很抑郁，没能顺利从悲伤情绪里走出来。甚至，他还想过自杀。当然，最后被人给制止了。”

我：“还真是可怜。”

“都教授”：“后来，一次偶然的机会，他来找我，和我谈了话。我跟他整整谈了一个下午。”

我：“谈了什么？”

“都教授”：“关于生和死之类的话题，他满脑子都是这些话题。当时，他还问我，他该不该结束自己的生命，他说有时候夜深人静，他会觉得自己已经找不到活下去的意义了，因为他没了牵挂。”

我：“你当时怎么跟他说的？”

“都教授”笑了：“其实也没什么，我只是告诉了他一些我以前思考过的关于生和死的想法。我想这些话，对他多少有些帮助吧。”

我：“既然是你说的话，我想肯定是有一些启发性的。我也想听听看。”

"都教授"笑着说："我告诉他，他的妈妈其实没有死。"

我："啊？你是说他妈妈还活着？"

他："是还活着，但是，看你从什么意义上理解了。"

我："你是说，活着这个概念有很多意义，是吗？"

"都教授"："是啊。活着这个词，其实有很多层意义。不过，我是从生命的本质上说的。从生命的本质上来说，他的妈妈还没有死。"

我："这是什么意思？"

"都教授"："我问你一下，人的本质是什么？"

我："如果从医学上来说的话，人就是各种基因、水分、营养物质、骨骼，还有一些微生物等等物质和化学材料组合的一个系统的整体吧；如果是从物理学的角度来说的话，人的本质就是一堆有机分子的组合物。"

"都教授"："从科普角度来说，权且可以说是对的。但是，从另一个角度来说，却不是。人这个系统，除了细胞、组织、器官、骨骼的组合或者有机大分子的组合之外，还有另外一个可行的定义，那就是一套算法。"

我："算法？"

"都教授"："对，人的本质可以是一套算法，这个是计算机领域的概念。在计算机领域，算法是具有迁移性的。一套相同的算法，我可以在这台计算机上执行，也可以在另一台计算机上执行。从这个角度来说，一个人的一生，就是构成他的各种信息在几十年的时间里按照一套独特算法的一次计算。而从另外一个角度来说，我们这个宇宙，也是一台非常精密的计算机。绝对没有一丝的疏漏。"

我："你说的这些就有些复杂了……我们的宇宙是一台计算机，

这个想法很多人都提出过。他们说，我们这个宇宙里的所有粒子、粒子团之类的物质，都是按照一定的规律进行计算的。所以你的意思是说，如果算法一样的话，在一台计算机或另外一台计算机上计算的结果是一样的，是吗？”

“都教授”：“就是这个意思。你知道‘虚拟机’这个概念吗？”

我：“听说过，不过我不是计算机专业的，要说得很清楚就做不到了。”

“都教授”：“虚拟机，简单来说，就是你在一台计算机内部再制造出一台较小的虚拟计算机，然后再用那台小计算机进行计算。打个比方，就像俄罗斯套娃一样，一个大娃娃里有一个小娃娃。”

我：“嗯，这么说的确更容易理解。”

“都教授”：“所以假如这个世界上有一台计算机记录了一个人的算法，然后进行再次计算，那么那个人从算法的层面来说，就可以被认为还没有死。而这个世界上，除了宇宙这台计算机之外，还有很多其他的计算机——也就是虚拟机。”

我：“你的意思是说，人脑？”

“都教授”笑了：“对，人脑就是虚拟机。宇宙是一台大的计算机，人脑是这台大计算机里的不计其数的小计算机。在大计算机里，一个人或许死了，但是，如果有人记住了那个人，在脑海里还保留着他的数据，深深地记着有关他一生的算法。虽然他在大计算机里死了，但是在小计算机里……在认识死者的人的脑海里，他却依然活着，作为一道算法，他始终活着。只有当记得死者的人忘了他的时候，死者，才是真正的死亡。”

我陷入了漫长的沉思之中。

“都教授”趁机喝了一口茶，然后笑着说：“现在你应该知道我的意思了。被人遗忘，才是一个人真正的死亡。那天，我就是和那个学生这么说的。如果他死了，那么，他的妈妈才是真正死了。只要他活着一天，他的妈妈就会一直和他同在。”

也许“都教授”的话有点心灵鸡汤的意味，但是对一颗受伤的心来说，这也许就是最好的治疗吧。

在和“都教授”谈话之后，我就常常思考，自古以来，人们就相信灵魂的存在。灵魂，从某种意义上来说，是不是也是一套算法呢？

古人相信死去的人依然会以另一种方式存在于这个世上，甚至成为自己的守护灵。相信这一点的古人，又是否早就隐隐意识到了算法这一概念？

无论如何，如果将生命作为一种算法，对于那些失去了深爱之人、满心创伤的人来说，都是一块极温暖的药膏吧。

二十五、末日将至

我了解过形形色色的恐惧症，比如说，有常见的密集恐惧症、针尖恐惧症、幽闭恐惧症等，但是还是第一次了解到有这种恐惧症的患者。

他和我见过的任何恐惧症患者都不相同。

他所患的，是科技恐惧症。或者说，是机械恐惧症。

和这个患者的谈话，对我个人而言，是一次比较新鲜的体验。

他：“我就是怕，看到机器就怕，觉得毛骨悚然。”

我：“什么样的机器？所有的机器吗？”

他：“是没有外壳的那种机器。打个比方，一些工厂的机床，还有一些要靠传动装置来运作的机器，如齿轮传动，这种传动要依靠两个齿轮轮齿间的相互啮合来传递动力，每次我看到一大片密密麻麻的齿轮在机器里面转动，就会感到毛骨悚然，就好像看到很多人的牙齿在里面咬合似的。”

我：“我见过一些有恐惧症的人，他们会产生恐惧，很多都是因为有过一些不幸的遭遇。你会害怕机器和齿轮这些东西，是因为以前有过什么遭遇吗？”

他：“要说是我的遭遇的话，也说不上。我有一个叔叔，他以前是做挡车工的，他在厂里工作的时候，手指头卡进了机器里，结果被切掉了两根手指。医生没有办法，就把他的脚趾切割了下来，安在了手上，每次我看到他那形状诡异的手指，都会起一身鸡皮疙瘩。除此之外，我还听说过一家纺纱厂的工人在纺纱的时候，把手动脉切断了，血把单位的机器都染红了。我还听一个亲眷谈起过，她家的工厂里，一个缝纫的女人把指头肚割掉了。你说，这可不可怕？”

我：“是啊，在工厂里工作是要很小心的。机器是那么精密的东西，人一疏忽，就可能酿成大错。我以前也听说过有人的脚指头被卡在叉车的齿轮里，然后被卡没了的事。这么说，你害怕各种机械，是因为你听说了这些在工厂里受伤的人的事情，是吗？”

他：“有一部分吧。但是更多的原因，还是我个人的想法吧。”

我：“个人的想法？”

他：“是啊。我是觉得，机器在慢慢地把人给淘汰掉……或者再具体点说，就是科技在慢慢地把人给淘汰掉。”

我：“你怎么产生这种想法的呢？”

他：“慢慢地就形成了啊。平时生活里见得多了，也看了一点书，自然而然就形成了这样的想法。机器是一种要求操作的时候很细致的东西，越是高科技产品，就越是精密，人的操作就要变得更细心准确。但是人再怎么细心，也是有个尽头的，怎么可能跟机器比呢？

到最后，那些不够细心的人，就会被慢慢淘汰掉啊，只剩下像手术医生、做高科技研究的一些人还能留下来，其他人都没工作了。”

我：“你这个想法很有意思。”

他：“可是我一点也不觉得有意思啊，我是真的很害怕。你想想，德国、日本的一些科技产品之所以比中国先进，主要还是因为他们的一些工艺比中国的更加精细，比如说，中国的光刻机，以前的封装线是几百纳米，现在渐渐到14纳米，甚至还会向10纳米等更高的精度发展。但是，越是想要向上突破，就越难。因为这一点点的进步，背后需要的是从业人员和各种配套设施的一起进步，很难的。”

我：“可是，不是什么领域都需要那么精密的吧？我们日常生活中办事，很多时候都不需要那么的精细啊。”

他：“可那是人和人竞争的时候，如果你和机器人去竞争呢？比如说，无人汽车，人家的反应速度就是比人快，人再快也要0.1秒，那人怎么去跟机器竞争呢？还有做手术、打字等，如果机器比人要精细，效率还比人高，人还有什么用呢？”

我觉得他的话有些道理，但有些偏离了主题。

我：“科技发展的确会淘汰一些人，但是，我倒是觉得没必要那么悲观，肯定会有新的行业产生的，而且，这和你的恐惧症有什么关系吗？”

他：“其实，说实话，我是害怕‘科技’这个东西本身。”

我：“科技本身？”

他：“对，我害怕科技本身。因为我觉得，科技本身就是一头怪兽，是一个活的东西，它在慢慢进化和成长，直到把人给吞噬掉……举个例子，人对于科技这头怪兽来说，就像尾巴一样，在人进化的最初阶段，尾巴对人是有用的，但是后来就慢慢被淘汰掉了，对吧？人类对于科技来说也是这样的，等到科技发达了，人就没用了，会被淘汰掉。现在人工智能发展这么快，其实我觉得已经快了。”

我忍不住笑了：“你怎么会这么想呢？”

他：“因为我觉得这是事实啊。你知道，人类的本质其实就是一套基因对吧？或者说，是生物基因？”

我：“如果从人类发育的角度来说，的确是这样……”

他：“对啊。但是其实生物基因并不是这个世界上唯一的基因，这个世界上除了生物基因之外，还有三套基因呢，一套是文化基因，一套是艺术基因，还有一套，是科技基因。其实人类的生存，是这四套基因相互博弈、均衡的结果。但是现在，科技基因已经渐渐占据上风了，等到它完全成为主导的时候，生物基因就会被完全淘汰了。”

我：“人的生存是四套基因综合的结果……这个说法很新颖。”

他：“其实也不算太新颖了，文化基因这些概念现在已经算是流行了。但是我觉得，文化基因现在已经在威胁人的存在了，而科技基因的影响，还会更严重。”

我：“这……怎么说呢？”

他：“拿文化基因举个例子吧。比如说，文化里有很多内容是不利于人的繁衍的。比如说，倡导同性恋文化，不考虑主观，单单是从人类这个客观角度来说，这不利于人类的繁衍吧？但是西方很多国家都已经开放同性婚姻了，其实，这就是让同性恋这种文化基因泛滥，最终影响人类的发展。在原始社会的时候，其实人是没有完善的语言和文化的，那时候，一种不利的思想诞生，很难迅速地蔓延，但是在现代社会，一种负面的文化，可以迅速地蔓延开来，影响一大批人。”

我：“如果这么说的话，虽然不全对吧，但是生活里的确有一些这样的情况……”

他：“对啊。接下来就是艺术基因对人的影响了。举个例子，审美也算是艺术的一种吧。很多人会喜欢肤色比较白的人，因为从原始人的角度来说，他们没有用来做基因鉴定的技术和工具，所以他们直观地采用‘以白为美’的审美观。在古代，皮肤白的人，大多意味着没有皮肤病，没有感染细菌病毒，身体健康。根据皮肤白不白来判断一个人的身体健康程度，是一个直观快捷的方法，对吧？而现在，科技已经发展了，很多疾病都已经可以治好了。而且，人的智商等很多其他指标的高低跟皮肤白不白也没有关系，但是很多人的思维模式还是原始人的那一套，他们还是根据皮肤白不白来判断一个人的基因好不好，这往往就容易忽视情商、智商、体能等其他因素。在这个时代，以白为美的这种艺术基因，其实已经对人的生存产生影响了。”

我：“比起文化基因，这个倒是更容易理解一些。”

他：“是啊，接下来就是科技基因。科技基因对人的影响就更大了。以前吧，很多人认为，科技产品是人的工具，但是事实上，到了现代社会，科技已经反过来影响人了。最简单的例子，就是‘低头族’，你看看，随着智能手机普及，有多少人是一边走路或者吃饭，一边还在看着手机，很多人甚至彻夜通宵地玩手机，一直看新闻、逛论坛、看视频或者玩贴吧，他们也知道这样对身体不好，可是他们就是停不下来。这，其实已经严重违反了人的生物钟啊。其他的例子，比如说军事战场上，随着科技的发展，人的策略和战术在不断改变，以前冷兵器时代的兵阵，到枪械发明之后的士兵阵容，再到现在各种海陆空现代化武器的发展，人的战术、战略思维基本是被科技给带着走的。”

我：“可是这里有个问题，科技的发明终究还是靠人的构思和设计啊。”

他：“谁说的？现在不论是国外还是国内，都已经开始用计算机模拟化学反应，来制造各种材料和化合物了。现在的社会，早就不是化学家在实验室里玩弄烧瓶摸索出材料和化合物的时代了，现在世界上很多的化学材料、合成物，都是直接在计算机里设定好各种化学元素，模拟出各种组合情况，然后来判断它们的功能。计算机一天可能可以组合出几万种不同的材料，这可比爱迪生拿各种材料去做灯泡灯丝的实验效率高多了。而且，计算机到底会合成出什么样的材料，在计算机反馈出结果之前，人是完全无法预料的。”

他的话让我陷入漫长的沉默之中，因为他的确展现出了一个全新的世界观。至少，就我目前所比较熟悉的领域来说，他的话是没有错的。现在很多的药品和材料，的确是靠计算机模拟来制造的，在2013年时，三位美国科学家就是因为利用计算机模拟化学反应而获得了诺贝尔奖。

当时的瑞典皇家科学院给出的新闻通稿是这么说的：“过去，化学家们曾经利用塑料球和小棍来建造分子的模型。而现在，建模则是由计算机完成的。”

他继续说：“这个世界的末日已经快到了。人类的进化，要十万年甚至更多时间，才能有一丁点微小的变化，但是科技的发展越来越快，这几乎是蜗牛和火车的对比。总有一天，呼啸而过的火车会远远甩开蜗牛……甚至，把蜗牛给碾压得粉碎。在现代社会，随着科技发展，越来越多行业的人被淘汰……这仅仅只是个开始啊。”

我：“可是，目前来说，人终究还是能够操控科技的，如果科技真的会威胁到人类，人类还是有办法制止它的。”

他：“已经不可能了，因为竞争的存在啊。如果一家公司发明出了人工智能，它可以在行业内领先十年的话，他们是不会去考虑二十年后、三十年后人类社会会不会因为人工智能而毁灭的。人都只注重眼前利益。如果你今天就要饿死了，你会去考虑别人赐给你的一块肉里有微量砒霜吗？”

对科技的恐惧，是他对各种机械仪器产生恐惧心理的根源，如果不能根治他对科技的恐惧，那么他对机器的恐惧也不会减轻。

但是让人无奈的是，他的这种疾病靠科技是治不好的。高精度的脑CT检测不出他精神的异常，各种仪器对他血液、体液的化验也检测不出他的问题。

能够解除他内心危机感的，只有人与人之间最原始的对话，人与人之间最真实的对视，以及心灵的碰撞。和他说话，去咖啡店喝一杯下午茶，去幼儿园里看看小孩子，去公园里听听阳光下的笑声……这些，都是治愈他的方式。

不论他的话是否正确，但是至少目前，科技，还没有发展到能够完全替代人心的地步。

二十六、存在的淡化

这个患者的症状非常罕见，是我从来都没有碰到过的。

他的这种情况，从某种程度上来说，是一种强迫症的表现。但是这种强迫症，和一般意义上的强迫症并不相同。

而且从另外一个层面来说，这个患者的病症还带有一些哲学乃至神学的意味。

当我看着他时，他的目光却不在我的脸上，而是在看着别处，就好像在寻找什么东西似的。

我：“你在看什么？看了半天了？”

听到我说话，他才突然回过神来，紧张地看向我，就好像梦游症者刚刚醒来一般。

他：“啊？你在这儿啊？你什么时候来的？”

我：“我刚才一直坐在这里啊。我一直看着你，你没发现？不是你自己走进来的吗？”

他：“可是我走进来的时候，没看到人啊。”

我：“我一个大活人坐在这里，你没看见？”

他：“真的，我还以为这里没人呢……不好意思，真的是没有看见。医生，你别介意啊，我这种情况已经不是一天两天了……我就是因为这个问题才来你这里的。”

我：“你的情况，不会就是看不见人吧？”

他：“对，对的！医生，我有的时候真的是这样，有时候一个人站在我面前，我都看不到。等到他叫我，甚至拍我一下，我才发现他在我面前。”

我：“这怎么可能呢？难道一个大活人站在你的面前，你都看不到？是不是你脑海里在想别的什么事？”

他：“真的就是这样。我脑海里什么事都没想，注意力挺集中的。我刚才还在房间里找你呢，但是就是找不到。所以我才会以为你不在这里。”

我：“说实话，你这种情况我倒是还没有碰到过。只有人看不到吗？其他东西会看不到吗？”

他：“不是，很多东西，我都看不到了，不单单是人脸……其实这么说不太确切，我觉得不是看不到，而是那些东西变淡了。”

我：“变淡了？你是说颜色变淡了？”

他：“这个……真的说不清楚。就是一种变淡了的感觉，不是颜色上深浅的那种概念，就是一种感觉，好像是从你内心深处冒出来的一种感觉，好像就是这个物体变淡了，要消失了一样。”

我：“你这么说我就不懂了。”

他变得有些烦躁起来，好像在组织语言解释他的这种症状，好半天后，他才抓着头发说道："这个太难说了，只能打个比方，甚至连打比方都不一定说得清楚……这么说吧，你有没有过这样的感觉，你面前有一张桌子，桌子上有很多麻将，那些麻将都是背面的绿色朝上，看起来颜色都是完全一样的，但是，当你的眼睛来来回回地在这些麻将上扫过，时间长了之后，你就会觉得其中的某一块麻将，好像颜色比其他的麻将更深了。"

我："是吗？还有这种情况？"

他："真的是这样的，我从小就有这种情况。而且，大多数时候，我去摸颜色比较深的那个麻将，手气总是特别的好。不知道这到底是怎么回事。"

我："那你不是有超能力了吗？哈哈。"

他："有时候真的是这样的，我觉得自己就是有超能力。我好像盯着一些东西时间久了，那些东西里某一样的颜色就会变深。但是如果相反，我长时间不盯着某个东西看，只是随随便便地看，周围的东西就会变浅，感觉那些东西就好像慢慢消失、淡化了一样。"

我："最严重的时候会到什么地步？"

他开始滔滔不绝地说了起来："就拿我上个礼拜天发生的事举例子吧。那天早上，我醒来的时候，本来一切都是正常的，但是等我出门的时候，就出问题了。"

我："什么问题？"

他："整个世界都变淡了。就好像慢慢变成了玻璃一样，整座城市，都在慢慢变成透明的玻璃，越来越淡……越来越淡……路上的车啊，走动着的人啊，还有什么路灯、井盖之类的，都变得越来越淡，甚至连脚下的马路都在变淡，我好像什么东西都看不到了。”

我：“这怎么可能呢？如果你连脚下的地面都看不到了的话，那么你还能看到什么呢？”

他：“就是白茫茫的一片，就好像在浓雾里似的。但说是雾还不太准确，那种感觉就好像你进了一个刷得雪白的房子，你往哪个地方看，都是雪白的墙壁。但是说墙壁又不太准确，那些墙壁有点流动的感觉，不是固体的。”

我：“这也太抽象了。简单来说，就是你有时候什么东西都看不到了，是吗？”

他：“不是，也不是什么东西都看不到了。有时候，还是能够看到一些东西的。”

我：“比如？”

他：“比如说太阳，太阳我就能看到。而且，当别的东西变淡的时候，太阳反而会变得更加明亮。”

我：“其他的呢？”

他：“还有一些形状比较完美的东西。比如泡泡，还有像是捆着木头挂在半空中的细绳，还有尺子啊之类的东西。总之，我觉得，物体的形状越是接近完美的几何，就越是不容易淡化，但是越是不完美的东西，就消失得越快。比如说，地上的垃圾堆，还有人脸就是这样。”

我开玩笑说：“这么说是我长得太难看咯，进不了你的眼睛。”

他：“哈哈，绝对不是这个意思，跟长得好不好看没关系。只要是人脸，我都会看不见。只有那些在几何上看起来完美的东西，我才能尽量保证它们不消失，而且有时候，越是完美的东西，不但不会变淡，颜色反而会变深。而人脸跟那些完美的圆比起来，真的是远远不够完美啊。”

我：“这么说，太阳是最不容易消失的？”

他：“对，差不多就是这样。太阳算是自然界里最完美的球体了，我每次发现周围的世界变淡的时候，就会觉得头顶上的太阳变亮了。”

我：“为什么你说差不多是这样？是不是意思是说，还有比太阳更完美的球体？”

他的表情突然变得复杂了起来：“其实，还真的有。而且……是一个让我觉得不可思议的东西。我都说不清楚那到底是什么。”

我：“说不清楚是什么的东西？”

他：“对，有那么一两次……当我抬头看天空的时候，我会看到太阳。但是除了太阳之外，在比太阳更高更远的地方，我会看到一个更亮的东西。”

我：“那是什么？”

他：“我也不清楚那到底是什么。但是那个东西很大很大，就像是一个巨大的水晶球挂在天空中一样，把天空都占了三四分之一吧。那个东西真的很圆很圆，也很亮很亮，亮得让人都没法直视。”

我：“还有这样的东西？”

他：“说不清楚。但是每次那个东西出现的时候，我就觉得连太阳都好像变淡了似的。我觉得……那个东西，似乎代表了某种自然界最最完美的东西，它是绝对完美的，比自然界里任何平时看得到的东西都要完美，它超越了一切……超越了万事万物……它的那种完美，就好像是绝对的，就像真理一样。”

我："那你觉得……那是什么？"

他犹豫了一下，然后看着我，认真地说："我觉得那个东西……好像是上帝。那个东西说不定就是上帝，或者说……是上帝的眼睛，他在看着我们这个世界。有时候我这么一想，全身的寒毛都会竖起来。"

直到最后，我也没有弄明白他看到的东西到底是什么。我让他去做了精神分裂症的常规检查，最后，通过功能性影响检查结果显示，他的确患有轻微的精神分裂症。

但是，不论如何，像我这样的正常人，是无法体会到他的视角的。

我永远无法知道，他所看到的那个"绝对完美"的存在，到底是什么样的东西。

但是，他的话总是让我不经意地想起欧洲中世纪的经院哲学家安瑟尔谟曾经说过的话：

"这个世界上有这么一个完美的存在，它有着最高的存在性，其他任何存在在它面前都显得不完美，它们的存在性都会降低。而这个东西，就是上帝。"

也许，他真的看到了上帝呢？

二十七、本质的消失

“这件事的本质是什么？”

这个问法，在我们的生活中已经非常常见，甚至可以说泛滥。而且，在网民这一群体中，“本质”这个词被使用的概率一向都是不低的。

数十年来，我一旦看到某件事，或者看到某个新闻，只要是我感到迷惑的，我就会脱口而出：“这件事的本质是什么？”

再不然，面对一些科学上的现象，我也会下意识地询问：“这种物理现象的本质是什么？”

比如说，有一次我就问过别人，手机充电的本质是什么？我得到的答案，是电流的运动。但是，我还可以继续追问，什么是电流，其背后更本质的是什么？后来我了解到，会产生电流，是因为电子的移动，但是事实上，电子的移动是很慢的，甚至不比人走路的速度快，那么，电子移动速度这么慢，火电站的电又是怎么到人的家里去点亮灯泡的呢？后来我明白，这背后的本质其实是电磁场的作用，电子还不是主要的，场才是最本质的存在。

随着对本质的询问，我的认知水平有了一个不断上升的过程，对自然界的事物，有了一个更深入的了解。

至少，就我个人而言，我是这么认为的。

而那一次和“都教授”的谈话，可以说彻底颠覆了我对“本质”概念的认知，从此以后，我几乎再不使用“本质”这个词了。

因为，我深深地意识到，自己曾经的认知有多么肤浅。

希望你看了这篇谈话后，能够和我产生共鸣吧。

一次在院内吃饭的时候，“都教授”无意间跟我提起：“其实，我们日常语言中，很多词都是错的。或者说，只是我们的幻觉而已。”

我：“比如？”

他说：“比如，‘本质’这个词就是错误的。至少，在目前主流的物理学界，‘本质’这个词，已经被一些流派给抛弃了。”

“都教授”的话让我觉得新鲜：“本质这个词是错的？”

“都教授”：“是的，至少不是很多人所想的那样。”

我：“能举个例子吗？本质这个词怎么可能是错误的呢？你这话一下子有些冲击到我的观念了。”

“都教授”：“那就举个例子吧。我们现在的很多人是怎么认识这个世界的？就是不停地把一个物体往微观去看，甚至在物理学领域也是如此。比如说，物质是什么组成的？是分子。分子呢？是原子。原子呢？是原子核和电子。那么原子核呢？又分成中子和质子。然后质子呢，又可以往下分成夸克。现在粒子物理学家已经开始构建标准模型，试图用一条完整的标准模型来解释这个世界上的一切。”

我：“所以这有什么问题吗？”

“都教授”道：“这就有一个无穷倒退的问题。假如你是个小孩子，当有人告诉你这个世界是夸克组成的，你肯定会继续追问‘那夸克是由什么组成的’这样的问题。就像是上帝创造了宇宙，但是谁创造了上帝这样的问题一样，可以一直无穷地追问下去，永无尽头。”

我：“那么，你觉得正确的问法，该是怎样的呢？”

“都教授”：“不急，你听我说。有时候，我们应该摒弃‘本质’这个词，或者说，我们需要换一种思维方式。”

我：“换一种思维方式？”

“都教授”：“你知道‘还原论’吗？”

我：“知道，这个应该算是哲学上的概念吧？”

“都教授”：“对。通俗来说，还原论的意思是，我们在认知一件事物的时候，会把它不断地分解成更小的局部来进行认识。因为有时候你要一下子认识一个事物的整体，实在是太困难了。但是如果分解成多个部分，就会容易很多。就像拼积木一样，把一个模型拆解成更小的积木木块，再把积木木块拆解成更小的……这种逻辑上的无穷倒退，说到底就是这么来的。”

我：“这个解释我倒是觉得通俗易懂，不过，除了这种思维方式之外，还有什么思维方式呢？想要认知世界，就只有这个方法了吧？”

“都教授”：“接下来我就要说这个问题了。其实，人们之所以会认为一个‘物体’可以无限细分，是因为他的脑海里就有这个‘物体’是‘实在的’，这么一个默认的观念在。在物理学上，经典的物理学信奉的往往都是实在主义，认为我们看到的世界都是真实的，比如我看到一粒沙子，那么沙子就是实在的，所以沙子可以继续分下去，不断地分成更小的存在。但是事实上，除了实在主义，还有反实在主义。”

我：“反实在主义？那是怎样的一种主张？”

“都教授”笑了起来：“其实很简单，我只要举个例子，你很快就能够弄懂。”

说着，“都教授”从餐桌上拿起一个盛汤的空铁碗，放在我面前，道：“你觉得这个是什么？”

我：“正常来说，是一个铁碗。”

“都教授”：“对。但是其实也不算对，如果用还原论的方法来说，这个碗的本质就是一堆铁原子的组合，对吧？”

我：“对。”

“都教授”：“但是，其实我们还有另外一种回答方式啊，比如说，碗是‘用来盛汤的一个东西’，这种回答方式，就是从功能的角度来进行回答。这就是避开了本质，用功能替代了本质。”

我：“用功能来替代本质？”

“都教授”：“对。用‘功能’来替代‘本质’，用功能的问法来代替本质的问法。”

我：“这个太深奥了。不过，的确很启发人的思维。”

“都教授”：“不过我接下来还要说点更深奥的。那就是‘是’是什么？”

我：“什么‘是’是什么？这么拗口？”

“都教授”在桌子上比画了一下，然后继续道：“我的意思是，‘是不是’里的‘是’这个字，代表的是什么意思。日常生活中，‘是’这个字，我们是经常用的，比如说，‘我是一个人’。可以说，‘是’这个字，我们从小到大一直在用，但是你有思考过，‘是’这个字本身又是什么意思吗？

我一下子被问住了，我只是仔细地回味了一下他的话，然后摇了摇头。

“都教授”微笑着道：“其实，我做了个简单的统计。‘是’这个字，就主流来说有六种意思。”

“第一种，‘是’代表同一性。比如说，三边形是三角形，鲁迅是周树人，这就是一个鲜活的例子。

“第二种，是从属关系。比如说，我是一个人，人是哺乳动物，哺乳动物是动物。这就是一种从属的关系。

“第三种，表现属性。比如说，苹果是红色的，鞋子是黑色的。

“第四种，表示还原。比如说，基因是有遗传效应的DNA片段，单身汉是没有女性配偶的男人。

“第五种，表示的是功能或者职位。比如说，李四是市长，碗是盛汤的工具。

“第六种，是喻象。比如说，那个女人是一只乖巧的小猫，祖国是一个大家庭。这就是一种比喻，一种喻象。”

“都教授”的话极大地启发了我的思想，在此之前，我甚至都没有思考过，一个简简单单的“是”字，居然有这么多的门道。

我：“简直难以想象，原来‘是’这个这么简单的字里，包含了这么多的意思。”

“都教授”笑着说：“现在明白了吧？其实我们一般人了解物理学的时候，都是用还原和喻象的方式。比如说，电子是什么样？中子是什么样？夸克又是什么样？在现实世界里，其实我们根本就看不到微观世界，什么电子模型、中子模型、夸克模型，都是我们自己想象出来的，也许这些模型和真正的微观世界的景象天差地别，但是为了方便理解，有时候科普时我们才把电子想象成一个个点，才把原子核和电子的模型简单地想象成一个星系，甚至还把中子和夸克想象成一个小球，其实这些都是喻象。至于真实的世界里的微观世界到底是什么样的，没人知道。我们只能想象，若非如此，永远不知道。”

我：“确实是这样的。喻象的方式，的确是我们认识这个世界的方法。”

“都教授”：“所以有时候一些魔幻小说，没有必要特地去强调科学，因为哪怕是我们现实世界的科学，很多都是在不知道真实的微观世界景象的情况下对微观世界采用的一种喻象的方式。也许微观世界根本没有什么电子，没有什么中子和夸克，也许有的只是中国传统学说里的‘炁’，当然也可能是量子场论的‘场’，或者弦理论的‘弦’，或者是波函数的‘波’。你用不同的喻象，这个世界自然就不同。但是真实的世界是怎么样的？我们永远没法知道。这个世界，就像一块漂亮的劳力士手表，你看到了表盘上精致的指针和刻度，但是你没有办法把表盘拆开，看到表盘内部的各种零件是怎么运作的。手表的‘内部世界’，你永远不知道，不管科学怎么发达，你所能够做的，也许不过是把手表指针行走的时间算得更精准一些而已，但是表盘下那个隐藏的世界，你永远无法触及。”

我：“如果是这样，那就太让人失望了。那么，我们怎样才能了解这个世界的本质呢？”

“都教授”：“你看，你又用‘本质’这个词了。其实，你刚才会产生那种困扰，只是因为你不经意间还是使用了还原论的方法。现在我要举个例子，让你放弃这种思考方式。比如说，在计算主义者看来，这个世界是‘信息’构成的。这个世界的单位，既不是什么原子、夸克，也不是什么场，而是比特，这个世界的最小构成，是1比特。”

我：“信息？那么，信息又是什么？”

“都教授”笑了：“你的提问方式错了。当你问‘信息是什么’的时候，你是永远得不到答案的。因为对于信息来说，不存在‘是什么’这个问法。信息不存在本质，你要问的是‘信息能够用来干什么？’这样就可以回答了。比如，信息可以用来储存，可以用来处理，可以呈现出图像，可以传递声音，可以进行共享，可以让你传达消息。你看，当你把信息的种种功能罗列出来的时候，你虽然还是不知道信息到底长什么样，但是你已经了解信息了。这就是一种摒弃了实在主义的了解世界的方式，事实上，现在的物理学界，越来越倾向于采用这种方式来了解这个世界了。对于传统的那种把物体无限切割，变得更小的还原论式的提问法，物理学家们已经越来越不屑。”

说到这里，“都教授”重新拿起了铁碗，道：“现在可以回答‘碗是什么’的问题了。碗是用来吃饭、盛汤的工具，它可以和筷子、叉子搭配，还可以用来放一些东西。你看，这就是我对‘碗’的描述，你不需要再用还原论的思维方式了。用功能的思维，用关系的思维，来代替你以往的还原论的思维吧。”

可以说，“都教授”的一番谈话彻彻底底地改变了我的世界观，甚至可以说，“都教授”的话让我的世界观有了一个九十度的转向。

在过去，我是直着看这个世界的，如今，我却是横着看这个世界的。

在过去，我经常会问：“这个世界的本质是什么？”

现在，我已经不再那么问了。

我会问：“你觉得，这个世界是怎样的？”

当我回答了后一个问题时，在不知不觉中，也已经回答了第一个问题。

二十八、行走的植物人

很多人年轻的时候，常常会被一个问题困扰。

那就是：什么样的人才是坏人？

伤害了别人的人就是坏人吗？

还是内心抱有犯罪想法的人才是坏人？

或者说，自己虽然没有犯罪，但是教唆他人犯罪也是坏人？

再或者说，一个人犯罪只要不被人发现，就不算坏人？

再不然，虽然一个本来是抱着好心去做好事，结果却酿成了恶的后果，这才是坏人？

直到今天，很多这方面的问题，我还没有想透彻。但是，至少有那么一个人，让我看到了一种全新的善恶观。对这个人的了解，让我看到了所谓的善与恶的另外一种可能性。

过分的自私是很多人都会有的性格缺陷，但是，自私到他这个地步的，却很少见。

他的自私已经到了让人无法忍受的地步。对于自己的自私，他也毫不掩饰，甚至觉得是理所当然的。比如说，在街上走的时候，他看到一个小孩子手里有个冰激凌，他就会顺手抓过来吃，结果他和小孩的家长大打出手。再不然，在路边看到有人牵着宠物狗行走，如果那只狗挡住了他的路，他就会不顾狗主人的眼神，直接一脚把那只狗踢飞，甚至踢死。这种恶劣的行径，已经让他被人人厌弃。还算幸运的是，虽然他残害了一些宠物，但是终究没有犯下大罪，因此他最多只是被拘留过几天，还没有因什么事而被判刑。

他险些进少管所，不过他的父母觉得他并不是缺乏管教，而是精神上存在着一些问题，因此，他被送到了精神病院。

他并不是我的患者，但是在院里，他也算有一定名气，从他的主治医师那里，我了解到不少关于他的事迹，甚至，我还倾听了他的主治医师和他的一次对话。

刚进院里的时候，患者歇斯底里，脾气狂躁，他疯狂地踢廊道上的排椅，进了门诊室后，他又一把把刘医师桌上的文件给推到了地上，之后，他踢翻椅子，甚至想要出手打人，如果不是他的家人和助理医师及时拦住他，恐怕他真的会出手把医师打得头破血流。

在家人的好说歹说之下，他才勉强被按到了椅子上，然后冷冰冰地看着对面的刘医师，一脸的轻蔑，甚至表现出一眼都不想多看刘医师的样子。

患者的病情是他的父母描述的，很长的一段时间里，患者都没有说话，他只是抱着胸，低着头，眼睛时不时瞄着诊室的其他角落。

刘医师的脾气也不好，他神色不悦地问道：“他是怎么回事啊？”

患者父亲："真是对不起啊，刘医师。我儿子的情况有点严重，有时候我们也控制不住。他是这样的，他有的时候，……不把人当人。"

刘医师："不把人当人？具体点。"

患者母亲红着眼睛说："我们这个儿子，老是说一些胡话。他说，我们都是机器人，说我们是没有灵魂的东西，只有他自己是有灵魂的。他还说，我们在骗他。"

刘医师看了看患者，问道："机器人？你觉得我也是机器人，是吧？"

但那患者连看都懒得看刘医师一眼。这时候，站在一旁帮忙的我知道，刘医师这一回是真的碰到麻烦了。这种暴躁类型的精神病人，是很难对付的，先不说容不容易治疗，至少，是很难控制的，没人知道他们一旦情绪爆发，会做出什么害人害己的事来。可以说，院里百分之九十五的医生，都是和精神病人有过摩擦的，没有摩擦的那部分医生，不是新来的，就是真的运气极好。

不过这一次，刘医师让我大开眼界，我见识到了一种能够和精神病人正常聊天的有趣方法。

本来我以为刘医师会因为之前患者差点打他而不快，没想到他反倒堆起了笑脸，然后对着患者怪怪地笑道："你说对了！我就是机器人，哈哈哈！"

这句话对患者的刺激很大，他突然站了起来，然后极其入戏地看着刘医师，看了半天后，他猛地抓起桌子上的水杯想朝着刘医师丢过去，这时我急忙上前抓住了他的手，和助理一起，把他按回到了椅子上。

他："放开！放开，你们听到没有？放开！"

他对我又踢又咬，把我的手腕都咬破了皮。

他的父亲看不下去了，直接上前对着他就是一耳光，这才把他给打老实了。

刘医师的举动本来是想刺激一下患者，好让他开口的，但是没想到这一次过了火，因此导致场面异常尴尬。好在患者父亲的一个耳光，终于勉强将场面给镇住了。

接下来，我见证了我这一生中看到过的最诡异的父子关系——

他父亲就像换了个人似的，用狰狞的表情配合命令的语气对他儿子说："坐好，老实点！别动！动一下，我们就打死你！"

他父亲的威胁还是有一定的效果的，在他父亲露出了狰狞的一面后，这个患者还真不敢动了，他老老实实地坐在椅子上，双手摆在腿上，表情虽然不情愿，但是至少眼里的那份攻击意图消减了。

患者父亲："说出来！把你关于这个世界的想法都说出来！不然，我们就把你的脑子挖出来，送给其他人！"

患者像是受了极大的委屈似的，红着眼说："你们还是要把我的脑子给挖掉是不是？不管我说不说都是一样的吧？"

患者父亲："快说！说了，我们还会考虑下！"

在父亲的胁迫下，患者不情愿地把他的想法说了出来。他小心翼翼地看着刘医师，然后说："其实我已经发现了你们的秘密。你们都是没有灵魂的，都是一些装出有灵魂样子的木偶人。"

刘医师"装模作样"地问道："你是怎么发现的？"

患者："我就是发现了，我就是感觉到了。有的时候，路上有只猫，我踢它一脚，它飞了出去，我会哈哈大笑。但是一辆轿车如果蹭掉一层漆，我反而会难受。因为汽车比猫更有价值，你懂吗？猫和汽车都是没有灵魂的东西，但是汽车值钱多了。我觉得我的想法就是对的。”

刘医师：“就算你觉得猫没有灵魂，那怎么就知道人没有灵魂呢？难道汽车被蹭了比人受伤还让你难受？”

患者：“那得看档次。如果是长得好看的女人脸上有刀疤，肯定掉价厉害，我会难受，这就跟宾利被人划破了车门上的油漆一样令人难受。如果是长得难看的人被毁容了，就跟便宜的拖拉机又被人砸破了门一样，我没感觉，因为都没有价值。”

刘医师：“那你凭什么觉得你就是有灵魂的呢？”

患者：“我就是有灵魂的，我想干什么就干什么。我可以有各种想法，你们呢？你们做得到吗？你们只是在执行设定好的程序而已。”

刘医师：“程序？谁设定的程序？”

患者：“大自然设定的程序呗。但是我就不一样，我比你们高贵，懂吗？”

刘医师：“可是有人长得比你好看，跑得比你快，比你聪明，也比你有钱，你凭什么说你比人家高贵？”

患者：“长相好、聪明、有钱、体力好就高贵？这些是你们自己定义的标准，跟我的标准不一样。我只要觉得我什么都能思考，什么都能想，我就是高贵的，你们不能思考，你们只是在执行设定好的程序而已。就算我不能动了，看起来跟植物人一样躺在床上，闭着眼睛，只剩下呼吸，我还是有思想的，我还是比你们高贵。因为你们都是一群虽然会走动，但是没有思想的植物人。”

刘医师：“那如果我出几道你做不出来的数学题呢？是不是意味着我比你有思想了呢？”

患者：“那能说明个屁啊。你们脑子里早就已经设定好了答案，你们的答案是设定好的直接拿出来的，我的才是通过思考想出来的。我才是有思想的，懂了吗？”

刘医师：“可是比你灵活的也大有人在啊。”

患者：“那只是灵活而已。灵活并不代表有灵魂！你别故意把灵魂和灵活的概念混淆来糊弄我。你个木头人。”

刘医师：“所以，你现在认为，我们就是木头人、机器人，是吗？”

患者：“难道不是？你们本来就是没有灵魂的东西，跟木头一样。只不过我脚踢木头脚会痛，我打你们，你们也会反过来打我，这是你们的设定。要不然，我稍微心情不好早就把你们这些用来发泄的玩具弄个稀巴烂了。”

刘医师：“可是，我觉得自己也不是没有灵魂啊。”

患者：“少装！证据呢？你证明你有思想有灵魂的证据呢？！”

这一次，刘医师语塞了。

谁也无法把自己的思想直接传到别人的脑子里，这就注定了，这个患者是永远无法被说服的。

之后，我们对这个患者进行了检查，发现他的确存在着比较严重的精神分裂，这导致了他有比较强烈的主角意识症的幻想。和一些有着类似症状的患者一样，他也认为自己是这个世界的主角，而他周围的一切都是没有生命的，就像木头，就像机器一样，只是一堆零件的组合，他们或许有价值，却没有什么灵魂可言。

对这个患者的治疗方法，就是引导他去伪装。

没错，这是唯一的方法，让他去伪装自己，引导他去学习其他“会行走的植物人”，这是让他重新融入社会的唯一办法。

这就是治疗精神病的最常见的方法。很多时候，我们不是把疯子变成普通人，而是让疯子去模仿普通人。

当然，谁知道，普通人就是普通人，而不是另一群伪装了自己的疯子呢？

也许，我们看到的，只是一群疯子在模仿另外一群疯子。

后来当我和刘医师谈起这个患者时，我问他：“你觉得这个人的想法怎么样？如果我碰到这种人，说不定我会忍不住上去揍他一顿。”

刘医师笑笑说：“其实我觉得他也不全错啊。当初，笛卡尔不也认为，动物是没有灵魂的吗？在笛卡尔眼里，一匹马的损失，可比不上一辆马车的损失。而有着这样思想的人，却是近代西方哲学和科学的奠基人之一，被无数人推崇。难道你不觉得，我们这个世界，本来就是疯狂的吗？”

是的，那个患者，在我们院里的绰号，就是“笛卡尔”。

二十九、立体思维

她：“喂，你有想过另外一种思考这个世界的方式吗？”

她以前是研究中国哲学的，她懂先秦子学、两汉经学、魏晋玄学、隋唐佛学、宋明理学，同时，她还懂一些易术算卦，观人五官和掌纹断人命运的知识，虽然我一向不信这些东西，但是有时候听别人讲这些东西，作为一种娱乐，倒也挺有意思。

我笑着说：“这些年来，我的世界观已经不知道改了多少次了。我觉得自己快混乱了。”

她笑了：“你那所谓的世界观的改变，仅仅只是思想层面的，还不是感受层面的。打个比方吧，就像电脑的软件和硬件，你过去的思想的改变，仅仅只是软件层面的，但是我这次说的，却是硬件层面的。”

我好奇地问道：“那么，硬件层面的变化是什么样的呢？”

她：“那就是完全不同的另外一种体验了，就像你不是青蛙，你就不会知道一只青蛙的感受是什么样的，如果你没有在硬件层面进行修改，你就不知道大脑硬件改变之后的那种体验。”

我：“能举个例子吗？”

她：“如果你闭上一只眼睛，你能够判断我离你多远吗？”

我特地闭上了一只眼睛看她，然后道：“还是可以的。虽然没有两只眼睛那么清晰。”

她：“那是因为你的经验在作祟。你对这个地方很熟了，所以哪怕你闭上一只眼睛，也可以根据经验来判断前方的一个人或者一个物体和你之间的大致距离。但是如果你去到一个陌生的地方，然后闭上一只眼睛的话，你就很可能没法判断那个物体离你到底有多远。是五米，还是十米？有时候，我会尝试闭着一只眼睛去一个陌生的地方看看，往往走着走着，不小心就撞到了前面的一个路灯杆上，或者把一张桌子给撞翻了。”

我：“你为什么这么做呢？只是想锻炼你的能力吗？”

她：“那倒不是，纯粹是因为好玩，想要有一种新的体验罢了。在这个世界上有些人并不是做什么事都有很清晰的目的的，有的时候，纯粹是为了过程的有趣罢了。男人和女人上床，是为了生孩子还是为了过程的快感？我想，对于大多数人来说，都是后者吧？生孩子只是一个附带的结果而已。”

我赞同她说的这句话——这个世界上很多事情注重的是过程而不是结果。如果每件事都只是为了结果而去，那么，就没有人懂得欣赏过程的美了。

我：“你后面关于过程的重要性的想法，我倒是挺赞同的。”

她：“过程本来就很重要。你想想，迟早有一天，宇宙会毁灭的，人类总要灭亡的，过程才是最重要的。你一定要得到一个美好的结局，其实没有太大意思，只是在追求空中楼阁罢了。”

我：“嗯。我觉得在这方面，我们的想法差不多。再说说你刚才提到的改变硬件的事吧。”

她：“其实我拿闭上一只眼睛看这个世界来举例，只是一个比喻。你想想，人只有两只眼睛同时睁开，才能够有立体的视觉，知道一个物体的距离。人只有两只耳朵同时去听，才能够辨别声音的方位，那么，如果人有两个大脑的话，他们感受到的这个世界，又会是什么样的？”

我：“这……这就很难想象了，哈哈。”

她：“我觉得，如果人能够有两个大脑，像有两只眼睛、两只耳朵一样来感受这个世界的话，就可以有一种前所未有的感知方式了。我称这种感知世界的方式为‘立体思维’。你想想，两只眼睛看到的世界是立体的，那么，两个大脑感受到的这个世界，也可能是立体的。”

我：“可是思想怎么立体呢？”

她：“立体只是一个比喻，其实我的意思是，达到比原来更高的层次。假设你原来了解这个世界的方式是平面的，那么有了两个大脑以后，对这个世界的了解就是立体的了，也就是高了一个维度。”

我：“立体思维……这个说法倒是挺新奇的。不过，想要想象，就太难了。现实世界里，谁都没有两个脑袋，对吧？”

她：“不，现实世界有例子啊。比如，连体婴儿，或者说，连体婴儿里的双头人，就是活生生的例子。”

我：“这我倒还没有亲眼见到过。”

她："这就比较遗憾了，我来找你，其实就是想查阅一些比较有趣的大脑疾病的例子，看来是得不到了。不过，对于双头人，我以前倒是有些研究。"

我："什么样的研究呢？"

她："这么说吧，一般人都知道双头人，但其实很多人对双头人的了解是非常肤浅的。"

我："肤浅？肤浅在哪里？"

她："其实，双头人分四种情况。第一种，是只有一个头能控制身体，另一个头有思想却不能控制身体，就是多了一个头在身体上存活，就像多了一条胳膊、一条大腿一样。第二种，是两个头可以同时控制身体，所以两个头就得进行协商了，到底由哪个头来控制身体呢？就像两个人被捆绑在了一起，要么我背着你走，要么你背着我走。第三种，是两个头同时控制身体，这种难度就很大了，这需要两个头配合非常默契才行，两个人同时给身体发送相同的指令时倒还好，如果发送的指令是冲突的，那么这个身体就不单单是打架那么简单了，可能身体器官都会出问题。第四种呢，是我最喜欢的，两个头的思想是连接的，就像一个头里面有两个大脑一样，可以同时思考问题。试想一下你自己脑袋里有两个大脑，或者想象一下心灵感应。"

我："这么看来，你说的立体思维，就是第四种情况了。"

她："对，就是第四种情况。我说的就是两个人思想连接的情况。这种时候，人脑会怎样运作呢？我是非常好奇的。当然，我肯定没有办法体会那种感觉，就只能去猜想了。我觉得，如果一个人有了两个大脑，或者同时有两种思想，就可以更加清晰地认识这个世界了。"

我：“更清晰地认识这个世界？”

她：“比如说，量子力学领域，有著名的波粒二象性吧？光到底是波呢，还是粒子呢？一直都存在争论。人们很难想象光既是波又是粒子的状态。但是，如果一个人同时有两个大脑、两种思想的话，就可以想象了，只要一个想着波，一个想着粒子，组合起来自然就形成了一个关于光的全貌了。其实啊，限制我们认知的，是我们大脑的硬件。现代人啊，想要加深对这个世界的了解，提升自己的认知，就必须从硬件层面改造我们的大脑。”

我：“这个想法真是很新颖了，让我大开眼界。你是怎么产生这样的奇思妙想的？”

她：“其实也不算什么奇思妙想，这个世界本来就有很多的角度。我们对这个世界形成了某种固定的思维，只是因为硬件限制了我们而已。其实啊，我有时候还觉得，那些精神分裂的人就像是双头人一样，只是以另外一种硬件的形式在观察这个世界。有时候，我真的很羡慕他们所看到的世界。想想看，你一辈子就那么几十年，看到的这个世界如果一直跟你小时候一样，那么固定，那么死板，多无趣啊，是吧？”

对于她的话，我表示了几分的赞同。她并不是患者，她只是一个来我这里取材的人。但是，我觉得，她的思想触角已经延伸到了另外一个世界的大门口。

雅斯贝尔斯说：“存在就是统摄。”

只取其字面意思，我们想要了解一个事物的全貌，是否，该先将我们的认知硬件给统摄起来呢？

三十、被诅咒之物

米歇尔·福柯曾经在《疯癫与文明》里提到过这句话："知识变得越抽象复杂，产生疯癫的危险性就越大。"

入行以来，我算和不少的精神病患者接触过了。在他们之中，既有学历极高、知识渊博的类型，也有一些思想保守传统、迷信的底层人物。但是事实上，当和这些人接触的时间长了之后，我就发现，其实很多时候，那些所谓的底层小人物，拥有的想象力并不比那些有知识和学历的人少，他们缺乏的仅仅只是把他们的想象力组织成一个系统的世界观的能力。

另一方面，事实上很多人你是无法判断他到底是属于有学识，还是没有学识的那一类。

这次我要说的这个人，就属于这种类型。

他怪笑着看着我，说："你知道吗？如果你今天出门时穿的是黑色皮鞋而不是白色球鞋，那你的人生轨迹将会完全不同。”

我：“你是相信星座时运的东西吗？”

他：“星座那些东西虚了点。但是我相信，不同的人，触碰不同的东西，和不同的东西建立起联系的话，他的命运会截然不同。”

我：“这个我多少有点相信。但是问题在于，就算你的命运被改变了，你也不知道原来的命运该是什么样的，所以没有什么意义，是吧？”

他：“可是我知道。”

我：“你知道？”

他：“对的。我有的时候就可以知道一个人穿上不同颜色的衣服会遭遇什么样的命运。比如说，有一天，我妈穿着红色的外套出门，我说这件外套不能穿，会倒霉。她不信，非要穿着出门，结果，她上班的纺织厂着了火，把她的衣服也给烧到了。她把外套脱了以后，才从窗户里跳出来，捡回了一条命。”

我：“这听起来倒是挺玄乎的。不过，那只是巧合吧？”

他：“如果只发生一次的话，你当然可以说这是巧合。可如果这种事情发生了不止一次呢？”

我：“你碰到了很多次？”

他：“很多次很多次。比如说，我还在读高中的时候，一次上体育课，一个女生挂着玉佩，我就跟她说那玉佩今天不能戴，上面有诅咒，如果她今天继续戴的话，是会倒霉的。可她不信，非但不信，她还跟其他女生一起说我是傻子。我劝了很久，她还是不听，最后我一气之下就不管她了。结果那天傍晚在放学回家的路上，她那玉佩的红线断了，玉佩掉进了内衣里面，之后又滑到了鞋子里，然后她就在马路边脱鞋子拿玉佩，这个时候，一辆车从她身边开了过去，好在她反应还算快，只是摔了一跤，右手有点脱臼，不然，她就被当场轧死了。”

我：“最后她没事吧？”

他：“没大事。不过她后来还是不怎么相信我，之后又有一次，我跟她说，她的丝袜会给她带来麻烦，她也不听。结果那天晚上，她回家的时候，丝袜扎在了灌木丛上，然后她去拔丝袜的时候，一只狗从灌木丛里跳了出来，把她的脚给咬了，她吓得要死。在那之后，她就不敢不听我的话了，我说什么她都言听计从。一次大冬天的，我告诉她说她的外套会给她带来麻烦，她居然直接就把外套给脱了下来，一天没穿。后来有人借了她的外套，结果就被人用水泼了一身，原因是她的外套颜色跟花坛的颜色一模一样，楼上的人倒水的时候没注意，结果就泼在了人身上。”

我：“如果你说的这些是真的，那倒真是神乎其神了。你还给其他人做过这种预言吗？”

他：“做过啊，很多，都挺准的。当然，有的人信我，有的人不信，说那只是运气不好，有的还说我乌鸦嘴呢。”

我半开玩笑地说：“你要真这么厉害，都可以把这个作为职业了，是吧？”

他显得有些无奈：“我也想，要真这么厉害，我去做个算命先生也不错。但是没办法啊，我这种预言得靠感觉，什么时候来，完全不是我自已能控制的。有的时候感觉来了，就能够知道哪件物体会带来不幸，哪件东西能带来幸运。”

我：“那是什么样的感觉呢？”

他："这个要说清楚就不容易了。感觉嘛，就是感觉。就好像你靠近了一个正在烧着火的火炉，或者打开冰箱，你感到冷气扑面而来，就是那种感觉。每次我感觉到一个东西是被诅咒的，就会觉得寒毛直竖，好像进了冷气室似的，但是如果是带来好运的，就感觉心里暖洋洋的。"

我："那你看到的是坏运多呢，还是好运多呢？"

他："坏运气多。好运气的情况很少很少，几个月都碰不到几次。而且，最可怕的，是一些特别邪气的东西。"

我："特别邪气的东西？"

他的表情慢慢变得阴沉起来："我见过最邪气的东西，是一把紫檀木椅子，是我在一家古董店里看到的。我看到它的第一眼，就被吓了一跳，因为我感觉自己全身的寒毛都竖起来了。我这辈子都没有见过那么邪气的东西，我想那把椅子的诅咒肯定很强，谁得到了，都会有厄运。"

我："还有那么邪气的东西？"

他："邪乎得很啊。我看到那把紫檀木椅子，整个人就很不安，感觉像是看到了黑洞似的，感觉哪怕只是靠近它，都会遭遇不幸。后来我还问了店家，问那把椅子的价格和来历。我说，这把椅子这么好看，价格也不错，为什么卖不出去。店家一开始还不肯说实话，之后我说这椅子有邪气，他才告诉我说，这椅子是他家祖传的，但是他的曾爷爷、舅爷爷、爷爷都是坐在这把椅子上死的。除此之外，那把椅子卖出去过三次，但都是不到三个礼拜就被退了回来。因为买了椅子的人，都说晚上做噩梦，梦见那把紫檀木椅子上好像坐着一个穿紫色裙子的女人，这导致买家睡都睡不好，甚至工作都不顺利。"

我：“简直就跟讲鬼故事似的。”

听我这么说，他的表情一下子变得难看起来：“不信就随你吧，反正不相信我的人多了去了。”

我：“可是你家里人都说你撞了邪，整天说一些胡话，这你怎么解释？”

他：“那是他们自己看不见，不能怪我。他们不能像我一样看见一些东西的诅咒，就觉得是我自己在空想。”

我：“可是……你家里人的说法和你的说法完全不一样，他们给我讲的是另外一个版本的故事。他们说，当初把班上女生撞向汽车的人是你，对女生泼水的人也是你，甚至，学狗咬女孩子的还是你。他们还说，你半夜三更会穿上你妈妈的紫色裙子坐在椅子上，有一天，你还把家里祖传的紫檀木椅子给砸烂了。这么说，他们的话才是假的吗？其实，是你故意空想了诅咒，然后自己扮演那个能够看到诅咒的人？”

被我这么一说，他顿时有些慌了，表情变得诡异起来：“哪有那样的事？没有的……没有那种事的……他们在乱说……他们就是不相信……他们非要把我当脑子有毛病的人……已经很长时间了，都这样……”

我：“可是我不知道我到底是该相信你，还是相信你父母，做个检测吧。”

之后，经过检测，他被诊断为分离转换性障碍，就是所谓的癔症。他常常幻想自己看到某种物体被诅咒了，但是事实上，那是他看到了某个物体之后，内心产生的一种强烈暗示，暗示自己利用某个物体，去做一些违法犯罪的事。

但是，在做那些事之后，他却把责任推给看不见的诅咒，其实，真正将诅咒化为现实的人，是他自己。

经过了几个月的漫长治疗，他离开了医院。

离开时，他笑着对我说了感谢，然后留给我一把他住院期间自己做的折扇作为纪念。

虽然嘴里说着感谢，但他的脸上有一种难以言喻的奇怪表情。

一天下午，我在阳台上看他留给我的那把扇子，一只野蜂突然从花丛里钻了进来，趴在扇子上，当我赶它走的时候，它却狠狠地叮了我一口，这时候，我才理解那个患者离开时的表情。

没错。

那时候，他看向我的眼神，就好像是一个无辜坐牢的人被释放时看向警察的眼神。

虽然强装释然，但是内心深处，压抑着更深更毒的恨意。

如同毒蜂一般。

三十一、脸谱中的眼睛

见到他的时候，我只是个实习医师，还没有自己独立的诊室，那时候，我跟着的人是院里德高望重的老医师——杨医师。

那一次实习经历，给我上了人生中极其重要的一课，让我深深地明白了，精神科医师这份职业真的非常需要眼力。我们有时候就和侦探或者刑侦人员一般，如果没有足够的眼力，就容易被一些表象的东西所迷惑、干扰。甚至，得出完全不搭边的错误结论。

虽然如今杨医师已经退休了，但是我还是非常感谢他当初给我上的这一课。这一课，真的对我意义非凡。

从被家人强行带到院内开始，他就不停地强调一句话：“我没病，我真的没病！我看到的都是真的！”

因为在院内我已经见过不少自称没病的病人，因此早就已经见怪不怪了。一般来说，碰到这种情况，直接问一下他的病情和症状，做个检测，开点药就可以了，严重点的无非就是安排住院而已。

但是杨医师不一样，他居然开始细心地了解这个病人的思想，还不断地询问他的想法，了解他话语之间的逻辑关系和反映出来的精神状况。

一般来说，这个过程是可以简化的，根本没有必要那么复杂，但是杨医师没这么做。

杨医师：“没病更好。有病没病，看看总是好的，反正来都来了，对吧？”

他：“可我真的没病，我都知道。是我爸妈非觉得我脑子有问题，一定要带我来这里看看。”

杨医师：“那这么说吧，我现在嘛，相信一半你的这句话，不相信也是一半。你要让我相信你的话，就要把我另外一半的信任争取过来。你就说说你看到了什么吧。”

他：“我就是跟我爸妈说，我晚上经常看到眼睛。”

杨医师：“看到眼睛？什么样的眼睛？”

他：“藏在脸谱里的眼睛。”

杨医师：“脸谱？你们家有很多的脸谱吗？”

他：“对的。我们家卖脸谱，就连我的房间里也挂了很多的脸谱，挂得到处都是，各种类型都有，而且不是那种小孩子戴的塑料玩具面具，是真的很贵的那种定制脸谱，专门给一些戏剧公司定做的。”

杨医师：“然后，你就在这些脸谱里看到了人的眼睛？”

他：“对。我真的看到了眼睛，真的。”

患者母亲：“这是他在胡说八道。杨医师，我这个儿子脑袋肯定是碰到了，坏了，才会说这种胡话。”

他：“真的！真的啊！你们才有毛病，不相信我，还把我绑在床上，还不让我出门！”

杨医师看向患者的母亲：“你们把他绑在床上，这是为什么？”

患者母亲：“我这个儿子老是想做傻事，他说想把那些脸谱全都烧了，而且还老说胡话，我们就把他绑了起来，找了人来给他作法。我们觉得他是中邪了。”

这样的父母偶尔会碰到。一些父母的思想比较传统，当他们的子女出现精神异常的时候，会认为是中邪了，有时候会采取一些民间的手段来处理，甚至是用一些非常极端的手段。

“这样……那我知道了。我再问问他。”杨医师又转向了患者，道，“具体说说你是什么时候看到的，看到了什么。”

他：“那是三个礼拜前。我晚上在睡觉的时候，突然听到房间里好像有什么动静，就被吵醒了。我的房间挂满了各种面具脸谱嘛，然后我就看到，其中的一个面具脸谱里，有一双人的眼睛在死死地盯着我看，我当时整个人都被吓蒙了，只知道赶紧钻进被窝，可等我再爬出来的时候，那双眼睛不见了。”

杨医师：“也就是说，那双脸谱里的眼睛盯着你看了一下，之后就没再出现？”

他：“对，同一天晚上是没有再出现，那时候我还以为我看错了。但是过了两天，脸谱里的眼睛又出现了。”

杨医师：“还是同一个脸谱？”

他：“不是，这次换了一个脸谱。但是和第一次出现眼睛的那个脸谱挨得很近。而且第二次，我是看得比较清楚的，那真的是一双活人的眼睛，我甚至还能看到外面灯光反射在那双眼睛里的光，真的把我吓得当场就傻了。我这个人心态不太好，一看到可怕的东西，人就僵直了，那次我看到脸谱里的人眼之后，半天没法动，过了很久我才稍微恢复了一些，想到去开灯，但是灯开的时候，脸谱里的眼睛又没了。”

杨医师：“那之后，每次都是出现一双眼睛吗？”

他：“不是，有时候是两双，但是次数不太多。这么些天过去，我差不多碰到十来次这样的情况了。”

杨医师：“那你为什么不把房间里的脸谱放到屋外去呢？”

他：“我爸妈不肯啊。他们非要说里面没有东西，是我想多了，不肯摘下来。而且我房间的那些脸谱也没处放，只能挂在墙上。以前我是很喜欢脸谱的，现在我已经被吓怕了。这几天，我已经用布把那些脸谱给遮起来了，这样才没有看见。但是我爸妈看不惯，他们非要把布摘下来，结果最近两天，我又看到人眼睛了。”

杨医师：“你家里的脸谱都挂在什么地方？都是墙上吗？”

他：“墙上是不够挂的，基本什么地方都有，比如说门上、窗户上，甚至是天花板上也有。”

杨医师：“那你看到的脸谱，都是在什么地方的？”

他：“门上的，都是在门上的。每次我看到有眼睛的脸谱，都是在门上的。”

杨医师：“能把你房间的照片给我看一下吗？我觉得你这种情况，可能和你房间的布置有关。”

他手机里正好有房间的照片，于是就拿出来给杨医师看。杨医师看了半天，眉头越蹙越紧，最后，他叹息道：“情况挺严重了，还是去做一下检查吧。”

他顿时急了起来：“杨医师，我真的没病，为什么要做检查。我真的没病啊。”

杨医师却看着他，说道：“我有说要你做检查了吗？我说要做检查的，是你爸妈。你最好让他们都去检查一下。”

杨医师的诊断结果让我大为震惊，当然，就连患者和他的家属也都震惊了。

但是之后的检查结果，却是出乎我的意料的，因为结果显示，他的父母有偏执型的精神分裂症倾向，同时，他们还有一定的强迫症。

当最后的真相来临，我的内心涌起了巨大的波澜。

原来，患者家里是那种比较老式的门，门的上半部是一个玻璃窗，人是可以站在外面向里看的。

而患者父母的房间里也挂满了脸谱，他们同样经常在夜晚看到脸谱里有眼睛，以为是儿子站在门外盯着他俩看，于是，出于对儿子的关心，他们经常走出房间，站到儿子房间的门外，向内查看儿子的睡眠状况，一直盯老半天，确定儿子睡熟了，他们才会安心。而有几次儿子听到动静半夜惊醒了，正好看到了脸谱里的眼睛，其实那是他们的眼睛。

也就是说，这一家子人，是在互相吓唬。

在患者的父母做了脑检测之后，谜题到此，似乎是解开了。

患者自身根本就没有精神病，真正有精神病的是他的父母，但是他的父母反而把他们的儿子当成有精神病。

这一次的看诊，可谓是一波三折。

但也因为这一次的经历，我从杨医师那里学到了很多。至少，我明白了，如果你不仔细过问每一个接触的疑似精神病患者的话，是不能轻易将他们当作精神病人来看待的。

甚至，有可能那些认为他有精神病的人，才是真的有精神病。

也是从杨医师那里，我学会了耐心和前来就诊的疑似精神病患者聊天，因为我明白，真正有病的人，也许是陪同他来医院的父母。

如果我们先形成了偏见，那么，这个人身上的精神病标签，也许就永远摘不掉了。

当然，本来这件事到此就结束了。

但是，在几年之后，当我回想那一次的经历时，却想到了另外一种可能：

也许他们家里真的还藏着另外的看不见的人，同时在门外偷偷窥探他们的房间呢？

三十二、五十种宇宙

《文子·自然》："往古来今谓之宙，四方上下谓之宇。"

对宇宙的认识和思考，不论是在人类演化阶段，还是在个人的成长阶段，都未曾停止过。但是不论如何思考，有一个认识是相同的，那就是，宇宙很大。大到超出很多人的想象。

大。

对于宇宙的"大"这一点，不论具备什么样的文化背景，是相信宗教还是科学，大家都能够达成共识。

东汉的天文学家张衡曾提出："宇之表无极，宙之端无穷。"

可是，真正让我认识到这个宇宙大到超乎想象的人，却是他。

在我和他的那一次见面后，我才真正意识到，宇宙原来可以大到这种程度，甚至……连我们对宇宙的定义，都是错误的。

他姓刘，是个科幻作家，更是一个科幻爱好者，我叫他刘先生。

我和他的见面，是因为我的老同学的引见。我那位老同学告诉我说，这位刘先生因为太过醉心于科幻，以至于都没有办法正常工作了，他的家人都很担心他，所以，让我去开导开导他。

就这样，我们碰了面。

碰面的地点在他家的阳台上，那里有一台天文望远镜，天气好的晚上，他就会在自家阳台上用望远镜看星空。

他开门见山地对我说："越是对宇宙了解，我就越感到绝望。"

我："为什么呢？"

他："因为我越来越觉得，自己对这个世界一无所知。就像你兴高采烈地解开了一道数学难题，结果老师却告诉你，你前面还有一千道这样的难题，而你考试的时间只剩下几分钟了，就是这种感觉。我们的人生太短暂了，一个人的一生就像考场上的那最后几分钟，想要解开一道题，时间太短太短。"

他一上来就跟我谈大道理，谈科学，谈宇宙，我忍不住笑道："既然你觉得人生短暂，为什么还要那么执着呢？不去做一些其他更有意义的事吗？"

他："其他更有意义的事？什么事？赚钱养家？结婚生子？这不过是一代又一代的重复而已。什么传宗接代，那都是低级的行为，都不过是命运的循环而已，原地踏步。只有知识储备和认知水平，才是能够不断增长和提高的。哪怕人类对这个世界的了解只增加了一点点，那也比结婚生子，十代都是无知的底层小人物更有意义，你懂吗？"

我不想跟他争辩，只是说道："那你认为什么才是认知水平的提高呢？"

他："这个就很难说了，毕竟每个人的看法多多少少都有不同。但是在我看来，所谓的认知水平的提高，就是人类觉得自己在自然界中越来越渺小的这么一个过程。"

我："觉得自己越来越渺小？"

他："是啊。你想想，古时候，部落时期的时候，人们是以家庭为中心来看待这个世界的，他们认为天上打雷，是雷神发怒，下暴雨是雨神发怒。希腊神话里不是各种家庭伦理吗？其实，这就是古人的一种将家庭观念推给宇宙的思维。后来，人类认知水平稍微提高了一点，于是古希腊的哲学家普罗泰戈拉说，人是万物的尺度。这个时候，人类的地位还是很高的。接着，基督教认为人是有灵魂，有理性的，动物是没有灵魂，没有理性的，人比动物高贵，人的地位还是很高的。古时候的人将世界分为月上世界和月下世界，月上世界是神仙的居所，是人类达不到的，但是月下世界是以人类为主宰，人类是最高的统治者，这时候，人类的地位还是很高。随着对自然界的了解，人类中心主义开始渐渐退下了。比如说，一开始，人类是世界的中心，慢慢变成了地球是宇宙的中心，后来，地球也不是宇宙的中心了，变成太阳才是宇宙的中心。再后来，太阳也不是宇宙中心了，太阳不过是宇宙中的一粒尘埃，人类什么都不是，可有可无。最后，甚至连多元宇宙的概念都出来了，就连我们的宇宙也不过是无数个宇宙中平淡无趣的一个罢了。你看，人类认知水平的提升过程，就是人类越来越渺小的这么一个过程。"

我仔仔细细地思考了他的话，然后点点头，说："我赞同你的话。因为宇宙这么大，所以你觉得自己很渺小，才感慨，是吗？"

他："不是。我的感慨，是因为我意识到，连宇宙都是那么的渺小，甚至，我们过去对宇宙的定义，都是完全错误的。”

我：“对宇宙的定义是错误的？”

他：“对。这是我现在认识到的最可怕，也是最绝望的事。我发现，这个世界越来越难以理解了。因为除了宇宙之外，还有很多其他的东西存在。”

我：“除了宇宙之外，还有其他东西存在？这是什么意思？宇宙不该包括一切吗？”

他：“不，这只是很肤浅的一种宇宙观念，而且，也是很落后的经典宇宙观念。但是，现在人类对宇宙的认知，需要一个巨大的变革了。”

我开始有些感兴趣了：“我有兴趣听听你的想法。”

他：“好，那我就说给你听。首先，你要承认，我们现代人和古人关于宇宙的世界观是很不一样的，对吧？古时候的中国人认为世界是天圆地方的，所以提出了盖天说、宣夜说、浑天说这一类主张。在他们的世界观里，天为炉盖，地为棋盘。而古代的巴比伦人则认为，天和地都是拱形的，大地被海洋环绕，中央则是一座高山。古埃及人，把宇宙想象成一个盒子，天是盒盖，地是盒底。古希腊人意识到了地球是球形的，欧多克斯觉得宇宙是同心球，亚里士多德甚至提出了多层水晶球说，他觉得，宇宙是一层一层的水晶球。佛教有三千大世界，道教有三十三天。之后还有托勒密的地心说，哥白尼的日心说等等，数也数不清。是吧？”

我：“对。”

他：“古人对这个宇宙有很多不同的认识，而现代人也有很多不同的认识。比如说，牛顿认为我们这个宇宙是静态的。量子力学认为我们的宇宙是无数个平行宇宙中的一个。膜理论认为我们的宇宙是无数层膜中的一张。相对论认为我们的宇宙是个超球体。暴涨宇宙学认为我们的宇宙是无限大的空间，我们能够看到的宇宙，只是一个更大的空间的一部分，不同的空间之间是割裂开来的，就像是棋盘一样。弦理论认为我们的宇宙是无数振动的弦。扭量理论认为，光才是宇宙的实质，空间是依附在光上的，把物质和空间颠倒了过来。泡沫宇宙理论认为我们的宇宙是一个个的泡泡。还有全息宇宙理论认为我们的宇宙只是一个二维平面。单极子宇宙理论认为无数个宇宙是互相嵌套着的，不同的宇宙通过磁单极子虫洞，相互连通成永无穷尽的套叠结构。圈量子引力认为宇宙是一张大网，宇宙开始的奇点是通向其他宇宙的通道……你看，关于宇宙的理论有这么多，太多太多了。不同的理论，就可以衍生出不同的宇宙的定义，所以，当你说宇宙的时候，你说的是哪一种宇宙呢？”

我：“你懂的真是多。很多东西都是术语性质的，我都听不太懂。”

他笑了：“有时间，我可以慢慢跟你解释。不过，要看你有没有兴趣。”

我：“我还真的挺感兴趣的，但是问题是，你刚才说的宇宙之外的东西，是什么？”

他：“这就是关键所在了。你想，现在关于宇宙的理论有这么多，不同的理论所衍生出来的宇宙，都是不一样的。对宇宙的定义，早就已经支离破碎了。所以，我认为，对于宇宙已经不能再用‘个’这个概念来定义了。我们不能说一个宇宙、两个宇宙，我们应该用‘类’这个概念。这样，才能把很多东西纳入宇宙的概念里去。”

我："比如哪些东西可以纳入宇宙的概念里呢？"

他："很多。比如，数学上的'域'，数学上的各种'空间'，还有'集合'，这些，都可以算作宇宙了。如果是这样的话，那么宇宙的定义就太丰富太丰富了。你知道，数学上有各种各样的空间吧？比如说黎曼空间，人们认为我们的宇宙是一个凸出来的曲面，像胖子一样很臃肿，光线在宇宙里不是直线，而是膨胀的曲线。还有罗巴切夫斯基空间，人们认为我们的宇宙是马鞍状的，和黎曼空间正好相反。闽科夫斯基认为，我们的宇宙是个四维时空，是三维的空间加上一维的时间。但是其实每一种空间，或者时空，甚至包括数学上的域、集合，其实都是一类宇宙。如果你这么去想，就会发现，宇宙的'类'已经多到了无穷……甚至是无穷无尽的地步了。"

我："……的确，想想都很可怕。"

他："但这可不是最可怕的。最可怕的在于，哪怕是同一个宇宙，不同的观察角度也会有不同的形态。比如说，地心说和日心说，其实都可以解释天体运行，只是日心说更简单罢了，但是如果强行要用地心说来解释，也不是不可能的，只是模型更复杂。除此之外，还有地平论，也就是认为我们的地球是平坦的，不是个球体，只不过我们人类的观察方式将它看成了球体，但是如果通过几何的变化，把球体变成平面，我们宇宙的物理法则还是可以通行的，只不过计算会很复杂。在地平论里，船只远去，船底会先渐渐消失的原因，不是因为被地球的球面遮挡了，而是船体下方开始缩小了，离我们越远的物体，其下部会缩小得越快。此外，还有地球包裹宇宙的理论，这种理论认为，我们地球在宇宙外面，宇宙在地球内部，这看起来很荒诞，但是如果把宇宙模型修改一下，我们现在的物理法则依然能够在那个新的模型里通用。此外，还有宇宙是个巨大的黑洞的理论，我们都活在黑洞里，这样的说法看似荒谬，却也有理论支持。”

我：“……实在是，太惊人了。你居然了解了这么多。”

他：“很吃惊是吧？我是个作家，看得多是正常的。现在，我正在构思一种从来没有人写过的流派，叫作‘世界流’。这个流派，就是构思各种不同的世界观和宇宙观。这个流派里，既有天圆地方、地心说的宇宙，也有各种不同数学家、物理学家构造出来的宇宙。这个项目我策划了很久，近期就要开始了。因为我知道，继续思考关于宇宙的事虽然很有意义，但是我的人生还是有限的，我只能把这些不同的宇宙写下来，启发后人，让后人去思考。”

我：“你说了这么多，其实，我反而弄不清楚，宇宙到底是什么了。宇宙到底是什么？数学上的域、空间、集合、点、面，还是我们生活的这个时空？”

他：“我觉得……都是，也都不是。宇宙的本质，其实是规则。至少对某些宇宙来说，任何一套规则，都可以算是一类宇宙。”

谈话的最后，我已经了解到，他其实已经不再像最初那么执着于对宇宙的思考了，他开始重新回到创作，这让我意识到，我其实并没有说服他什么，不过，既然他已经开始主动放弃思考宇宙的事，转向创作，那么我今天的任务也算是完成了。

几天之后，我收到了他寄给我的他那本关于无数宇宙的“世界流”神话体系小说的初稿，我有幸在出版之前拜读，看到内容之后，我万分震惊，彻底被他那丰富的思想给震慑了。在这初稿里，他已经罗列了五十种宇宙，而根据他的说法，他还将罗列更多，可能是几百种，可能是几千种，甚至，还要更多更多……

在稿子最后，他写下了第五十一种宇宙，叫作“终极多重宇宙”，他还做了标注：“51.终极多重宇宙，所有我上面提到的各类宇宙都存在的更大宇宙。”

老子曰：“有物混成，先天地生。寂兮寥兮，独立而不改，周行而不殆，可以为天地母。吾不知其名，字之曰道，强为之名曰大。”

因为他，如今，我脑海里旧有的宇宙观已经彻底粉碎。

我已经不知道该用哪个词来形容我生活的这个宇宙，或者说……生活的这个空间。

如果非要用一个名词的话，那就是老子说过的——大。

三十三、突现的世界

他一开口，就吓到了我。

他：“你想过吗？有些东西，其实就在你的身边，它们围绕着你，伴随着你，但是你可能从来都没有感觉到异常，而它们，也没有感觉到异常。你们就这样在一个世界里相处，每天在街上擦肩而过，但是谁都不知道对方其实跟自己完全不是一类东西。”

我：“你在讲鬼故事吗？”

他：“不是，我是在跟你讲事实。你可能觉得我在说疯话，但是，我跟你保证，我绝对没有。我很清楚，这个世界，其实不是大多数人想的那样。”

很多精神病患者都会说自己看到了一些异乎寻常的东西，比如说鬼怪，或者要追杀自己的人，甚至是其他更诡异的怪人，因此他说的这些东西，虽然一开始让我有些心慌，但是很快我就适应了。

我：“你的意思是，你看到了一些不同寻常的东西，是吗？”

他：“我不是这个意思。我的意思是，我看到了一些看似正常的东西，但是我知道，那些东西其实不正常。”

我：“什么样的东西呢？”

他：“各种东西，什么都有，包括人。”

我：“什么样的人让你感到这么不寻常？长着四只眼睛，三只耳朵？”

他：“不是，是没有来源的人。”

我：“没有来源？这是什么意思？”

他：“就是指没有起源的人。比如说，你知道你是自己爹妈生出来的吧？你也知道你的爸爸是你爷爷奶奶生下来的吧？但是有些人就不是。那些人，他们是没有起源的，就是突然来到这个世界上了。而且来的时候，样貌就已经是成年人，还穿着衣服，甚至已经有了在这个世界上生活的记忆。但是如果你跟踪他们，一路跟到他们家里，就会发现，他们其实根本就没有家，他们记忆里构想出来的那些东西都不存在。然后那个时候，他们就会出现记忆偏差。他们会觉得自己疯了，或者以为是这个世界出了问题。总之，他们会和这个世界格格不入。”

我：“你见过很多这样的人？”

他：“当然很多。比如说，你见过路边的乞丐吧？其实很多都是那样的人。很多乞丐，真的就是没有起源的人。还有一些精神病院和监狱里的人，都是那样的，他们被诊断出是失忆症，像是老年痴呆，还有什么苏萨什么症的？”

我：“苏萨克氏症候群？”

他：“对，就是这个病名。说有这种病的人大脑里的记忆只有二十四小时，二十四个小时后就没有记忆了。但是其实我觉得根本没有这个病，或者说得这个病的人没有那么多，很多人被诊断出是这个病，是因为他们根本不是正常人，而是无源人。”

我：“你是怎么知道的呢？”

他：“因为我亲眼看到过啊。我看到过无源人的出现。”

我：“哦？”

他：“是真的，看你表情是不是根本不相信我？我是认真的。那是一个暴雨天，我大晚上出门去买香烟，突然一个霹雳从天上落了下来，落在我家附近的一处工地上，当时我就看到被那道闪电打出来的坑里站着一个人。那个人没有打伞，而是迷迷糊糊地做着奇怪的动作，就好像小孩子刚学会走路似的，走路姿势非常奇怪，摇摇晃晃，像喝醉了酒一样，但是走了几步之后，他就适应了，开始能像正常人一样走路了。”

我：“说不定他只是个路过的喝醉酒的人呢？”

他：“可是我当时就在工地附近，闪电落下前，那里的确是一个人都没有的，等那闪电落下之后，那个人就出现了！而且，之后的几天，我也看到那个人在附近晃晃悠悠的，根本找不到他自己的家！过了几天，我们小区里有人报警，他被带去了收容所。”

我：“这只是个个例吧，而且我觉得他得了失忆症的解释都比你说的无源人要靠谱多了。”

他：“你还是不相信我？如果真的只是失忆症，难道我会不知道吗？我特地接触过一些乞丐，他们都告诉了我一些让人觉得诡异的事。他们中的一些人说，他们根本不记得自己是从哪里来的，他们的记忆里有一个家，但是真的去了记忆中的那个家后，却没有人认识他们，发现跟现实中的家完全不一样。而且，我还看到过两次一样的景象。一次是在电视直播节目里，我看到一次闪电之后，一个本来不该存在的人，突然从巷子里走了出来。还有一次是我很小的时候，一道闪电落在了我外婆家的后山上，结果那里就走下来一个人，走路姿势也是摇摇晃晃的，跟小孩子刚学会走路似的，非常奇怪。这些人，都是一个来源，都是无源人！”

我：“那你之前说，除了人之外，还有其他的东西？”

他：“对啊，人只是很少的例子，更多的例子是一些你前一秒还不记得的东西，下一秒突然出现在了那里。你有没有这样的经历？在家里发现了一些你根本没有印象的东西，比如平白无故出现的纽扣，平白无故出现的硬币，或者纸票之类的东西？你根本不记得你什么时候买过它们，可是它们就是在那里。”

我不禁皱起了眉头，因为我想起来的确有时候会碰到这种情况。但是，这可能是别人到你家里做客时留下的，或者你买的一些商品包装里附带的物品掉了出来而你没有发现，这些情况很容易就可以解释。

我：“就算碰到过，也是正常的情况，不是吗？”

他：“不，有的是正常的情况，但有的不是，因为有些东西本来就是可以凭空出现的。”

我：“怎么可能呢？”

他：“比如说我们的宇宙，难道不是凭空出现的吗？”

我一下子愣住了。

他：“我们的宇宙一开始的时候什么都没有，但是突然间它就出现了，这不就是无中生有吗？人脑的思维总是会建立因果关系，认为任何事物都会有一个最终的因。当有人说宇宙是上帝创造的时候，孩子总是会问，上帝是谁创造的。孩子问父母动物是怎么来的时候，父母会告诉孩子，动物是从单细胞生物进化来的。每个人的大脑思考这个世界的方式，都是“因果式”的。但是因果这个东西，只是这个世界的一部分啊，有些东西根本不是因果的，所以人就没法思考了。但是那样的话，人就认识不到这个真实的世界了，你知道吗？”

我：“除了因果之外，还有什么东西？”

他：“很多啊，比如‘随机’，还有‘突现’！这些都是因果之外的东西。人们没法理解一些随机的东西，比如说著名的巴甫洛夫的狗，每次巴甫洛夫给狗喂吃的东西之前，都会摇一下铃铛，这样次数多了，狗听到铃铛，以为有东西吃，就会跑过来。狗已经在铃铛声和喂食之间建立了因果关系。但是如果有一天你只是随便摇了一下铃铛，而没有给狗吃的东西，它就会开始迷惑了。这就是因果不靠谱的地方，因果没有办法处理随机性，更没有办法对付‘突现’这个概念。因为我们的宇宙也是突现的，突现就是0突然变成了1，从绝对的无突然变成了有。这个过程没有办法用因果来解释，它没有因，也不存在什么因。而除了宇宙之外，这个世界上很多事物也都是‘突现’出来的。可能是你路上看到的一只狗，或者是一个路人，或者是一块石头，它们都是突然出现的，而不是花费了数百万年的时间演化而来的。”

我：“可是，那些‘突现’的东西，你该怎么辨别呢？”

他：“这个就得看你的眼力了。突现的一些东西，有时候会和它周围的环境格格不入。比如说，你走在冬天的街道上，看到一个穿短衫的人。或者在大冬天里，你看到了一只春天才有的燕子。或者在大雨天里，你看到一个不打伞，站在雨里不知道在干什么的人。这些东西都很反常，就看你的眼力了。”

我：“可是如果有些人是突现的，怎么会有记忆呢？”

他：“记忆说到底是大脑的结构啊，比如神经元的连接方式。如果突现的人的大脑结构在他突现的时候就已经造好了，那么自然会有原本不属于他们的记忆了，那些记忆肯定和这个世界格格不入。你听说过玻尔兹曼大脑吧？这也算是一个例子，量子涨落可以随机地在宇宙中出现一个大脑。虽然这和我说的突现不太一样，因为量子涨落毕竟不是真正的虚无，还是有能量存在的，所以不能算是完美的突现，但是你大概可以理解我的意思。突现，你的记忆可以不是你真正经历的。你真的以为你活了几十年吗？其实你在这个世界上只存在了一秒，你是刚刚在这个世界上突现出来的，你那自以为正确的记忆，都是恰好因为顺从了因果才组合出来的。有可能，你现在所拥有的都是虚假的。你知道吗？”

我：“所以，你认为过去不存在？”

他：“不，我的意思是，过去可能不存在，也可能存在。但是对于一些人来说，是不存在的。”

在他的世界观里，因果仅仅只是这个世界的一部分，这个世界还存在着因果之外的很多面，其中一面，就是突现。他眼里的世界，跟其他人是完全不同的，对于其他人来说，这个世界上的一切都有一个因，但是在他眼里，可以没有因，一切都可以是突然出现的，突然存在于那里，而你，不能继续追问为什么。因为在突现的世界里，没有“为什么”这个问法。

在对他进行检测时，我发现他的大脑存在一定程度的白质病变，这可能会造成他一定程度的记忆力下降，但问题是，这种病变到底是让他丧失了正常人的记忆能力，还是打开了他大脑的因果观察限制器，让他认识到了另外一个更真实，但是无用的世界呢？

从1到2，从2到3，从3到4，这是我们这个有序的因果世界，是科学的世界。

从1到101，从101到28，从28到46873，这是一个无序的随机世界，是魔法的世界。

而从0到1，却是超出了我们理解范畴的世界。

那是怎样的世界？我们无法想象，真正的空间是什么？我们也不知道。

因为，那也许是造物主的领域。

三十四、真理的层次

他：“我可以肯定，我接下来告诉你的一切，都将是最颠覆你的世界观的思想。但是你不要不把这些东西当真，因为它们就是事实。听完了我告诉你的这些事实之后，你对这个世界的认识会完全不同，你以前认为的世界，在你的眼里会变成另外一番景象。”

我：“呵呵，我这个人最感兴趣的呢，就是听别人说一些能够让我三观颠覆的话，如果你真的能够颠覆我的三观，我高兴还来不及。你不妨说说看。”

他：“我最感兴趣的事，就是把那些自认为自己的世界观牢不可破的人的世界观给彻底粉碎。这样吧，我给你讲两个故事，你看看这两个故事的共同点是什么。”

我：“好，你说。”

他：“第一个故事是我的儿子去春游的时候碰到的事。他们是乘坐学校的校车去旅游的，在路上，他们的校车遇到了另一辆返回来的校车，那辆校车里也有很多的小学生，他们高兴地把脑袋和手伸出窗外，而我儿子所在的校车里的孩子们，也高兴地把手伸出窗外，向对面挥舞，想跟对面车里的孩子的手相握。但是可惜的是，孩子的手太短，两辆车擦身而过的时候，车上的孩子差一点碰到对方的指尖，但是最后都没有碰到。这就是第一个故事。”

我：“嗯……就这么没了？”

他：“接着是第二个故事。有一次，我去算卦，算命先生拿出了一个八卦盘，看起来像一个飞镖靶子，一层一层的同心圆结构。他问了我的生辰八字，接着转动他的八卦盘。他先转动里面的几层，然后再转动外面的几层，就这样测出了我的祸福吉凶。但是我告诉他，我说错了生辰八字，于是他又重新转了一下八卦盘，又测出了另外一个完全不同的结果。这，是我要说的第二个故事。好了，我的两个故事已经说完了，听了我的这两个故事，你有没有发现什么共同点？”

我仔细地想了想他的这两个故事，隐隐约约觉得好像有什么共同之处，但是又觉得不对，于是我摇了摇头：“好像有点感觉，但是说不出，没觉得太异常。但是我觉得，你应该是在暗示什么。”

他：“好吧，那我再说第三个案例吧。你看过土星的图片吗？”

我：“土星？有光环的那个行星吧，我知道。”

他：“对，土星的光环看起来很美。但是如果你用天文望远镜近距离观察土星的光环，就会发现土星的光环其实是一层一层的，并不是像光环那样完整的一圈。像是塑胶跑道，光环的岩石和冰块代表的是跑道上白色的线，这些东西能够反光，所以能够被人类看到，但是漆黑的真空代表的是跑道上的红色的区域，人类能看到的只是一片黑暗。所以你去看土星的光环，就是一圈一圈，像是无数个同心圆叠起来的一样。”

我：“你这么说我就明白了，你似乎是在暗示某种层次结构，是吗？第一个故事里，你说孩子们的手擦肩而过，就像是八卦盘里的大盘和小盘，虽然看似是叠套在一起的，但还是可以转动的，它们不是完全接触的？”

他：“你想明白了，看来你的理解能力还算可以。对，我在这里强调的，就是一种层次结构。”

我：“层次结构……你想用这种层次结构暗示什么呢？”

他：“暗示我们这个世界。”

我：“我们这个世界？这怎么说？”

他：“暗示着我们这个世界，其实不存在一个普遍意义上的真理。以前，科学家们热衷于给我们这个世界找一个普遍的真理，他们觉得可以找到一个能够解释这个世界上一切现象的理论，将世界上所有的现象都囊括进去。比如说，早期，牛顿定律就能够解释这个世界上的大部分现象，那个时候，牛顿几乎被尊崇为神一般的存在。接着，著名的相对论、量子力学等理论就相继出现了。但是在研究相对论和量子力学的时候，物理学家们却发现了一个问题，那就是，量子力学适用于微观世界，却没法运用到宏观世界。而相对论适用于宏观世界，但是到了微观世界就很难行得通。不计其数的理论物理学家们前赴后继，试图将两个理论统一起来，但是基本都失败了。”

我：“这些我倒是略知一二，大学的课堂上听老师说过。所以你的想法是？”

他：“按照我的想法，要把理论融合是根本不可能的，因为我们这个世界本来就没有一个统一的理论。在空间的不同层次，或者说不同尺度上，会有完全不同的理论进行主宰。”

我：“这个想法很有意思，不同空间尺度上的物理理论不同？”

他：“对，就像是八卦罗盘，一层贴着一层，分成了十八层的结构，每一层都有各自主导的法则。不同的物理法则看似构成了我们这个完美无缺的世界，但是其实在每一层理论的交界处，都有着边缘地带，那个地带，是一片真空。也就是说，两个理论根本就没有共通点。我们这个世界，看起来好像是一个完美光滑的整体，但是其实是非常松散的，是各种不同空间尺度上的理论东拼西凑起来的，中间哪一层理论出点小问题，我们这个世界的大厦就有可能轰然崩塌。”

我：“可是这样不就乱套了吗？如果这个世界在不同层次是不统一的，那么我们是怎么观察到不同的现象在一个世界里发生的呢？”

他：“那就是模糊着凑合了。就像是几何里的科赫雪花。你知道科赫雪花吗？你可以去了解一下，那是一种自相似的图形，这个图形的每一条边，看起来都是锯齿状的，但是如果你远远地看，就会发现锯齿状的边缘，变得平滑了。不同层次的理论虽然不统一，但是有时候，你稍微模糊一下，还是会相似的，就像牛顿定律和相对论，不完全一样吧，但是在低速的情况下还是相似的，就是这么一个道理。”

我：“那么，按照你的逻辑……是不是我们人类的大脑，有某种把不同理论的现象捕捉，然后统一起来的能力呢？”

他：“当然是没有的。你的脑海里怎么还是有‘统一’的观念？为什么你一定要寻求统一呢？人类的思维本能就是寻求统一，觉得统一才是好的，但是其实宇宙根本不追求统一啊。宇宙追求的是平衡，平衡就足够了，干吗要什么统一？把统一的观念放弃吧，复杂但又平衡，这才是宇宙的美，这才是宇宙的极致。统一的世界，是不可能的，那只是你那低级的猿人大脑为了方便你节省能量消耗而设置的陷阱而已。层展理论，才是我们以后要追求的。”

有人说，他是个“民科”（即民间科学家），也有人说，他是个反智主义者，或者，是个反科学主义者，因为他反对现在的很多科学理论。但是真的和他接触之后，我发现，至少他不像是一个反科学的人，不论他的理论是否真实地反映了这个世界，他对真理还是有着狂热的追求的。

后来，我有空时看了一些关于宇宙与物理的书，在村山齐教授写的《隐匿的宇宙》里，我看到了一句话，让我很有共鸣，回想起了那一次和这位层展理论者的对话，不禁感慨颇深。

“存在就是存在，生气也没用。”

三十五、痛苦的尽头

他一脸轻蔑，仿佛将整个世界都看透了一般，不管看什么人，他的嘴角都是微微向上拉扯的，好像不屑一顾似的。

如果你知道他曾经将他的儿子囚禁在地下室里，油盐不予，你或许就能明白在他那轻蔑的表情下，藏着一颗多么恶毒的心。他，绝对是我见过的最残忍的患者之一。

我：“你为什么做出那种事来？难道你不知道他是你儿子吗？”

他：“知道又怎么了？如果我能够抓其他人来做实验，我也不会拿我自己的儿子做实验。”

我：“做实验？你做什么实验？”

他笑得狰狞：“人性的实验啊。本来我想试试看的，但是做到一半就被举报了，没办法，报废了。”

我：“人性实验，你想做什么实验？你对你儿子下得了手吗？”

他："做都做了，还能怎么样？我只是想看看，人在极端的环境下，会有什么样的表现。"

我："极端情况下的表现？"

他笑着说："是啊。你知道吗？其实，你对人性根本一无所知，或者说，全世界几乎所有人都对人性一无所知。在对人性的了解上，大多数人都没有我透彻。"

我："怎么说？"

他："举个例子。假如，我是个杀人犯，我绑架了你，然后把你和被我绑架的其他人一起关在一个囚室里，我不知道什么时候就会杀了你们，这个时候，你的心理状况会是怎么样的？"

我真的很感叹我居然能够跟这种心理变态在一起正常交流，但是出于职业本能，我还是继续道："如果真的有这样的杀人犯……我当然是恐惧。"

他："恐惧？哈哈，那可远远不够。所以我说，你对人性的了解实在是太肤浅了。"

我："那你觉得你深刻的地方在哪里？"

他："人在真正的极端环境下的心理变化，可完全不单单是恐惧那么简单，那时的心理状况可是要复杂太多太多。其实，人从进入极端环境到解脱，会经历六个心理阶段。我就拿被从奥斯威辛集中营里解救出来的心理学家维克多·弗兰克尔来举例子吧。

"当年弗兰克尔被抓到奥斯威辛集中营，在那里，他目睹了人性最真实的一面。一开始，被带到奥斯威辛集中营时，所有受难者的情绪的确是震惊，以及十二万分的惊恐，甚至在被带去的半路上就已经有恐怖的征兆。这就是第一阶段，也是你刚才说的那种心态。

“但是之后就是第二阶段了，也就是心理学上的‘缓刑错觉’阶段。在这个阶段，受难者们会产生一种侥幸心理，他们会幻想自己在最后获得缓刑，而不会死亡，他们觉得自己会逢凶化吉、消灾解厄。在这个时候，他们会特别相信救世主，相信有某种超自然的力量或者巧合来拯救他们。但是，随着奥斯威辛集中营的人一个接一个死去，这种侥幸心理就会被慢慢地打破。

“然后，他们就会进入第三个心理阶段，也就是一种冷酷的阶段。在这个阶段，他们会产生一种莫名的冷酷的幽默感，通过这种冷酷的幽默感，来缓解在极端恐惧下的恐慌心理。比如说，当集中营的人拿莲蓬头朝着受难者喷水的时候，受难者们反而会努力地寻开心，努力开自已和彼此的玩笑，制造幽默感。在这个阶段，人的自我会开始解体，就好像灵魂出窍一样，人会从一个旁观者的角度来看自已，把自已当成一件玩具，当成一个傀儡，而不再是原来那个肉体和灵魂浑然一体的状态了，就好像他们的灵魂在一个遥远的后台看着他们的肉体被折磨玩弄一般。

“而后，在渐渐习惯了极端环境之后，人就进入了第四个阶段，也就是智力退化阶段。在这个阶段，人的行为会变得像小孩子，甚至连捉虱子都会觉得有趣，他们会开始苦中作乐，但是其实这反映的是他们对什么都兴致缺缺，已经开始自我刺激了。

“之后，人就进入到第五阶段，也就是冷漠的阶段。在这个时候，他们的现实感变得麻木了，人也变得迟钝，就像是牵线木偶或者蚂蚁一样，渐渐失去自我意识，只在本能的支配下行动，他们会用麻木和冷漠作为外衣来保护自已。这时候的人们，早已经不是人类了，他们更像是僵尸，只知道吃喝拉撒，完全靠本能生存。

“一直到了有一天，突然被释放的时候，他们就会进入第六个心理阶段，你觉得，突然被宣布释放的人，是什么样的心态呢？”

我：“是不是欣喜若狂？”

他：“那你可就太天真了。长期生活在极端恐惧下，人早就已经丧失了感受快乐的能力，重获新生的他们会有一种不真实感，觉得这一切不是真的，他们甚至已经不知道什么叫快乐，需要重新学习很久，才能够恢复，这就是所谓的人格解体。而就算过去很多年，他们也会被噩梦缠身，无法正常生活，甚至他们之中一些人会出现极端心理，变成心理变态，把自己遭受的那些痛苦转移到别人身上，通过刺激别人制造出痛苦，这样才能找到自己的存在感。还有一些人，则会得抑郁症。这才是真正的人性，现在，你明白了吗？如果你只知道恐惧，那么，你对人性根本就一无所知。”

惊恐、侥幸、幽默、幼稚、冷漠、不真实感，他诉说了人在极端环境下生存之后的六个不同的阶段。就算是学过精神病心理的我，在这一刻也是惊叹的。有些心理状态我是有过系统学习的，比如说暂缓性迷惑，这是通过幻想来让自己在极端恐惧下产生侥幸心理从而进行自我保护的心理机制，但是，对于其他的阶段，我还没有他了解得清楚。

不得不说，在对人性心理的把握上，他真的做到了解剖的极致。

但是，这种理解是以他儿子作为对象来进行的。这一点，无论如何，都让人感到愤怒和不耻。

可是问题在于，他对自己儿子的实验并没有成功，他又是如何清晰地了解人的其他阶段的心理状况的呢？难道，仅仅只是看书和阅读吗？

这一点，让我深深地迷惑。

两个礼拜后，当警察搜查他家附近的一处无人居住的公寓时，在地下仓库里发现了十二具身份不明的尸体。

在仓库内，警察发现了大量他的指纹和毛发。

对于这个故事，我除了唏嘘，更多的则是恐惧。

因为，我曾经和一个杀人魔共处一室。

最后，我只想以心理学家维克多·弗兰克尔在《活出生命的意义》里的一句话作为收尾：

“一个‘人’并非许多事物中的一件事物，‘事物’是互相牵连决定的，而‘人’最终是自我决定的。在天赋资质与环境的限制之下，他要成为什么，他就成为什么。人在他自身内有两种可能性，去实现哪一种是由他自己所抉择，而非视情境所定。”

三十六、翻转的皮肤

有一段时间，院里的金医师因为身体不适，没有到院里来，因此，我代他的班几天，那段时间里我会定时去照看一些原本由他负责的病人，了解病人的情况。

在院里，有一个独立的病房，那里住着一个年轻的小伙，他是个大学生，但是因为一些精神状况，他做了司法精神病鉴定之后，进了精神病院。如今他在院里已经接受了两年多的系统治疗，状态已经相对稳定了一些。

在医院期间，他还做出过一些让人瞠目结舌的事，比如说，在墙壁上涂抹粪便，脱光了衣服在廊道里裸奔，或者用剃须刀自残，当然在最后，他的这些行为都及时被人发现并且制止了。

我："这段时间感觉怎么样？"

他笑嘻嘻地看着我，眼珠子乱转，道："嘿嘿，好些了。"

然后他的表情又突然变得非常严肃，他低下头，开始玩弄自己的指甲，然后从指甲缝里挖出污垢，特地用舌头舔了舔，露出了小孩子吃到了中药一样的痛苦表情。

看起来他的精神状况的确还算可以，虽然他的行为还是不太正常，但是比起一些其他病人，已经算好了。

我："药已经配好了，别忘了按时吃药。"

他的表情突然变得古怪起来："知道了，医生。医生，最近我老做梦。"

我本来就要离开他的房间了，听他这么一说，我又收住了脚步："做什么梦？"

他："噩梦，我老是做噩梦。睡不好。"

我："什么样的噩梦？"

他："我梦见自己变成了一只变形虫。"

我："变形虫？"

他点点头，睁大了眼睛看着我："对的，变形虫，也叫阿米巴虫，看起来像排泄物一样的那种虫子，软软的，黏糊糊的。我老是梦见自己变成了变形虫。"

我："经常做一样的梦吗？"

他："每天都做，不管是晚上睡觉，还是睡午觉，我都梦见自己变成了变形虫。然后……"

我："然后怎么了？"

他："然后我梦见自己的皮肤翻过来了。"

我："皮肤翻过来了？"

他："对的对的，就是皮肤翻过来了。里面的皮肤到了外面来，外面的皮肤到了里面去。"

我："所有皮肤都是吗？"

他的神情变得慌乱了起来："对的，对的，就是整个人的皮肤都翻转过来了。外层的那些毛发啊、毛孔啊，通通都给翻到里面那一层去了，扎在我里面的骨头上。然后，我里面的那些血管啊、脂肪层啊、皮下组织啊，通通都到外面来了，我还能够看到血管像蜘蛛网似的盖在我的身上，然后，我的肚子还会喷血……"

他的手按在腹部略微偏左的位置："就是个地方，开了个一根手指长度的口子，鲜血一阵一阵地喷出来，每次都喷出差不多半米呢……"

我按在了他的肚子上："这个位置？"

他连连点头，惊恐地瞪大了眼睛："对的，对的，血一直喷……一直喷个不停……太吓人了，我身上都是血，衣服上也都是血，我的皮肉都到外面来了……我照车镜子，看到里面站着一个红色的人，那个人的器官都在外面，五脏六腑都在皮肤外面，那个人就是我……但是他根本就不像我……"

我："你肚子最近痛吗？"

他："我不痛……一点也不痛，是梦里痛，现实里不痛……但是我怕……我怕我的皮肤真的会翻过来……每天我睡在床上都觉得痒，感觉像是我的汗毛翻到了里面，在扎我的身体……我觉得我的器官好像都翻到了外面，我的心脏挂在皮肤外面，只靠血管跟神经连接着，它扑通扑通地在跳，我怕我稍微动一下，我的心脏就会掉下来。还有我的胃也挂在外面，我的肺，我的胰脏，全都在身体外面了，像是鼓包一样鼓在那里。我想把器官从皮肤缝隙里塞回去，但是我一碰心脏，心脏就开始狂跳，我就痛得不行。我想把胃塞回去，但是一抓我的胃，就有白色的胃液流出来……"

我："那你醒来后，身体有没有感觉到什么不适？比如，哪里酸痛？”

他摇了摇头：“醒来之后就不痛了……只有在做梦的时候才能够感觉到那种痛。”

我：“这种情况持续多久了？”

他：“很多天了……我记不清了……反正很多很多天了……”

我：“在梦中，你能很清楚地看到自己的模样吗？甚至看到自己的脸？”

他：“是啊。因为梦里有镜子，就是那种车的后视镜，所以我能够看到自己的脸。那已经不是人的脸了，我脸上的皮肉已经全部都翻转过来了，脸上疙疙瘩瘩的，神经和血管一跳一跳，滴着鲜血，就像是一只红色的章鱼……哎呀医生，你别问了，想办法给我弄点安眠药吧，反正我只想睡个好觉，怎么样都行。”

我：“这可不行，我怎么能随便给你弄药呢？”

像安眠药这种药医院里自然是不可能随便配给精神病患者的，尤其像他这种有过自残行为的人，更不可能随便给他药。我必须先了解清楚，他是真的出了问题，还是只是在想办法弄药来自杀。

他痛苦地抱住了头：“可是我真的受不了了……我真的受不了啊……每天都做梦……每天每夜都做噩梦……早知道我就不来这个地方了……太难受了……我想出去啊……我宁可去监狱也不想在这里……”

看到他万分痛苦的模样，我还是把他的情况反馈给了他的父母。第二天，他的父母来院里看望了他，之后他的状况稍稍好转了一些，但是，远远谈不上康复。

之后，因为金医师回到了医院，我基本没有再见过他。

后来当我更深入地了解了他的履历后，我的内心，却涌起了巨大的波澜。

他是两年半前来到这里的。住进医院的原因，是被司法精神病鉴定出有精神分裂症。但是，这只是表面上的说辞而已。

在两年半前，他曾开车撞死过一个女大学生，女大学生当场身亡，而他当时又惊又恐，想要肇事逃逸，却没能成功。有消息称，那个女大学生是他追求的对象，只不过，对方拒绝了他。他一怒之下，把她给撞死了。而在那之后不久，他就经过司法鉴定证明自己有精神分裂症，后住进了医院，当时，是金医师给他办的住院手续。他的父母是某个大型集团的高层，据说，他们在地方上手眼通天。

当然，这些都只是小道消息，到底是真是假，谁也不知道。

当然，有一件事我是知道的，那就是我经常看到金医师出入他的单人房间，每次进去，都会带着一叠精神病鉴定的测试题，并且聊很久，而每次金医师离开他的房间之后，第二天，他就会做出一些极端行为，仿佛在拼命证明自己是精神病人，以免被人看穿。

有一次，我终于鼓起勇气向金医师聊起了他的事，我特地趁着没人时，小声问道："我说，金医师，住在那个房间的那个小伙子……他真的有病吗？"

那时候，金医师只是推了推眼镜，嘴角挂着一丝让人捉摸不透的笑意。

他什么都没有说，而我，恐怕永远不会知道真相。

那个男生，在梦中的后视镜里看到的翻转了皮肤的人，究竟是他自己，还是那个死于车祸的可怜女孩？

不论如何，有一点我很清楚，这也是我这些年积累下来的经验：

真实世界里的人，有时候，比疯子更恐怖。

三十七、绝望先生（大结局）

在我们这个行业做得久了，最可怕的一件事，就是你有可能在不知不觉中被精神病患者给同化。有时候，你会分不清自己到底是精神病人，还是精神病医生。又或者，你是精神病人假冒的精神病医生，还是得了精神病的精神病医生。

那么，对我来说，我到底是一个医生，还是一个病人呢？

那天早上，我在精神病院的病房里醒来，进入我房间的是“都教授”，他面带微笑，手里拿着一个削好了的水果和一把水果刀。

“都教授”微笑着看着我：“怎么样，精神状况好些了吗？”

我：“早就好了。其实我早就可以出院了，根本不用待在这里。”

“都教授”：“可是一个疗程有三个月，不到三个月你是出不去的。而且，还必须保证，你在这三个月内没有出现什么异常的状况。”

我：“唉，所以说，没办法啊。我现在都不知道自己到底该怎么办才好。住进这里，只是个开始……我不知道我出去之后该怎么过日子。”

“都教授”在我身旁坐了下来，他笑着道：“其实，你也挺喜欢这个地方的吧？”

我：“我怎么喜欢这个地方了？这个地方没几个正常人……虽然有些人的想法很有意思，但是更多的时候，我还是想跟普通人接触。”

“都教授”：“那可不一定，至少在我看来，比起普通人，你更愿意接触的还是这里的人。不然，你也不会把自己幻想成医生，然后闷在这里写你的那部精神病人访谈录。”

我皱起眉，诧异地看着“都教授”：“你说什么？我把自己幻想成医生？你在开玩笑吧？”

“都教授”反而疑惑地看着我，然后他叹了口气，道：“看来，你还没有从你是精神病医生的幻想里走出来啊。”

我盯着“都教授”看了半天，然后半开玩笑地道：“你开什么玩笑？我本来就是精神病医生，什么时候成幻想了？我的精神病人访谈录，都是根据我这些年的从业经验写出来的，这些都是证据。”

“都教授”：“看来你也变得跟其他妄想症患者一样了。你还没有从你是医生的妄想里走出来吗？你的那本书我也看过，那些东西，都是你根据自己的妄想编造出来的。”

我：“你今天的玩笑怎么开得这么认真？很多案例都是你跟我共同经历的，我可是都写出来了，你还说是我编造的。”

“都教授”认真地看着我，然后说道：“难道你真的不记得了吗？不信，你可以举几个例子。”

我：“举例子？就说那个想当丁克族的病人，那个你知道吧？当初你不是跟他谈过话吗？他觉得别人都是自私的恶魔，想把别人都给物化？”

“都教授”笑了：“我不记得我有跟他谈过话。我记得的是，你是在看了道金斯的《自私的基因》之后写了他的访谈录。你一直说是我开导了他，可是，我却从来没有这方面的记忆。我觉得，你是把理查德·道金斯作为这个病人的原型，写进了你的书里。”

我：“开什么玩笑？难道我的记忆还会出问题不成？那……那个觉得世界是外套的病人呢？那个人你也知道的吧？我跟你谈起过。”

“都教授”：“我也看了。我觉得，你是把海德格尔作为了他的原型。”

我：“那……那个觉得存在即永生的人呢？”

“都教授”：“他的原型，我觉得是罗素。你编造这个病人的原因，是因为罗素认为这个世界是三分钟之前诞生的。”

我：“这怎么可能？那个崇尚理性的人呢？流动的生命呢？那个提出世界阶梯和随附性的人呢？”

“都教授”：“我觉得那些人的原型是哲学家苏格拉底、化学家舍恩海默，还有哲学家戴维森。”

我不信邪：“那……那个想要逼出本我的人呢？”

“都教授”：“我觉得像是弗洛伊德。”

我开始有些不受控制了：“那么觉得死亡是遗忘的人呢？”

“都教授”：“我觉得那是《生命的清单》的作者大卫·伊格曼。”

我：“太搞笑了。那个觉得本质不存在的人呢？”

“我觉得是信息哲学的代表人物——弗洛里迪。”顿了顿，“都教授”又说，“总而言之，我认为，你把历史上一些伟大的天才当成了精神病，而把你自己当成了精神病医生，给他们进行诊断。你的病情非常严重，因为沉醉于各种思想，你甚至已经分不清自己到底是谁。谁才是医生，谁才是患者。”

我感觉自己几乎头痛欲裂，我知道，到了这个地步，想要证明我的身份，只能找别人了：“那就去问问金医师啊，问问刘医师，或者是护理员小陈，保安老郑，他们都可以证明我在这里工作过。”

“都教授”笑道：“这里是封闭式管理，为了安全考虑，是不能随便出入的。我现在是你的监护人。你的状况很严重，最好不要随便出入。”

说着，“都教授”拉了拉他的衣服，这时，我看到他穿着的是医师的工作服。

我彻底蒙了。我的记忆开始变得模糊起来。

这一切到底是怎么回事？

到底“都教授”说的是真的，还是他有精神病，他在胡说八道，欺骗我。

又或者……这一切，仅仅只是一个玩笑？

我感觉到大脑一片混沌，甚至根本分不清方向。

我开始歇斯底里起来：“让我出去，我要从这里出去！”

“都教授”笑道：“门都用铁链锁着呢，你还是安静点吧。不然他们会来给你打强制镇静剂的。”

我：“别开玩笑了，如果我不是精神病医生，我会知道这么多的细节吗？我会知道各种关于精神病医生的医学常识？”

“都教授”从床下找出了一摞厚厚的精神病学书籍摆在了我的

面前，笑道："为了写你的著作，你之前的确了解了不少这方面的东西啊。"

我感到头痛欲裂，但是，有一件事我还是记得很清楚的，那就是我很明白我到底是怎么进这个房间来的。

差不多是两周前的事了。

我会来到这个房间，是因为那个"绝望先生"。

据说，每个医院都有一个"镇院之宝"，他住在重症病房，病情最为严重，他有可能有着如邪教教主般极其疯狂的思想，也可能有着无法自我控制而导致情绪暴走并伤人的倾向。总而言之，这样的患者，通常都非常危险。

而这位绝望先生，就是这么一个人。

在我遇到过的患者里，他属于最最危险的那一类。

他经常说他是个犯罪天才，他最喜欢做的事就是把玩人心，策划各种犯罪方案，把人心当成玩具玩弄。甚至有一次他还装模作样地威胁其他医师，他那如同将天下事都握在手里的惟妙惟肖的犯罪头目的表情和动作，真的吓到了不少人。

他把自己称为"绝望先生"，而在医院里，唯一能够跟他平分秋色谈得上话的，就只有"都教授"。

在我的记忆里，那天我才刚见到绝望先生，他就开始诡异地笑了起来："上次见面时，我把你吓得不轻吧？不好意思啊，我没想到你是这么没用的人，三两句话就给吓成那样，哈哈哈。"

我："你不用说了，我一句话都不会相信你的。"

绝望先生笑了起来："你知道让一个人放松警惕最好的办法是什么吗？"

我："……"

绝望先生："就是让一个人先被告知自己已经深陷危机，之后，却发现对方只是个疯子，在吓唬自己。在那之后，他的心理防线会变得放松。这个时候，如果再对他的家人下手的话，反而更有机会哦。这就是狼来了的故事。"

我笑道："你继续说吧，我一句话都不会信你的。"

绝望先生："人在真正开始提防和害怕一个对象的时候，反而会挑衅对方，你懂吗？你说这句话，其实已经说明，你的潜意识开始重视我了。"

我斜眼看着他："那又怎么样？"

绝望先生："没什么。想要我教你几招玩弄人心的技巧吗？如果你学会了，什么样的女人都会对你死心塌地，牢牢地跟随你。我用我自己的方法，曾经让不少的女人都对我心甘情愿，甚至哭着让我跟她们上床，你信吗？"

我："……"

绝望先生："其实在所有的玩具里，女人是最容易操控的。因为她们的弱点最多，一点点绯闻就可以把她们彻底击垮。你知道我是怎么泡到一个有很多人追求的女高中生的吗？而且，是在她正和别的男人交往的时候。其实方法很简单，我在她每天骑回家的自行车座垫子下面塞了一颗钉子，等她坐上去之后，屁股就会被扎到。然后，我在垫子下面放了一张纸条，自称是个艾滋病患者，因为想要报复社会，所以胡乱散播有我鲜血的钉子，希望感染更多的人。当然，这些钉子之中只有一半有我的血，一半没有，如果想知道自己的钉子有没有血的话，就拿着有号码的钉子，在固定的时间段去附近宾馆的某个房间找一个人，而且必须一个人去，否则就见不到对方。如此一来，等到那个女孩因为害怕而自己去了宾馆之后，我就在宾馆门口拍下她进宾馆的画面。同时，我还安排了几个人，跟她一起进宾馆，故意把他们进去的画面拍摄下来。之后，我还以宾馆房间号码错误为由，让她去了三次，每一次都跟不同的男生一起。如此一来，当我把她跟其他男人一起进宾馆的照片拿到手后，我就可以将这些照片发给她的男朋友了。当然，我也对他的男朋友做了同样的事，让他也以为自己感染了疾病。果然，通过这个办法，不到三天，他们两个人就分手了。而在怀疑自己得了重病之后，女生一般既羞于启齿，又会极度恐慌，这个时候，她的内心是最最脆弱的，你会很容易进入她的世界。只要你告诉她你就是那个放钉子的人，她就会求着你告诉她，她的钉子到底有没有问题。因为任何的检测都不能百分之百保证她没有被感染，女性天生的猜疑会无限放大她们的恐惧。最后，当你说只要她给你一张她的裸照就告诉她真相后，她就会乖乖照做。而最后，拥有她的裸照的你，就能将她变成你的傀儡。因为从今以后不管她找什么样的对象，你都有了她的把柄，她再也走不出你的阴影了，你懂吗？嘿嘿嘿嘿……”

我：“你这么做，就不怕她举报，把你给抓了吗？”

他：“如果她敢举报，我就把她是感染者的事彻底公开啊，而且我永远不会告诉她到底有没有被感染，她将永远活在阴影里。女孩子那么胆小，那么要面子，你觉得她敢吗？其实这种概率是很低的。制造出一个可恶的恶魔，用恐怖和猜疑去威吓人心，然后突然以圣人的形象出面，施以适当的怜悯，人心很容易就会被支配的，真的。当女人觉得自己贬值了，而你说不在乎她的过去时，她就只是一个便宜的玩具了。”

我：“你还做过其他更过分的事吗？”

他：“那是当然。要告诉你更多吗？比如说，你知道，小孩子其实是这个世界上最邪恶的存在吗？有一次，我在外地把一个人绑架了，关进了一个魔术箱子里，箱子门锁着，外面插了很多的剑。然后我在外面贴了标签，说里面是一头猪，这头猪如果被插中屁股，就会怪叫。结果，你知道吗，三十多个路过的小孩，都会把剑狠狠插进魔术箱子里。孩子们看到上面插的剑越多，就会插得越起劲，他们根本没有意识到，里面发出惨叫声的根本就不是猪，而是人……嘿嘿嘿……”

他得意扬扬地继续道：“当然还有更有意思的。你知道利用共振制造爆炸吗？我特地在一个地下室里放了一个自己炼制的炸药，捆绑在一座石像上。这座石像呢，是会随着外界车辆和警笛的声音共振而旋转的，当警方得知我的藏身之所开始来检查的时候，他们的车一进地下室，就轰的一下……哈，全都炸没了。真是蠢到了极点。”

他总是自诩为犯罪天才，在高智商犯罪领域，没有人能够跟他相提并论。他已经不止一次在其他人面前炫耀他那高深莫测的犯罪手法和犯罪头脑了。

当然，到底有多少人相信他的话，我就不得而知了。

他继续得意扬扬地笑着说：“有时候，我一句话，就可以让那些坚信法律和正义的天真小男孩的世界观崩塌，你相信吗？”

我挑起了一边的眉毛：“你倒是说说看。”

他：“一辆兰博基尼和一辆奥拓相撞了，奥拓负全责，他应该变卖所有家当赔款吗？”

我微微一愣。

他："如果你坚信法律是公平的。那么，按照人人平等的法律原则，就该让奥拓车主卖掉房子露宿街头来赔偿，但是这样一来，实际上，人人平等的法律就是保护富人和强者的利器。除非……法律是不公平的，法律必须偏袒弱者，所以奥拓车主不需要卖掉房子当奴隶来赔钱。但是这样一来，又产生了新的问题，如果有一辆三轮车撞了奥拓，那么，三轮车车主也是弱者，而奥拓车主就是相对的强者，如果法律是偏袒弱者的，在这种情况下，奥拓车主就又会失去保护。但是三轮车车主相对于乞丐，却又是强者……你说，法律是该公平呢，还是该保护弱者呢？所谓的法律，从根本上就是一种扯淡的东西，在阶级和财富面前，根本毫无意义。当然，这种话只要不是小孩子多少都明白，我只是把话说得更直接了而已。"

我："这种话，你对我说毫无意义。这个世界上没有完美的制度，只有尽量去完善的制度。你觉得法律不能真正保证公平，那你觉得什么能够真正公平呢？"

他笑了："随机，真正的随机才能公平。只有不论富人还是穷人的命运都是随机的，都没有特权来减少他们在这个世界上面对的不确定风险时，这个世界才是真正公平的。所以……这需要一个玩家。一个真正的恶魔玩家，他随心所欲地来杀人，有可能杀死富人，也有可能杀死穷人，他的行为完全是凭兴趣，没有任何的规律。这样的存在，才能保证这个世界达到最大限度的公平……当然，那个恶魔玩家是有特权的，他自己是不能死的。"

我："所以，这就是你自诩为犯罪专家、玩弄人心的原因？"

他："差不多吧。你不觉得有趣吗？对了，我今天想到了一个新的玩弄对象，你觉得他是谁呢？”

我警惕地看着他：“……谁？”

他笑眯眯地看着我，说：“那个人，就是——你。你知道吗，虽然你不相信我的话，但是我的信徒还是不少的。然后呢……我就把你女朋友的身份和照片给了他们，然后……嗯，嘿嘿，然后他们发了我这张照片。”

他把一只手机递给了我，当我看到手机里的图片时，整个人都像触电了一般，没法动弹了。

他的手机里，是我女朋友的照片。

没有穿衣服。

他笑了起来：“现在你相信我的话了吧？让一个女人臣服，是一件很简单的事，只要利用一点点的恐惧。对了，你最近没有跟你女朋友发生点什么吧？如果发生过什么，我建议你做一下检查，因为……我的那些信徒里，有不少是真的有传染病的。嘿嘿，你想听听你女友在床上的声音吗？你听，我这里还有录音呢，嘿嘿嘿，来来来，听听……”

说着，他笑嘻嘻地就要按下播放键。

“你这个祸害！”我终于再也忍不住了，直接拿起手中的瓷杯，狠狠地朝着他的脑袋砸了下去，但是没想到他站了起来，拿起了桌子上的保温杯，同样狠狠地朝着我的脑袋砸了下来……

后来，我和他的厮打被制止了。但是之后的一段时间里，我的精神状况变得极差，首先，我真的开始怀疑自己是不是有病，为此，我甚至做了各项检查。其次，我和女朋友之间的感情真的出现了裂痕。我开始怀疑她，虽然她表面上的言行举止看起来跟我记忆中的没有区别，但是随着时间的推移，也许她发现了我身上的什么异样，也开始用另类的眼神看我。甚至有时候，她还会问我："你不会被精神病人感染，变成精神病了吧？"

接着，我开始失眠，身体出现了震颤、肠胃功能紊乱的状况，我开始频繁地去医院做各种检查。而更让我难受的是，我和精神病人打架的事传了出去，我的风评变得极差，甚至已经开始有人议论我精神失常，包括我的朋友、亲人，都是如此。而到了最后……随着我的身体和精神状况每况愈下，就这样，我也住进了精神病院进行疗养。

……

这是我所拥有的住进院里的全部记忆，但是"都教授"告诉了我另外一个故事，他说我本来就是患者，本来就住在院里，我所有的医生的故事都是编造出来的，可是……到底哪一个才是真的，哪一个才是假的呢？

重症病房的大门已经被牢牢锁死，我被禁止出入，我该怎么办？我怎么才能证明自己不是个精神病人呢？

我该相信谁？相信自己，还是相信别人？

自己的记忆，和他人的说辞，到底哪一个才是真的？

最后，我终于想到了一个办法。

我抢过"都教授"手中的水果刀，然后，狠狠地……朝着我手臂的皮肉割了下去。

这是我离开这个地方的唯一办法。

"都教授"没有想到我会这么做。被监控发现我有自杀倾向后，外面的医务人员终于打开铁门来接我，而我也终于看到了一张张熟悉的脸。

“大刘，小林，你们终于来了！”我激动不已地看着外面进来的护理人员，“你们居然把我关在这里！你们疯了吗？哈哈，我现在终于可以出去了！”

可是我突然感觉到了背后冰冷的光芒。

我霍然转头，却看到“都教授”正端端正正地坐在床沿上，一脸诡笑。

很快，我的手臂就被包扎好了。

但是，等着我的是更加残酷的结局。

“病人的情况恶化，他开始出现自杀倾向，恐怕一个疗程的治疗还不够。”

这是我所得到的全部答复，让我绝望的答复。

从诊断室走出时，我看到走廊的尽头站着两个人，他们正在角落里窃窃私语。

一个人是“都教授”，而另一个人，则是绝望先生。

他们一个人穿着白色的衬衫，另一个穿着黑色的外套，就像上帝和恶魔。

当我再次回到病房时，“都教授”已经坐在那里了，他微笑着看着我：“没有用的，当一个人被打上精神病的标签之后，他这辈子所说的任何话，都不会再有人相信了。人心就是这样。”

我恨恨地盯着他：“你为什么这么做？你是想成心玩弄我，把我给逼疯，是吗？你是第二个‘绝望先生’？你跟他是什么关系？”

“都教授”笑了：“关系？其实没什么，我只是个商人，只不过我卖的东西跟一般人不一样。别人卖的是实实在在的东西，而我卖的，是世界观。绝望先生喜欢我卖给他的各种世界观，他觉得我的这些商品，对他很有用。”

我恍然大悟：“所以，绝望先生是犯罪专家，是因为你在背后给他出谋划策。你是在教唆犯罪！”

“都教授”笑了笑：“教唆犯罪的是绝望先生。而我，只是有空跟他们喝喝茶、谈谈心罢了。不过，我比较好奇的是，你说，教唆别人去教唆别人犯罪的人，算是教唆犯罪吗？”

我顿时愣住了。

这一刻，我终于明白了。绝望先生仅仅是“都教授”的代理人，“都教授”从精神病院里得到了各种精神病人的想法，之后给绝望先生提供各种点子，让绝望先生去利用人心，去教唆犯罪，甚至亲自犯罪。

可是，证据呢？没有证据。

“都教授”他什么都没有做。

他只是个精神病人，他甚至有精神病鉴定书，几年前就有了。

有人相信了一个疯子的言论，然后去做疯狂的事，法律会惩罚疯子背后的疯子吗？

我无法回答“都教授”的问题，只是转移了话题，道：“我现在真的很怀疑你，我一直很好奇一件事。你跟很多精神病人都聊过天，结果他们都变成正常人，并顺利离开了医院，你真的治好了他们吗？”

“都教授”再次笑了：“从某种意义上来说，算是吧。我告诉一些因为对这个世界抱有绝望和负面想法，甚至想要自杀的人，不要急着自杀，把他们的思想写下来，把他们的世界观写下来，写成书，写成文章，扩散他们的思想，让他们的思想被更多人知道，比如那个相信自私的基因理论，觉得人类本性就是自私的家伙，我就告诉他，在把他如此美妙的思想写成书扩散之前死去，真是太可惜了。一定要在他的思想成书出版之后再死。”

我：“你才是真正的疯子！真正的精神病！你给那么多人洗了脑，你是在危害社会！”

“都教授”点了点他的太阳穴，笑道：“是啊，我是个疯子啊。谁说不是呢？我都住进来好几年了，鉴定书都有呢。你可以去告发我，尽管去。可是，你觉得他们会相信一个疯子控告另外一个疯子吗？”

仅仅一句话，“都教授”就将我击得溃不成军。

是啊，谁会相信一个疯子指控另外一个疯子呢？

他是个天才，旷世的天才。

他更是疯子，绝对的疯子。

我冷冷地看着他，问道：“是你让绝望先生故意来激怒我的吧？我女朋友那张照片也是PS的，对吧？你们为什么这么做？为什么要让我进这里？”

“都教授”：“我只是帮老金一个忙而已，你知道了一些不该知道的。但是如果你疯了，就算你想传出去，也没人会相信。你知道吗，其实外面的世界，有很多人都在急着花钱想住进这座医院。有的时候，得有一个引渡人。”

这一刻，我终于大彻大悟。

我终于明白了所有的真相。

真相只有一个。那就是金医师照看的那个病人，那个一直梦见自己皮肤翻转的年轻人。

因为我发现了他伪装精神病的事，所以，金医师想要陷害我，就玩了这一出。他知道我的性格比较刚正，所以他想方设法给我弄精神病证明，他想让我也变成疯子，这样一来，不管我说什么，都不会有人相信了。就算我揭发他收受“翻转皮肤”小子一家的贿赂，我也没有任何让别人相信我的办法。

这一招，真是狠毒到了极点。

想到我的精神病鉴定也是金医师给做的，我心中更是升起了无名之火。

这一切，都是一个设好的局，只等着我跳进来。

也许……我真的，输了。

我剩下的出路，只有两条。

第一条，我和他们同流合污，也堕落成黑色的恶魔，让他们饶过我。

第二条——

想办法证明我不是疯子。

怎样才能证明一个疯子不是疯子呢？

唯一的办法，就是证明证明了他是疯子的那个医生，才是个疯子。

看着在我面前露出胜利喜悦的“都教授”，我也冲他露出了胜利的喜悦。

三天后，我趁着护理人员前来试探我时，抢走了他手中的针筒，然后将针头狠狠扎进了我的皮肤！

鲜血流出。

带着沾染了我那感染了“病毒”的鲜血的针筒，我狂笑出声，长奔疾走，如脱笼疯子般的笑声在长廊里回荡着，而后，我一脚踢开了金医师所在的病房门，冲了进去，看到了他那惊恐的面容……

我要把我的疯狂传染给他。我要证明他才是疯子。

是同流合污，变成黑色的恶魔，还是坚守自我，变成狂浪的疯子？

我选择后者。

毕竟，疯狂，是会传染的。

【全书完】